崑崙霸仙
곤륜패선

윤신현 신무협 장편소설

곤륜패선 8

윤신현 신무협 장편소설

초판 1쇄 찍은 날 | 2020년 7월 14일
초판 1쇄 펴낸 날 | 2020년 7월 21일

지은이 | 윤신현
펴낸이 | 권태완 우천제

기획 | 위시북스
편집책임 | 한준만
편집 | 위시북스

펴낸곳 | ㈜케이더블유북스
등록번호 | 제25100-2015-43호
등록일자 | 2015. 5. 4
KFN | 제2-44호

주소 | 서울시 구로구 디지털로31길 38-9, 401호
전화 | 070-8892-7937 팩스 | 02-866-4627
E-mail | fantasy@kwbooks.co.kr

ⓒ윤신현, 2020

ISBN 979-11-293-5970-4 04810
　　　979-11-293-4618-6 (set)

崑崙霸仙

곤륜패선

8

Wish Books

崑崙霸仙

곤륜패선

··· 목차 ···

··· 제1장 ···
호랑이도 있다(2)

기세가 남궁혁에게 넘어가 있었지만, 양일우는 기죽지 않았다.

이제 막 시작한 상태였다. 게다가 대막을 같이 갔기에 남궁혁의 장단점에 대해서는 어느 정도 알고 있는 상태였다.

남궁혁 역시 마찬가지고.

'그러나 밀리고 있을 수만은 없지! 사부님께서 보고 계시는데!'

까아아앙!

양일우가 검을 거칠게 휘둘렀다. 장대한 그의 체구만큼이나 큼지막한 검이 순수한 힘으로 남궁혁의 검을 밀어냈다.

기교나 검술에 대한 성취는 남궁혁이 깊을지 모르나 육체적인 능력은 양일우가 우세했다. 그는 그 점을 영리하게 이용했다.

까앙! 깡!

빈틈을 노리고서 파고드는 남궁혁의 검을 양일우는 힘으로 밀어붙였던 것이다.

게다가 상처 입는 것을 피하지 않고서 저돌적으로 달려들었기에 남궁혁의 검이 미세하지만 흔들렸다. 군자검룡이라는 별호처럼 그는 올곧고 정직한 공격만 펼쳤기에 순간적으로 밀린 것이었다.

하지만 그럼에도 다급한 기색은 떠오르지 않았다.

'수세를 벗어났지만 대신 빠르게 지칠 터.'

강맹한 검격을 연거푸 펼쳤지만 남궁혁은 동요하지 않았다. 움직임이 큰 만큼, 힘을 많이 담은 만큼 체력 소모 역시 극심할 게 분명해서였다. 그리고 공력이라면 그 역시 누구에게도 뒤지지 않았다.

끄그그극!

물론 그렇다고 해서 힘 대결을 순순히 받아들여 주지는 않았다. 굳이 상대방이 원하는 방식으로 싸워줄 필요는 없어서였다. 오히려 자기 방식대로 유도하면 모를까.

"칫!"

자신의 검격을 너무나 가볍게 흘려내며 충격을 완화하는 남궁혁이 모습에 양일우가 입술을 깨물었다. 역시나 만만치 않다는 생각이 들어서였다. 하지만 언제까지나 감탄만 하고 있을 수는 없었다.

부웅! 부우웅!

양일우의 대검이 묵직한 파공성을 토해내며 허공을 갈랐다. 단순히 허공을 가르는 데 그치지 않고 예리하면서도 강맹한 검풍을 토해냈던 것이다.

"흠!"

검풍만으로 몸을 밀어낼 정도의 풍압을 일으키는 양일우의 모습에 남궁혁의 얼굴이 미약하게 굳어졌다. 확실히 육체적인 부분에서는 자신이 열세라는 걸 알 수 있어서였다.

정면으로 힘 대결을 펼친다면 크게 밀리지는 않겠지만 불리했다. 그렇다고 공력이 압도적인 것도 아니었기에 남궁혁은 결정을 내렸다.

'철저하게 기술로 끝낸다.'

양일우는 자신의 장점을 제대로 활용할 줄 알았다.

하지만 기술적으로 완성된 무인은 아니었다. 힘은 좋지만 아직은 공수의 균형이 맞지 않았다. 기술적으로 투박했기에 방어에 부족한 모습을 보였다.

'하수라면 힘과 기세에 속절없이 밀리겠지만 실력이 비슷하다면 얘기가 달라지지.'

절정고수는 단순히 검기성강을 이룬다고 해서 되는 게 아니었다. 기량 자체가 절정에 달해야 진정한 절정고수라고 할 수 있었다. 단순히 강기만 다룬다면 초일류보다 조금 더 강한, 강기라는 패를 지닌 무인에 불과했다.

쌔애애액!

드넓은 하늘을 닮은 듯한 푸른빛 검강을 머금은 검이 고고하게 뻗어 나갔다. 정적이지만 수많은 변화를 내포한 일검이 양일우를 향해 쇄도했던 것이다.

부웅!

그 모습에 양일우가 다시 한번 거칠게 검을 휘둘렀다. 한눈에 봐도 위험한 냄새를 풀풀 풍겼기에 일단은 튕겨낼 요량이었다.

그런데 그의 검이 그리는 궤적에 따라 남궁혁의 검로가 변화했다. 미끄러지듯이 옆으로 움직이며 양일우의 검격을 피해냈던 것이다.

스스슥!

거기에 남궁혁은 절정에 달한 보신경으로 삽시간에 간격을 좁혔다. 자기가 원하는 간격을 손에 넣었던 것이다.

콰콰콰쾅!

그때부터 폭격이 시작되었다. 잠시 밀리는 듯했던 남궁혁이, 군자와도 같이 우직하고 단순하게 공격했던 그가 쉴 새 없이 양일우를 몰아붙였던 것이다.

그야말로 검강이 난무하는 듯한 광경에 주위에서 지켜보던 이들이 하나같이 입을 쩍 벌렸다.

"크하합!"

하지만 양일우도 만만치 않았다. 끊임없이 이어지는 공세를 피하지 않고 맞상대했던 것이다.

마치 지저분한 싸움이 익숙하다는 듯이 양일우는 피를 보는 걸 마다하지 않았다. 오히려 피를 볼수록 더욱 거세게 검을 휘둘렀다.

"둘 다 대단하다."

"남궁 공자가 살짝 유리한 것 같지만 그래도 장담은 못 하겠는데."

"양 공자가 한 방이 있어. 까딱 잘못하다간 역으로 당할 수 있어."

수세에 몰렸음에도 양일우는 물러나지 않았다. 오히려 더욱 저돌적으로 달려드는 모양새에 후기지수들이 질린 표정을 지었다. 비무라고 하기에는 투지가 너무 과한 것 같아서였다.

하지만 정작 검을 맞대고 있는 둘은 너무나 진지했다.

콰앙! 콰쾅! 꽝!

한 치도 밀리지 않겠다는 듯이, 자존심이 걸려 있다는 듯이 둘 다 조금도 물러나지 않고 상대방을 공격했다.

그로 인해 남궁혁의 화려했던 장포와 무복이 순식간에 지저분해졌지만 정작 당사자는 그러한 것에는 조금도 신경 쓰지 않았다. 그 어느 때보다 진지한 얼굴로 창궁무애검법(蒼穹無涯劍法)을 펼치는 것에만 집중했다.

"어후."

"둘 다 엄청나네."

박빙에 가까운 승부에 지켜보는 모든 이들이 감탄을 금치 못했다. 남궁혁의 실력이야 당연하지만 거의 대등한 대결을 펼치고 있는 양일우는 정말 의외였기 때문이다.

강하다는 소문은 많았지만 그게 정확히 어느 정도의 수준인지는 알려지지 않았다. 그런데 지금 그들은 알 수 있었다. 구룡 못지않은 신성이 등장했음을 말이다.

스극!

"큭!"

용호상박(龍虎相搏)이라는 말이 절로 떠오를 정도의 명승부였으나 결과는 냉정했다. 공수의 균형이 완벽한 남궁혁의 검벽을 뚫지 못하고 양쪽 어깨에 자상을 입으며 양일우가 주저앉았다. 공력도 공력이지만 체력적으로 소모가 극심했기에 더 이상 비무를 이어갈 수 없었던 것이다.

"제가 졌습니다."

"고생하셨습니다."

"아닙니다. 고생은요. 진짜 고생은 남궁 공자가 하셨지요."

순순히 패배를 인정하는 양일우의 모습에 남궁혁이 미소를 지었다. 간혹 젊은 혈기로 인해 승부를 인정하지 않는 경우가 있는데 양일우는 그렇지 않아서였다.

게다가 다른 제자들 역시 아쉬워하기는 해도 적대적인 눈빛은 보내지 않았다. 그 성숙한 모습에 남궁혁은 역시나 하는 마음이 들었다.

"그렇지 않습니다. 저 역시 느끼고 배운 게 많았습니다. 그리고 한 번은 겨뤄보고 싶기도 했고요."

"다행이네요. 적어도 긴장감은 준 것 같아서."

"많이 주었습니다. 솔직히 조금 쫄리기도 했거든요."

"하하하."

방금 전까지 격렬한 전투를 벌인 사이라고는 믿기 힘들 정도로 두 사람의 대화는 훈훈했다. 피투성이가 된 양일우 역시 미소를 지우지 않고 있었고.

"기회가 된다면 다음번에 다시 한번 겨루고 싶습니다."

"저야말로 부탁드리고 싶습니다."

양일우와 남궁혁이 서로를 향해 정중하게 포권을 취했다.

그리고 그게 시작이었다. 피가 끓은 후기지수들이 곳곳에서 비무를 하기 시작했던 것이다.

"어디 좀 봐?"

"응?"

"응 이라니. 사저한테."

"난 본산제자인데?"

"농담하지 말고 상처 좀 보여봐."

남궁혁이 물러나자 서예지가 다가왔다. 당소윤, 심대혜, 심소혜와 함께 걱정스러운 얼굴로 찾아왔던 것이다.

"괜찮아요?"

"응, 그냥 좀 긁힌 거야."

"긁히긴. 핏방울이 뚝뚝 떨어지고 있는데."

심대혜의 말에 멋쩍게 웃는 양일우를 향해 당소윤이 혀를 찼다. 무복만 봐도 시뻘겋게 물들어 있는데 괜찮다고 하자 어이가 없었던 것이다.

"일단 금창약부터 뿌리자."

"어, 내가 씻고 뿌릴게."

"지금 뿌리고 씻고 난 뒤에 또 뿌려. 어서."

단호한 서예지의 말에 양일우가 머리를 긁적였다. 어째 금창약을 뿌리지 않으면 큰일 날 것 같아서였다.

"알았어."

"처음부터 들으면 얼마나 좋아?"

"말을 해도 꼭 그렇게 해야 하냐?"

"어서 바르기나 해."

서예지가 눈을 흘기며 비현이 만든 특제 금창약을 건넸다. 그에 양일우가 머쓱하게 상처 부위에 금창약을 뿌렸다.

"분위기가 한껏 달아올랐네."

"그러게요."

"아이들도 불이 붙었고."

당소윤의 시선이 양이추를 시작으로 심대현, 심소천, 도일수를 차례대로 쳐다봤다. 놀랍게도 다들 한가락 하는 이들에게 도전했기에 당소윤은 눈을 빛냈다.

"흔치 않은 기회잖아요."

"그나저나, 좋았어?"

"예?"

"귀공자들의 관심 말이야."

당소윤이 은근한 어조로 심대혜에게 물었다. 그러면서 음흉한 미소와 함께 어깨로 심대혜를 툭툭 건드렸다.

"예……."

"얼굴이 터질 것 같은데?"

"흐읍!"

심대혜가 양손으로 얼굴을 가렸다.

하지만 그럴수록 당소윤의 미소는 더욱더 짙어졌다. 부끄러워하는 심대혜의 모습은 정말 보기 드물어서였다.

"어때? 마음에 드는 공자님은 있었어?"

"나도 궁금한데."

거기에 서예지도 합세했다.

본인은 교제를 할 마음이 없었지만 구경하거나 지켜보는 것은 재미있었다. 그렇기에 서예지도 눈을 빛내며 심대혜를 압박했다.

"제가 봤어요. 언니의 표정이 미묘하게 달라지는 것을요!"

"호오. 그래? 누군데? 이름 알아? 아니, 손가락으로 슬쩍 가리켜 봐. 얼굴을 보면 내가 대충 아니까."

그때 심소혜가 기름을 끼얹었다. 아무래도 형제다 보니 단번에 언니의 변화를 알아차렸던 것이다.

"소혜야!"

"헤헤헤헤!"

심대혜가 화들짝 놀라며 소리쳤다. 여동생의 말이 허언처럼 들리지 않아서였다. 같은 핏줄인 심소혜라면 자신의 미세한 변화를 감지하고도 남을 테니까.

"나도 궁금하다."

"안 돼!"

서예지까지 가세하는 모습에 심대혜가 거칠게 도리질을 했다. 수많은 사람들이 있는 곳에서, 그것도 벽우진과 당민호, 제왕검까지 있는 자리에서 밝혀지는 건 죽기보다 싫었기에 심대혜는 여동생을 껴안았다.

"말을 할까, 말까? 고민되네. 헤헤!"

"왜 그래, 소혜야. 그러지 마. 응?"

심대혜가 황급히 여동생을 어르고 달랬다.

하지만 그녀는 혼자였고 위협적인 적은 두 명이나 있었다. 그렇기에 심대혜는 다급했다.

"진짜 마음에 드는 사람이 있나 본데?"

"그러게요."

하나 그럴수록 당소윤과 서예지의 궁금증은 더욱 커져만 갔다.

제2장

천정부지(天井不知)

"하하하. 제 아들 녀석이 이겼네요."

"역시 남궁세가의 적자야. 저번에도 보기는 했지만 정말 잘 키웠어."

"감사합니다. 하지만 마냥 기뻐할 수만은 없네요. 지금도 저 정도인데 십 년이 지나면."

얼굴 가득 흐뭇한 기색을 내비치던 남궁진이 말끝을 흐렸다.

지금이야 아들이 이겼지만 나중에는 몰랐다. 그 정도로 양일 우가 보여준 성장세는 놀라웠기에 남궁진은 마냥 기뻐할 수 없었 다. 지금도 중요하지만 그 못지않게 중요한 것이 바로 미래였다.

"그러니까 더 노력하겠지. 남궁가주가 생각한 것을 남궁혁 이 모를 리가 있겠나."

"똥줄 좀 타겠지. 그나저나 그 사부에 그 제자네. 아주 배짱이 두둑해. 승부가 나자마자 기다렸다는 듯이 구룡에게 달려드네."

당민호가 혀를 끌끌 찼다.

아무리 두 번째 보는 사이라지만 저렇게 대뜸 구룡에게 다가가 대련 신청을 할 줄은 몰라서였다. 군소방파나 작은 가문의 자제들은 감히 말을 붙일 엄두도 내지 못하고 있는데 말이다.

"말도 못 해볼 건 또 뭐야?"

"보통은 저래. 신분이 다르다고 생각해서 저렇게 멀찍이 떨어져서 발만 동동 구른다고."

"그래서 바뀌는 게 없는 거야. 까이더라도 일단은 시도해 봐야지. 안 될 거라고, 거절할 거라고 지레짐작하고 포기하면 진짜 그렇게 되는 거야."

"말을 해도 참."

"내가 뭐?"

벽우진이 코웃음을 치며 말했다.

정말 원한다면, 자기에게 필요하다면 일단 시도라도 해봐야 했다.

물론 상대방이 거절할 수도 있었다. 하지만 어차피 확률은 반반이었다. 되든가, 안 되든가. 그러나 시도조차 하지 않으면 일말의 가능성조차 사라졌다.

"어떻게 네 밑에서 저런 아이들이 나타났는지."

"내 안목이 특별한 거지."

고개를 절레절레 젓는 당민호와 달리 벽우진은 히죽 웃으며 콧대를 세웠다.

지금까지의 제자들 다 그가 직접 뽑은 아이들이었다. 그런

만큼 자부심도 남달랐다.

"일수를 제외하면 아직은 이른 것 같습니다."

"하지만 좋은 경험이 되겠지."

"맞습니다."

남궁진이 맞장구쳤다.

곤륜파 제자들이 눈부신 성장을 보여주었다고 하지만 아직 구룡에 비비기에는 역부족이었다.

서예지야 여러 가지 긍정적인 변수로 인해 승리를 따낼 수 있었지만 다른 아이들은 아니었다. 구양검과 서예지의 비무로 인해 경각심을 가지고 있었기에 방심을 기대하기는 힘들었다.

"언제 또 구룡 수준의 애들과 비무를 해보겠어? 고수와의 비무에서 배우는 것도 많지만 비슷한 상대에서 얻는 것 또한 꽤 많은 법이지."

"구경하는 쪽에서는 후자가 훨씬 재미있지."

"누가 봐도 네가 제일 신나 보여."

벽우진이 피식 웃었다.

이 자리에서 가장 흥겨워 보이는 이가 바로 당민호였다. 유일하게 술잔을 기울이기도 했고.

"언제 또 이런 걸 볼 수 있겠어? 어쩌면 내 인생에서 이번이 마지막 용봉회일 수도 있는데."

"네 집안에서는 통할지 몰라도 나한테는 안 통한다."

"매정한 자식."

"네가 근시일 내에 안 죽을 걸 알아서 그러는 거다."

처연하게 말을 이었던 당민호가 발끈했다. 자신의 연기를 꿰뚫어 보자 흥분한 것이다.

"말을 해도 꼭."

"오, 저 대결도 재미있겠는데. 사천당가의 소가주와 소림사의 차대 방장의 대결이라."

"어?"

시시덕거리며 구경하던 당민호가 순간 두 눈을 휘둥그레 떴다. 손자가 차대 소림사 방장이 될 가능성이 농후한 각우에게 도전할 줄은 몰라서였다.

"근데 좀 불리하지 않나? 독공은 펼치지 못할 텐데. 암기도 독을 바르지 암기만 사용이 가능하고."

"생사결이 아니니까 조금은 불리하겠지. 하지만 그렇다고 해서 크게 불리한 것은 아냐."

"조금 무리한 도전 같은데."

"끄응!"

당민호가 앓는 소리를 흘렸다.

객관적으로 보면 각우에 비해 당주혁이 살짝 밀리는 게 사실이었다. 독을 사용할 수 있으면 또 모르겠지만 지금과 같은 대련에서 위험한 독은 사용할 수 없었다. 만약의 사태를 대비해서 마비 독조차도 사용 금지였다.

"불리한 상황이지만 그렇기에 배우는 것 역시 많지 않겠습니까. 싸움이라는 게 늘 완벽하게 준비된 상태에서 할 수 있는 것은 아니니까요."

"패배에서도 배우는 게 있지요."

제갈현과 남궁진의 말에 당민호가 입술을 삐죽 내밀었다.

반박할 여지가 없는 말에 입만 불퉁하게 내밀자 벽우진이 키득거렸다.

"이 좋은 날 왜 그래? 그리고 무인이 늘 이길 수만 있나. 지기도 하고, 이기기도 하고 그러면서 성장하는 거지."

"알고 있다. 그러니까 그렇게 후벼 파지 않아도 돼."

"혹시 알아? 생각지도 못한 변수로 결과가 뒤집힐지?"

콰콰콰쾅!

벽우진의 말이 끝나는 순간 당주혁이 속절없이 튕겨져 날아갔다. 소림권룡(少林拳龍)이라 불리는 각우의 강권에 무모하게 정면 대결을 펼쳤던 당주혁이 볼썽사납게 바닥을 나뒹굴었던 것이다.

하지만 당주혁은 이내 벌떡 일어나 다시 각우에게 달려들었다. 이번 충돌로 정면 대결은 무리라는 것을 깨달았는지 영리하게 다른 방식으로 비무를 이어가는 모습에 당민호가 안도의 한숨을 내쉬었다.

"분위기가 한순간에 바뀌었네요."

"진즉에 이랬어야지."

"저 궁금한 게 한 가지 있어요, 장문인."

"궁금한 거?"

제갈미미가 눈을 빛내며 슬쩍 다가왔다. 비어 있는 벽우진의 찻잔에 차를 따르며 나지막하게 입을 열었던 것이다.

"예, 제자분들과 어떻게 만났는지가 궁금해요."

"진짜 궁금한 건 1년 만에 어떻게 저렇게 키웠느냐겠지?"

"그것도 궁금하고요."

의미심장한 벽우진의 말에도 제갈미미는 시선을 피하지 않았다. 오히려 똑바로 벽우진을 마주 봤다. 이 상황에서 굳이 아니라고 하는 게 더 이상하다고 생각해서였다.

"네가 예상하는 게 맞아. 아마 다들 그렇게 생각하겠지."

"모르면 그게 더 이상하지."

당민호가 맞장구를 쳤다.

면전에서 말을 하지 않아서 그렇지 다들 어느 정도는 짐작하고 있을 터였다. 그게 아니라면 말이 되지 않으니까.

"대단하세요. 그런 결정을 내리기가 쉽지 않았을 텐데."

"해야만 하는 상황이었으니까. 그리고 결과가 좋으면 된 거 아닌가?"

벽우진의 시선이 제자들에게로 향했다. 좀 전에 대결을 펼쳤던 양일우처럼 다들 구룡을 상대로 고군분투하고 있었다. 밀리기는 하지만 그렇다고 쉽게 승리를 넘겨주지는 않았던 것이다.

악착같이 물고 늘어지며 어떻게든 기회를 노리는 그 처절한 모습에 벽우진은 뿌듯한 표정을 지었다.

"진짜 그 사부에 그 제자라니까."

"부러우면 부럽다고 말해."

"안 부러워. 독기로는 우리 가문 역시 어디 가도 뒤지지 않아."

"후후후."

벽우진이 당민호와 티격태격하고 있을 때 제갈미미는 주변을 둘러봤다.

곳곳에서 시작된 비무에 다들 눈에 휘둥그레져서 구경하고 있었지만 반대로 비무에는 조금도 관심을 보이지 않는 이들도 있었다. 애초의 목적이 비무나 대련이 아니었던 이들이었다.

'슬슬 시작되려나.'

특히 남자보다는 여인들의 눈치 싸움이 살벌했다. 눈동자가 쉴 새 없이 움직였던 것이다.

그리고 그 대부분은 구룡이나 사천당가 그리고 곤륜파의 제자들에게 향해 있었다. 향후 무림을 주름잡을 가능성이 큰 후기지수들이다 보니 자연스레 관심도가 높아진 것이었다.

'이쪽으로도 서서히 시선이 몰리기 시작했고 말이지.'

구룡과 사천당가의 직계들 그리고 곤륜파의 제자들이 유망하다면 벽우진은 그야말로 현재 중원무림의 정점이나 마찬가지였다. 그런 이를 가만히 놔둘 리는 만무했다.

"피도 튀기고, 불꽃도 튀기는구만."

"어때? 날 따라오길 잘했지?"

"입은 삐뚤어졌어도 말은 바로 해야지. 널 따라온 게 아니라 난 끌려온 거지."

"흐흐! 그게 그거지."

허무한 대결도 많았지만 대부분은 박진감이 넘쳤다. 다들 승부욕과 호승심을 불태웠기에 구경하는 맛이 있었던 것이다.

그리고 승패가 나올수록 수많은 사람들의 희비가 갈렸다.

○

용봉회의 첫날을 무사히 마치며 벽우진이 처소 뒤의 아담한 연무장으로 제자들을 불렀다.

그런데 평소와 달리 아이들의 분위기가 무거웠다. 누구 하나 고개를 들어 벽우진을 쳐다보지 않았던 것이다.

"왜들 그래? 죄라도 지었어?"

"그게……."

"저희가 사문의 명예를 실추시킨 것 같아서요."

고개를 푹 숙이고 있던 제자들이 우물쭈물거리며 어렵게 대답했다. 서예지와 달리 다른 제자들은 구룡과의 비무에서 전패했기에 차마 고개를 들지 못했다.

"푸하하하!"

그런데 그 모습에 벽우진이 파안대소를 터뜨렸다. 뒤늦게 아이들이 왜 이런 반응인지 알게 된 것이었다.

"사부님?"

"고개 들어. 너희들이 잘못한 거 없으니까. 명예가 왜 실추돼? 비무에서 졌다고? 그 정도에 실추될 정도로 본 파는 낮지 않다. 그리고 이겼으면 좋았겠지만 져도 괜찮아. 너희들이 입문한 시간을 생각해 봐."

벽우진이 부드럽게 제자들을 달랬다. 고작 비무에서 패배한 것 가지고 자책할 필요는 없어서였다. 오히려 단순히 성장세를 생각하면 구룡도 감히 비교가 안 되었다.

"그래도 저희는 비천단까지 먹었는데……."

"비천단이라고 해서 만능은 아냐. 먼저 달리기 시작했던 이들과 벌어진 간격을 좁혀주는 데 그 의의가 있다고 생각하면 편해. 그러니까 너무 자책하지 마. 상대가 너무 강했을 뿐이니까. 그리고 너희들이 입문한 시기도 생각해야지."

"그렇긴 하지만 그래도 단 한 명도 승리를 따내지 못했다는 게 너무 죄송스러워요."

"예지가 특별한 거야. 변수도 잘 이용했고. 그러니 너무 풀죽지들 말아. 난 정말 뿌듯했으니까."

"정말요?"

언니, 오빠들처럼 고개를 푹 숙이고 있던 심소혜가 조심스럽게 고개를 들었다.

그 모습에 벽우진은 환히 웃으며 심소혜의 머리를 쓰다듬었다.

"물론이지. 민호도, 남궁가주도, 제갈가주도 너희들을 보고 얼마나 놀랐다고. 다른 이들이야 두말할 필요도 없고."

"헤에."

"그러니까 너무 신경 쓰지 마. 너희들은 이미 충분히 잘 해주고 있으니까. 또 이번만 있는 것도 아니고."

벽우진의 말에 아이들이 고개를 번쩍 들었다. 마지막 말이 그들의 가슴에 콕콕 박혔던 것이다.

아직 용봉회는 끝나지 않았고, 이번이 마지막도 아니었다.

"자책은 해도 좋아. 좌절감에 빠지는 것도 피할 수는 없지. 하지만 그것보다 더 중요한 게 있어. 그게 뭘까?"

제자들의 달라진 눈빛과 표정을 보며 벽우진이 말을 이었다. 그러자 아이들이 곰곰이 생각에 잠겼다.

"복기 아닐까요?"

"거의 다 왔어. 하지만 정답은 아니지. 좀 더 명확하게."

도일수가 조심스럽게 입을 열었다. 대결 후 가장 먼저 해야 할 일은 몸 상태를 확인하고 복기하는 것이라고 생각해서였다.

그러나 벽우진은 이 정도에 만족하지 않았다.

"자신이 했던 실수나 혹은 잘못된 선택 같은 거 아닐까요?"

"오, 거의 근접했어. 그걸 좀 더 간략하고 명확하게."

"으음!"

벽우진이 빙그레 웃으며 말했다. 하지만 반대로 제자들의 표정은 더욱더 진지해졌다.

"저요, 저!"

"오, 그래. 우리 소혜."

언니 오빠들이 고뇌에 빠져 있을 때 심소혜가 손을 번쩍 들었다. 이거일까, 저거일까 고민하는 다른 제자들과 달리 심소혜는 무언가가 번뜩이자 망설이지 않고 손을 들며 소리쳤다.

"자신의 약점을 아는 거 아닐까요?"

"정답."

"꺄아!"

"우리 소혜 진짜 똑똑한데?"

벽우진이 웃으며 다시 한번 심소혜의 머리를 부드럽게 쓰다듬었다. 심대혜가 예쁘게 정리해 준 머리가 풀어지지 않게 조심하며 쓰다듬어 주었던 것이다.

그러자 심소혜의 슬그머니 고래를 앞으로 숙이며 해맑게 웃었다. 쓰다듬기 편하도록 각도를 조정한 것이다.

"헤헤헤!"

"모두 다 들었지?"

"예."

"오늘 비무에서 다들 느꼈을 거야. 자기에게 부족한 것이 무엇인지. 어떤 점 때문에 상대방에 밀렸는지 말이야."

헤실거리는 심소혜와 달리 다른 제자들의 눈에서는 기광이 번뜩였다. 이어지는 말에 다들 낮에 있었던 비무를 떠올리는 것이었다.

"먼저 일우."

"예."

"왜 진 거 같아?"

"기본기가 많이 부족했습니다. 일단 기술적으로 저보다 남궁 공자가 훨씬 위에 있었습니다."

양일우가 담담한 목소리로 대답했다.

음성 어디에서도 분하거나 짜증스러운 기색은 보이지 않았다. 그저 순순히 자신의 패배를 받아들였다.

패배가 익숙하기도 했고, 기본적으로 그는 자신과 남궁혁의 차이를 인정하고 있었다.

'불과 2년 전만 하더라도 나는 땅꾼이었으니까.'

아버지를 따라 온 산을 뒤지고 다니던 게 바로 자신이었다. 그러다가 천운이 닿아 벽우진을 만났고, 무인이 되었다.

반면에 남궁혁은 남궁세가의 적자이자 차대 가주였다. 애초부터 시작점이 다른데 이 정도로 접전을 벌였다면 선전한 것이었다.

"다행히 제대로 알고 있네."

"소혜가 말해준 게 컸습니다. 만약 소혜가 알려주지 못했다면 아직도 어설프게 알고 있었을 겁니다."

"어쨌든 알면 되었다. 그럼 대책 역시 생각해 낼 수 있다는 뜻이니까."

"더욱 열심히 수련하겠습니다."

양일우가 고개를 숙였다. 그러자 다른 아이들도 머리를 숙였다. 결국 필요한 건 수련이라는 걸 다들 알고 있는 것이었다.

"자신의 강점을 살리는 것은 중요해. 상대보다 우위에 있는 걸 굳이 포기할 이유는 없지. 하지만 중요한 것은 장점을 살리기 전에 기본기를 확실하게 다져놓아야 한다는 거다. 강점을 살리는 건 그 후에 해도 늦지 않아. 오히려 더욱 막강한 힘을 발휘하기도 하고."

"명심하겠습니다."

"그래도 잘했어. 짧은 시간에 이만큼 성장해 주어서 고맙다."

"아닙니다."

벽우진이 제자들 한 명, 한 명의 어깨를 두드려 주었다.

그러면서 오늘 있었던 비무에 대해서 족집게 조언을 해주었다. 무엇이 문제였는지, 그런 상황에서는 어떻게 대처해야 하는지에 대해서 세세하게 설명해 주었던 것이다.

"내일은 제가 오빠들을 대신해서 꼭 이길게요!"

"무리는 하지 말고. 다치지 않는 게 제일 중요해."

"흠흠!"

앙증맞은 주먹을 불끈 쥐고서 소리치는 심소혜를 바라보며 벽우진이 말했다.

어린 만큼 충동심도 크기에 불의의 사고는 의외로 많았다. 조심한다고 해도, 감독한다고 해도 사상자가 심심찮게 발생했던 것이다.

'죽은 이의 대부분이 치정 문제 때문이라고 하지만, 그래도 조심해서 나쁠 것은 없지.'

당차게 소리치는 심소혜의 머리를 쓰다듬으며 벽우진이 생각했다.

그리고 한쪽에서는 양일우가 헛기침을 했다. 제자들 중에서 가장 상처가 많은 이가 바로 그였기 때문이다.

"대련이나 비무에서 이기면 좋지만, 그렇다고 크게 연연할 필요는 없다. 어차피 중요한 것은 생사결이고, 살아남는 것이다. 그러니 굳이 무리하지 말고."

"예!"

"오늘 비무를 했지만 그렇다고 수련을 빼먹어서는 안 되겠지?"

"네!"

우렁차게 대답하는 아이들의 모습에 벽우진이 흐뭇한 미소를 지으며 몸풀기부터 시작했다.

그러자 제자들 역시 그를 따라 똑같은 자세를 취하며 몸을 풀었다.

아주 기초적인 체력 훈련만 했음에도 하루 만에 감기 몸살에 걸려 용봉회 첫날에는 참석하지 못했던 등이규가 목발을 짚고 있는 등선규를 부축하며 두 눈을 휘둥그레 떴다. 무당파에 들어온 것도 들어온 것이지만 말로만 들었던 용봉회에 직접 참석하게 되자 믿기지가 않았던 것이다.

그래서인지 등이규는 형을 부축하면서도 연신 주변을 두리번거렸다.

"신기하지?"

"예, 믿기지가 않아요. 제가 용봉회에 참석하다니."

"뭘 이런 거 가지고 그래. 앞으로는 더한 곳에도 갈 수 있을 텐데."

심소혜가 우쭐거리며 대답했다. 그녀도 용봉회는 처음이었지만 그래도 어제 참석했다고 등이규 앞에서 거들먹거렸다.

"이 녀석. 너도 용봉회는 처음이잖아."

"용봉회는 처음이지만 이런 자리는 두 번째지. 사천당가에서도 이거랑 비슷한 자리가 있었으니까."

반대쪽에서 등선규를 부축하던 심소천의 핀잔에도 심소혜는 당당했다. 그녀가 느끼기로 용봉회나 사천당가 때나 크게 다르지 않아서였다.

"대체 누굴 닮았기에 한마디도 안 지는지."

"그야 엄마를 닮았지. 그리고 그건 작은 오빠도 마찬가지야."

"끄응!"

왠지 모르게 자신이 패배한 것 같은 느낌에 심소천이 고개를 절레절레 저었다.

그 모습에 등이규는 물론이고 등선규도 어색하게 웃었다. 둘 다 형제에게는 아직 어려운 사람들이었기에 자연스레 눈치를 살폈던 것이다.

"애들 구경하게 가만히 놔둬. 그게 애들 도와주는 거야. 괜히 아는 척하다가 실수하지 말고."

"응."

"옙!"

조용히 한마디 하는 심대현의 말에 심소천은 심드렁하게, 심소혜는 귀엽게 대답했다. 마치 병사처럼 절도 있는 목소리로 소리쳤던 것이다.

그 모습에 심대현이 못 말리겠다는 표정을 지었다.

"저희가 이런 곳에 와도 될까요?"

"안 될 건 뭐야?"

"어……"

"너희 스승님이 곤륜의 태산권이신데. 별호는 너희도 들어봤지?"

"예, 패선, 대벽검, 태산권. 이 세 별호가 가장 유명하잖아요."

등이규가 곧바로 대답했다. 곤륜파 하면 떠오르는 별호가 바로 저 세 개였기에 그의 대답에는 막힘이 없었다.

"그 태산권의 제자가 바로 너희들이야. 또한 곤륜의 제자들이고. 그러니 부담 갖지 말고 편하게 구경해. 비무는 힘들겠지만 그래도 지켜보는 것만으로도 얻는 게 적지 않을 거야."

"예!"

다정하지는 않지만 그렇다고 귀찮은 기색도 안 내는 심대현의 말에 등이규가 한결 편해진 표정으로 고개를 주억거렸다.

그리고 등선규 역시 제 나이 또래다운 얼굴로 힐끔거리며 주변을 구경했다.

"난 진 호법님과 저쪽에 가 있을 테니 잘들 놀거라."

"예!"

"이규랑 선규 잘 챙기고. 아직은 아무것도 모르는 어린애들이니까."

"제가 책임지고 신경 쓰겠습니다."

믿음직스럽게 대답하는 도일수의 모습에 벽우진이 말없이 고개를 주억거렸다. 도일수라면 안 믿을 수가 없었다.

"애들 잘 부탁한다."

하지만 진구는 제자들이 계속 걱정되고 신경 쓰이는지 평소답지 않게 도일수의 손을 잡았다. 다시 한번 신신당부하는 것이었다.

"예, 걱정 마십시오."

"그래."

"별일 없을 겁니다. 우리가 계속 주시하고 있을 거고요."

"알겠습니다."

도일수에게 한 차례 눈짓한 벽우진이 진구를 데리고서 어제 앉았던 자리로 향했다.

그런데 선객이 있었다. 제갈현과 남궁진, 거기에 법무와 목진자, 개왕도 한 자리씩을 차지하고 있었던 것이다.

"이제 왔냐? 오늘은 좀 늦었는데?"

그리고 그 가운데에는 당민호가 어제와 마찬가지로 술잔을 기울이고 있었다. 어제와 달리 개왕과 함께 말이다.

"인원이 왜 점점 늘어나는 거야?"

"그건 나도 모르지. 사람이 오고 가는 거야 자기들 마음이니까."

"참나."

"오랜만입니다, 어르신."

얼굴 가득 못마땅한 기색을 띠는 벽우진과 달리 당민호는 무엇이 재미있는지 실실 웃었다.

그러다가 벽우진의 뒤에 서 있는 진구를 발견하고는 자리에서 벌떡 일어났다.

"살판났군."

"흐흐흐! 제가 또 과거에 역마살이 있던 녀석 아닙니까. 이렇게 마실을 나오니 너무 좋습니다. 애기들의 파릇파릇한 열정도 짜릿하고요."

"그것보다는 술판이 벌어져서 좋은 것 같은데."

"어차피 얼마 남지 않은 인생, 하고 싶은 거 마음껏 해야 하지 않겠습니까."

벌써 거나하게 취했는지 코가 살짝 벌게진 당민호가 히죽 웃으며 말했다. 그 모습으로 보아 밤새 술을 퍼마신 게 분명했다.

"쯧쯧. 그 나이에 그러다가 훅 간다. 쥐도 새도 모르게."

"에이. 그렇게까지는 안 마시죠. 나름 조절하고 있습니다."

"다른 자리로 가시죠."

넉살 좋게 대꾸하는 당민호를 일별한 벽우진이 다른 원탁으로 갔다. 같은 원탁에 앉으면 귀찮게 굴 게 뻔하니 아예 다른 자리로 간 것이다.

그런데 벽우진이 비어 있는 원탁에 앉기 무섭게 법무와 목진자, 제갈현과 남궁진이 자연스럽게 넘어왔다.

"뭐야?"

"저는 술보다는 차를 좋아해서 말이지요."

"흠흠!"

제갈현과 남궁진이 겸연쩍은 기색으로 자리에 앉았다.

반면에 다른 이들은 당연하다는 듯이 한 자리를 차지했다.

"저 아이들이 진 대협의 제자들인가 봅니다."

"그렇소이다."

조용히 벽우진의 옆에 앉는 진구를 향해 법무가 슬그머니 말을 걸었다.

하지만 진구의 시선은 두 제자에게서 떨어질 기미를 보이지 않았다. 만난 지 얼마 되지는 않았지만 사제의 연을 맺어서 그런지 진구는 좀처럼 마음이 놓이질 않았다. 어린아이를 강가에 내놓은 것처럼 온갖 걱정이 들었던 것이다.

"제자 사랑이 대단하시네요."

고개도 돌리지 않고 건성으로 대답하는 진구의 모습에 법무가 머쓱한 표정을 지으며 벽우진에게 말했다.

그러자 벽우진이 피식 웃었다.

"아무래도 첫 제자니까 어쩔 수 없지. 근데 이곳에는 웬일이야?"

"장문인이 여기 계실 것 같아서요."

"나한테 무슨 볼일이 있다고."

"허허, 숙소에 혼자 있기도 좀 그래서 말이지요. 진 대협께서 드디어 제자를 받으셨다고 해서 궁금하기도 했고요."

법무의 시선이 등선규와 등이규에게로 향했다.

그런데 그건 다른 이들도 마찬가지였다. 당민호를 제외한 모두가 두 형제를 은연중에 주시했던 것이다.

"보니까 어때?"

"으음. 아직은 잘 모르겠습니다. 근골은 나쁘지 않아 보입니다만."

"최상의 자질은 아니지?"

"허허허."

법무가 멋쩍게 웃었다. 긍정도 부정도 하지 않았던 것이다.

하지만 벽우진에게는 그것만으로도 충분했다.

"소림사의 무승이 보기에는 그렇겠지. 하지만 중요한 건 진 호법님의 무맥을 잇기에 적합하냐, 적합하지 않느냐이지."

"그렇지요, 아미타불."

법무가 순순히 고개를 끄덕였다.

가장 중요한 건 진구의 무공에 맞느냐 맞지 않느냐다.

"지금은 볼품없어 보일지 모르지만, 글쎄. 내년이 되면 어떻게 될까나. 잊은 모양인데 내 제자들은 아직 2년도 채 안 되었어."

"으음!"

법무를 비롯해서 모두가 침음을 흘렸다. 간과하고 있던 것을 모두 깨달은 것이었다. 게다가 곤륜파는 단기간에 제자들을 성장시킬 역량을 가지고 있었다.

"그 비법을 전수받을 수 있다면 꼭 전수받고 싶습니다."

"말도 안 되는 소리라는 건 알고 있지?"

"하하하."

제갈현이 넉살 좋게 웃었다. 농담처럼 말했지만 반은 진담이었다.

"다들 여기에 모여 계셨군요."

"응? 자네가 여기는 웬일이야?"

"하하. 제가 무당의 장문인입니다."

등선규와 등이규를 신경 쓰면서 나름 후기지수들과 잘 어울리는 제자들의 모습을 흡족한 얼굴로 지켜보고 있을 때 익숙한 음성이 들려왔다. 손님을 응대하느라 정신이 없어야 하는 혜량이 모습을 드러냈던 것이다.

"그건 알지. 근데 바쁘지 않아?"

"다행히 무당에는 저만 있는 게 아니라서 말이지요. 게다가 중요한 분들은 어제 다 만나기도 했고요."

"뭐, 올 사람은 다 오긴 했지."

"그리고 저도 궁금해서 말이지요."

"이상하게 본 파에 관심이 많네."

혜량의 시선이 여전히 적응을 하지 못한 듯 어정쩡하게 서 있는 등선규와 등이규에게 향하자 벽우진이 실소를 흘렸다. 왜들이렇게 곤륜파에 관심을 가지는지 이해가 가지 않아서였다.

"저뿐만이 아닙니다. 아마 무당산을 찾은 모든 이들이 장문인과 진 호법, 제자들에게 관심을 가지고 있습니다."

"이거 참. 사람 부담스럽게."

벽우진이 어깨를 으쓱거렸다. 관심을 가져주는 건 좋지만살짝 과한 것 같아서였다.

"말씀드리지 않았습니까. 장문인께서 이번 용봉회에 참석하신다는 소식이 알려지기 무섭게 참석하겠다는 인원이 두 배이상 늘었다고요."

"쯧쯧. 내 얼굴 봐서 뭐 하려고."

"혹시 모르니까요. 내 자식이 혹은 우리 혈족 중 누군가가장문인과 연이 닿을 아이가 있을지도 모르니까요."

혀를 차는 벽우진을 향해 혜량이 의미심장한 표정을 지었다. 하지만 이것도 나름 순화해서 한 말이었다. 정작 벽우진은그의 말에 전혀 신경 쓰고 있지 않았지만 말이다.

"지금의 곤륜파는 많은 이들이 입문을 희망하는 문파입니다. 잠재성은 두말할 필요도 없거니와 전통과 역사 역시 가지고 있는 명문이니까요."

혜량을 거들 듯이 제갈현이 말을 이었다. 그러자 조용히 앉아 있던 이들이 고개를 주억거렸다.

"아직 갈 길이 멀어. 이제 시작하는 단계인데."

"제 생각은 다릅니다. 십 년도 채 걸리지 않을 거라고 저는 생각합니다."

"그래서 참 부럽습니다. 저희는 아직도 갈 길이 깜깜한데 말이지요."

벽우진은 고개를 저었다.

그러나 제갈현이나 목진자의 생각은 다른 듯했다.

지금 곤륜파가 보여주는 성장세라면 곧 구대문파에 복귀하고도 남았다.

'가장 걱정해야 하는 건 우리와 점창파이지.'

형산파와 종남파는 빠르게 피해를 회복하고 있었다.

특히 종남파의 약진이 대단했다. 이해득실에 밝은 곽자량이 있어서인지 생각보다 빠르게 전력을 복구하고 있어서 목진자는 적지 않은 부담감을 느끼는 중이었다.

'이제 슬슬 세인들도 구대문파에 어느 곳이 속할지 궁금해하기도 할 테고.'

목진자의 시선이 벽우진에게로 향했다.

규모는 가장 작았지만 구대문파 중 그 어떤 곳보다 세인들의 집중을 받는 곳이 바로 곤륜파였다.

게다가 곤륜파에는 일당백, 아니, 일당천을 넘어 일당만에 가까운 벽우진이 있었다. 패선이라는 별호 하나만으로도 다른 명문대파와 어깨를 나란히 할 수 있는 만큼, 거의 대부분의 사람들은 구대문파의 한 자리에 곤륜파를 채울 터였다.

"깜깜하긴. 잘하고 있는 것 같더만."

"열심히 하고는 있습니다만, 그래도 많이 부족합니다. 하하하."

"그러면 됐어. 차차 나아지는 게 중요하지. 그래도 최악의 상황은 면했잖아? 본 파는 단 셋이서 시작했어."

"열심히 본받는 중입니다."

"공동파의 제자들도 많이 늘었네."

벽우진의 시선이 공동파의 제자들에게로 향했다. 심대현이나 심소천, 도일수 등과 함께 있기에 찾는 데 어려움은 없었다.

"다들 열의가 대단합니다. 북해빙궁을 몰아내긴 했지만 아직 남아 있기도 하고요."

"신경 써야 하지. 분명히 언젠가는 다시 쳐들어올 테니까."

"예, 그래서 다들 대비하고자 부지런히 수련하는 중입니다."

목진자가 뿌듯한 얼굴로 대답했다.

곤륜파의 제자들처럼 눈부신 성장세를 보여주지는 못했지만 그래도 하루하루 조금씩 발전하고 있었다. 노력들이 켜켜이 쌓이고 있었던 것이다. 그렇기에 목진자는 언제가 그 노력에 대한 보상이 반드시 있을 거라고 생각했다.

"잘하고 있네."

"감사합니다."

"나한테 고마워할 건 없고. 자네가, 공동파가 알아서 잘하고 있는데."

"그래도 본보기가 있다는 건 상당한 도움이 되니까요. 자극도 되고요."

"우리 애들에게도 마찬가지야."

벽우진의 시선이 하나둘 비무를 시작하는 제자들에게로 향했다.

그런데 상대는 공동파의 제자들이었다. 어제는 구룡과 비무를 하더니 오늘은 공동파의 제자들로 시작을 하는 것이었다.

"서로에게 좋은 일이라고 생각합니다."

"믿을 수 있는 아군은 많으면 많을수록 좋지."

고개를 주억거린 벽우진이 당민호를 쳐다봤다.

이제는 황보세가, 하북팽가의 가주들과 함께 술을 부어라 마셔라 하는 모습에 벽우진은 이내 고개를 절레절레 저었다.

한 덩치 하는 두 사람이 합류했음에도 당민호는 조금도 밀리지 않았다.

"저도 같은 생각입니다. 물론 지금은 공동의 힘이 미약하지만……."

"그건 모르는 일이야. 앞날은 아무도 몰라. 가까운 예로 본파를 봐. 그리고 공동파 역시 명문대파 아냐?"

"가, 감사합니다."

목진자가 울컥한 표정을 지었다. 다른 이도 아니고 벽우진이 이렇게 말할 줄은 몰라서였다.

"원한은 절대 잊지 않지만 은혜도 절대 잊지 않아. 공동파에 도울 일이 있으면 곤륜파는 언제든지 힘을 보낼 거야."

"정말, 감사합니다."

눈가가 촉촉해진 목진자가 감동받은 얼굴로 다시 한번 고개를 숙였다. 하지만 벽우진은 별것도 아닌 일로 왜 울컥하냐는 듯이 쳐다봤다.

"참고로 이건 너희들에게도 마찬가지야. 받은 게 있다면 주는 것이 당연하니까."

"꼭 그런 걸 바라고 대막행에 참여한 것은 아닙니다. 중원무림이라는 대의를 위해서 함께한 것이지요."

"하지만 아예 바라지 않는 건 또 아니잖아."

"장문인의 말씀대로 나중 일은 아무도 모르는 것이니까요. 허허허."

제갈현이 은근히 뻔뻔하게 대답했다.

그 모습에 벽우진이 피식 웃었다.

"아닌 척은."

"분위기가 어제보다 더 좋은 것 같습니다."

제갈현이 슬그머니 화제를 돌렸다. 아무래도 이런 얘기는 이렇게 공개된 곳에서 하기에는 조금 그래서였다.

"그래도 어제 봤다고 눈에 좀 익은 것이겠지."

"곤륜파가 제일 인기 많네요. 그동안은 구룡오화에 집중되었는데."

"천편일률적인 것은 무엇이든 좋지 않아. 변화가 있어야 발전도 있는 법이지."

벽우진이 흐뭇한 얼굴로 대답했다. 말은 안 해도 제자들이 후기지수들의 집중된 관심을 받자 기분이 좋아진 것이다.

그리고 벽우진의 제자 사랑은 세간에 이미 유명했다.

"하긴. 시대가 바뀌고 있으니까요."

제갈현이 묘한 표정을 지었다.

그뿐만 아니라 모두가 알고 있었다. 세상이 빠르게 변하고 있음을 말이다.

○

용봉회가 열리는 칠성궁. 그곳은 어제와 달리 중년으로 보이는 남자와 여자들의 비율이 확연히 올라가 있었다.

어제는 후기지수들 위주로만 모여 있었다면 오늘은 부모나 삼촌 혹은 당숙으로 보이는 이들이 대거 칠성궁을 찾았던 것이다. 그것도 하나같이 열 살 남짓한 아이들을 대동한 채로 말이다.

"왜 하필 오늘 저렇게 죄다 모여 있는지."

"내 말이. 하나같이 바쁘신 분들이 왜들 저렇게 모여 있는 것인지."

아이, 조카 혹은 어린 손주를 대동하고서 칠성궁을 찾은 이들이 발을 동동 굴렀다. 하나같이 벽우진과 장문인, 가주들이 앉아 있는 곳을 힐끔거리며 탄식을 흘렸던 것이다.

"어떻게 보면 이것 또한 기회이기는 한데 말이지."

반대로 비슷한 상황이지만 눈을 빛내는 이도 있었다.

요즘 한창 강호를 뒤흔드는 곤륜파가 가장 좋은 건 사실이지만 제갈세가나 남궁세가도 나쁘지 않았다. 비록 세가 기울었다고 하지만 하북팽가나 황보세가 역시 나쁘지 않았고, 아직은 강호를 호령하는 명문세가인 만큼 저 가문들의 눈에 띄어도 나쁠 건 없었다.

"하지만 실세는 곤륜파지."

패선이 든든하게 중심을 잡고 있는 곤륜파야말로 떠오르는 신성이자 가장 이상적인 문파였다.

일단 규모가 작다 보니 중진의 한 자리를 잡기도 쉬울뿐더러 패선의 제자 사랑은 너무나 유명했다. 속가제자들의 복수를 위해 대막까지 쳐들어간 일화는 너무나 유명했고.

유명세와 무공도 중요하지만 그래도 부모 입장에서 가장 혹할 수밖에 없는 건 장문인의 제자 사랑이었다.

"다만 문제는 누가 시작을 끊느냐인 건데……."

부모들의 눈치 싸움이 시작되었다.

벽우진 주위에 너무나 대단한 이들이 모여 있기에 모두가 섣불리 다가가질 못했다.

여기 있는 그들도 고향에서는 방귀깨나 뀌는 이들이었지만 감히 남궁세가, 제갈세가와 비교할 수는 없었다. 막말로 저들의 말 한마디면 가문이, 문파가 풍비박산 나는 것도 불가능하지 않기에 다들 은밀히 눈치를 살폈다.

'일단은 우리 아이가 패선의 눈에 띄어야 하는데. 좋은 수가 없을까.'

벽우진이 무당파에서 열리는 용봉회에 참석한다는 소식에 멀리 절강성에서 온 염화적이 눈알을 굴렸다. 어떻게 해야 자연스럽게 벽우진이 자신의 아들을 볼까 궁리했던 것이다.

하지만 아무리 벽우진을 힐끔거려도 그의 시선은 제자들에게서 떨어지지 않았다. 마치 물가에서 놀고 있는 자식을 지켜보는 것처럼 제갈세가주, 목진자와 대화를 하면서도 시종일관 주시하는 모습에 염화적이 입술을 핥았다.

"아빠, 저거 먹으면 안 돼?"

"기다려 봐. 음식은 나중에 실컷 먹을 수 있으니까."

"우리 동네와는 다른 음식 같은데. 맛있어 보이는데."

아들이 철없이 입맛을 쩝쩝 다셨다. 그를 닮아 길쭉하기보다는 동그란 체격을 가지고 있었는데 평소와 달리 마음껏 먹지 못하자 입술을 삐죽 내밀고 있었다.

"지금 음식이 중요한 게 아냐."

"그럼 애들이랑 놀면 안 돼? 여기 예쁜 애들 많던데."

아홉 살임에도 남자는 남자였다. 어려도 예쁜 아이와 못생긴 아이를 구분할 줄 알았던 것이다.

하지만 평소라면 귀여웠을 그 모습이 지금은 너무나 답답했다.

"지금은 그게 중요한 게 아냐."

"그럼? 저기 저 남자 보이지?"

"아저씨들 사이에 있는 삼촌?"

"그래."

염화적이 한쪽 무릎을 꿇고서 아들과 눈높이를 맞추며 손가락으로 어느 한 곳을 가리켰다. 바로 벽우진이 앉아 있는 원탁이었다.

"저 삼촌이 왜?"

"아들은 저분의 제자가 되어야 해. 그러면 영웅이 될 수 있어. 그것도 이 강호를 호령하는!"

"영웅?"

나지막하지만 힘이 담긴 아빠의 어조에 아들이 눈을 빛냈다. 어리기에 더더욱 영웅이라는 말에 혹했던 것이다.

"그래, 협객도 될 수 있고."

"진짜?"

"응, 하지만 저분은 아무나 제자로 받아주지 않아. 그러니까 아들은 저분에게 잘 보여야 해."

"아빠가 그렇게 해줄 수 없어?"

아들이 천진난만한 눈으로 염화적을 쳐다봤다.

지금까지 아빠는 마치 신처럼 모든 걸 자신에게 해줬다. 그렇기에 아들은 이번에도 아빠가 그리해 줄 수 있을 거라고 생각했다. 머릿속으로는 이미 강호의 영웅, 협객이 된 자신을 떠올리면서 말이다.

"이번만은 안 돼. 아빠의 힘으로도 불가능해. 오직 아들만이 할 수 있어."

"히잉. 그냥 아빠가 해주면 안 돼?"

찐빵처럼 통통한 볼을 잔뜩 부풀리며 아들이 떼를 썼다. 보통은 이러면 힘든 일도 아빠가 해주어서였다.

하지만 이번은 달랐다.

"정말 안 돼. 아빠가 할 수만 있다면 진즉에 해줬지."

염화적의 시선이 빠르게 주변을 훑었다.

그가 아들을 어르고 달래는 사이 어느새 많은 이들이 벽우진에게 상당히 접근한 상태였다.

여기저기에서 벌어지는 비무로 어수선한 사이 다들 자식 혹은 조카들을 데리고 슬그머니 벽우진이 앉아 있는 원탁으로 모여들고 있었다.

"나 혼자는 무서운데……."

"협객 되기 싫어? 되기만 하면 예쁘고 귀여운 소녀들이 아들에게 줄을 설 텐데?"

"흐으으!"

기분 좋은 상상을 하는지 아들이 헤벌쭉 웃었다.

그러나 반대로 염화적은 초조해졌다. 경쟁자들이 느리지만 확실하게 벽우진을 향해 접근하고 있어서였다.

"그렇게 되기 위해서는 뭐가 중요하다?"

"저 무서운 삼촌의 제자가 되어야 한다."

"맞아. 그러니까 얼른 가자. 저분의 제자가 되기만 하면 절강성이 문제가 아니야. 전 중원에 이름을 떨칠 수 있어. 그리되고 싶지?"

"응!"

아들이 방금 전과 다르게 다부진 얼굴로 대답했다. 그뿐만 아니라 근육이라고는 전혀 없는, 살이 포동포동한 주먹을 불끈 쥐어 보였다.

"자, 가자!"

만족스러운 얼굴로 고개를 주억거린 염화적은 아들의 손을 잡았다. 이 기세를 몰아 벽우진에게 자신의 아들을 보여주기 위해서였다.

'패선이라면 반드시 내 아들의 자질을 알아볼 것이야! 아니, 어쩌면 절강성에서의 영향력을 확대하기 위해서라도 우리 가문과 손잡는 것을 감안하고 있을지도 모르지!'

염화적이 눈을 빛냈다.

강호에서 명망 높은 명문세가는 아니지만 대대로 절강성 항주에서 오랫동안 자리를 지켜온 가문이 바로 그의 가문이었다. 때문에 염화적은 벽우진이 충분히 자신의 가문과 아들을 눈여겨볼 거라고 생각했다.

'내 아들이어서가 아니라 재능은 충분하니까!'

살이 좀 쪄서 그렇지 아들의 근골은 제법 훌륭했다. 키도 또래보다 일척은 더 컸고, 힘도 장사였다. 동네에서는 한두 살 많은 형들도 가볍게 제압할 정도로 말이다.

'안목이 남다른 장문인이 내 아들의 재능을 못 알아볼 리 없지!'

염화적이 히죽 웃었다.

지금껏 벽우진이 선택한 제자들은 모두 다 말도 안 되는 성장을 보여주었다.

속가제자들은 아직 증명을 해야 하는 과정이 남아 있었지만 입산한 시기를 생각하면 당분간은 지켜보는 게 맞았다.

하지만 본산제자들은 달랐다. 짧은 시간에 눈부신 성장을 보여주었다.

'땅꾼의 아들, 객잔에서 일하던 고아들, 거기에 쟁자수 하나. 이런 녀석들도 저만한 고수가 되었는데 우리 아들이라면 저 녀석들보다 더한 고수가 되겠지!'

전형적인 문사 체형의 그와 달리 아들은 태어났을 때부터 장군감이라는 소리를 들었다. 그 정도로 골격이 장대하고 힘이 넘치는 만큼 염화적은 아들을 보는 순간 벽우진이 달려올 것이라고 생각했다.

"차합!"

"합!"

"내가 더 잘해!"

"나는 허공에서 다리도 찢을 수 있어!"

염화적이 야망과 탐욕으로 가득 찬 눈빛을 뿌리며 벽우진이 자리 잡은 원탁 근처로 성큼성큼 걸어갔다.

그런데 역시나 먼저 와 있는 이들이 있었다. 하나같이 자식들을 앞세우고서 말도 안 되는 재롱 잔치를 벌였던 것이다.

"아빠, 난 뭐를 해야 해?"

"간단해. 이것들을 부수면 돼."

"알았어!"

염화적이 조용히 따라온 하인에게 눈짓을 했다. 그러자 등에 각목을 한 아름 메고 있던 하인이 그것들을 하나씩 아들에게 건넸다.

"최대한 시원하게, 소리가 크게 나도록 박살을 내버려."

"이런 건 쉽지!"

힘쓰는 것이야말로 아들이 가장 자신 있어 하는 것이었다.

그렇기에 우렁차게 대답하고는 두 팔의 힘만으로 각목을 부러뜨렸다. 제법 두꺼운 두께의 각목을 어렵지 않게 동강 냈던 것이다.

우지끈!

어느 정도 휘어지다가 끝내 버티지 못하고 부서지는 각목에서 제법 큰 파열음이 터져 나왔다.

그러자 시선들이 집중되었다. 아이들만 있는 곳에서 생각지도 못한 소리가 들리자 다들 고개를 돌렸던 것이다.

'드디어!'

그리고 그중에는 벽우진도 있었다.

역시나 큼지막한 소리에 반응한 것이었다.

"흐아암!"

하지만 벽우진의 시선이 아들에게 머문 것은 찰나에 불과했다. 뭔가 하고 보더니 다시 고개를 제자리로 돌렸던 것이다.

털썩!

그 모습에 염화적이 멍한 얼굴로 입을 쩍 벌렸다. 기대했던 예상과는 전혀 다른 결과에 순간적으로 넋을 놓은 것이다.

"푸크큭!"

"킥!"

주변에서 억눌린 비웃음 소리가 들려왔다. 염화적이 무엇을 노리고 이런 일을 꾸몄는지 그들 역시 모르지 않아서였다.

그러나 안타깝게도 온갖 방법을 다 동원했음에도 벽우진의 간택을 받는 이는 없었다. 누구 하나 주의 깊게 살펴보지 않았던 것이다.

"이, 이러면 안 되는데……!"

"어째서! 왜 우리 아들이!"

"직접 찾아가 봐야 하나?"

워낙에 쟁쟁한 인물들이 주변에 있어 누구도 선뜻 벽우진을 찾아가지 못했다.

벽우진은 무명도 높지만 그 못지않게 까칠한 성격으로도 유명했다. 괜히 귀찮게 했다가 된서리를 맞을 수도 있기에 누구하나 섣불리 다가가지 못했다.

"설마 단 한 명도 없는 건가?"

"제자를 더 이상 받지 않겠다고 공언한 적은 없는 것 같은데."

"왜 우리 아이의 재능을 몰라보는 거지? 대체 왜?"

여기저기에서 웅성거리는 소리가 들려왔다.

그중에는 이제 와서 벽우진의 안목을 의심하는 목소리도 있었다. 자신의 자식이 선택받지 못하자 벽우진 탓을 하는 것이었다.

"아빠! 언제까지 해야 해?"

빠직!

그렇게 시끌벅적한 와중에도 염화적의 아들은 계속해서 각목을 부수고 있었다. 재미있는지 혼자 싱글벙글 웃으면서 말이다.

"이제 그만해도 될 것 같구나……."

"에, 끝난 거야? 그럼 나 이제 저 삼촌 제자 되는 거야?"

아들의 두 눈이 반짝거렸다. 강호를 진동시키는 협객이 된 자신을 떠올리는 것이었다.

그 모습에 염화적이 어색하게 웃었다.

"다음에, 다음 기회를 노리자꾸나."

차마 아들에게 현실을 말해줄 엄두가 나지 않은 염화적은 힘없이 자리에서 일어났다. 그러고는 미련이 덕지덕지 묻은 눈빛으로 벽우진을 쳐다봤다.

○

"이런 광경은 또 처음이네요."

"용봉회에서 이런 일이 벌어질 줄이야."

"그래도 이해는 갑니다. 제가 만약에 저들과 같은 입장이었어도 혹시나 하는 마음에 달려들었을 겁니다."

체념한 얼굴로 연회장을 벗어나는 이들도 있는 반면에 마지막까지 기대의 끈을 놓지 못하는 부모들도 있었다. 벽우진이 시선 한 번 주지 않았음에도 끝끝내 포기하지 않았던 것이다.

그런 이들을 쳐다보며 제갈현이 씁쓸한 듯 입맛을 다셨다.

"욕심이 과해. 아무리 자기 핏줄이라지만 평가도 너무 후하고."

"그게 부모이지 않습니까."

"때론 냉정할 필요도 있는 법이야."

남궁진이 단호하게 말했다.

진짜 재능이 있다면 어떻게든 연이 닿았을 터였다.

물론 벽우진의 제자들처럼 특이한 경우가 아예 없는 것은 아니었지만 여기 무당파까지 왔음에도 지금껏 인연이 닿지 않았다면 그건 한 가지를 뜻했다. 부모들이 생각하는 만큼 자질이 그리 뛰어나지 않다는 뜻이었다.

'인정하기, 아니, 인정할 수 없겠지만 말이지.'

세상에는 인력으로 되는 게 있었고, 안 되는 게 있었다.

그리고 인생을 마음 편하게 살려면 안 되는 일에 매달려서는 안 되었다. 적당히 인정하고, 받아들이며 사는 게 속 편했다. 마치 그가 없는 왼팔에 굳이 연연하지 않는 것처럼 말이다.

"가주님께서도 쉽지 않다는 것을 아시지 않습니까."

"그렇긴 하지만 그렇다고 매달려서 달라질 것은 없어."

"맞습니다. 근데 장문인."

"왜?"

"정말 없습니까?"

제갈현이 슬쩍 물었다.

그동안 벽우진이 보여준 행보를 생각하면 이 자리에서 제자를 구해도 이상할 게 전혀 없었다. 늘 남들과는 다른 방식으로 제자들을 받아들였으니까.

하물며 같이 앉아 있는 진구조차도 그렇게 간간하게 제자를 구하다가 뜬금없이 장애가 있는 아이를 제자로 받아들이지 않았던가.

"있으면 내가 움직였겠지?"

"근골이 썩 괜찮아 보이는 아이들도 있던데요."

"그럼 뭐 해. 우리와 안 맞는데."

"속가제자로 받아들일 만한 아이도 없습니까?"

벽우진에게 자신만의 남다른 기준이 있음을 알고 있었다. 그래서 제갈현은 더욱 궁금했다. 대체 어떤 기준으로 벽우진이 제자를 받아들이는지 말이다.

"아직은 안 보이네."

"그래도 제자는 계속 받아들이실 생각이시지 않습니까?"

단호하게 대답하는 벽우진을 보며 목진자가 슬그머니 대화에 참여했다.

곤륜파의 행보에 대해 궁금한 건 그 역시 마찬가지였다. 더불어 공동파 역시 한창 세력을 키워야 할 때이기도 했고.

"받아들여야지. 지금은 인원이 너무 적으니까. 일단 청민이가 좀 더 제자들을 들여야 하는데."

"속가제자들도 더 받으셔야 하지 않을까요? 곤륜파에 입문하고 싶어 하는 이들이 꽤 많은 것으로 알고 있습니다."

"그렇다고 아무나 받아들일 수는 없지. 괜히 이상한 풍문에 휩싸일 수도 있고."

"저도 그게 가장 근심거리입니다. 사람을 함부로 받을 수가 없어서요. 제자를 가르친다는 게 단순히 무공만 가르치는 게 아니니까요."

"그렇지."

벽우진이 고개를 주억거렸다. 아무래도 그 역시 같은 입장이어서였다.

또한 같이 문파를 재건하는 입장이기도 했고.

"그렇지만 이런 광경은 조금 부럽습니다."

"부럽기는. 자네에게도 잘 보이고 싶은 마음도 있을걸? 공동파도 구대문파의 한 자리를 당당히 차지하고 있지 않나."

"과거에는 그랬었지요. 하지만 지금은 잘 모르겠습니다."

목진자의 얼굴이 어두워졌다.

냉정하게, 현실적으로 따져 보았을 때 현재 아홉 개의 문파를 꼽으면 공동파가 들어갈 수 있을지 장담할 수 없었다. 그렇다고 다른 문파의 몰락을 비는 짓은 하고 싶지 않았고.

"에이. 그래도 우리보다는 낫지. 우리는 규모 자체가 공동파와도 비교가 안 되는데."

"대신 질이 다르지 않습니까."

"지금이야 그렇지. 하지만 나 이후가 문제지."

목진자는 섣불리 대답하지 않았다. 아무래도 민감한 문제이다 보니 말을 조심하는 것이었다.

말이라는 게 한번 내뱉어진 순간 다시 주워 담을 수가 없었다. 그렇기에 목진자는 벽우진의 눈치만 살폈다.

"마음에 드는 아이들은 있어?"

"아직은 보이지 않습니다. 괜찮기는 하지만 꼭 데려오고 싶을 정도는 아니라고나 할까요."

"애매한 느낌 나도 잘 알지. 그리고 애매할 때는 과감하게 결단을 내리는 게 중요해. 괜히 애매한 게 아니거든."

"맞습니다."

아직도 곳곳에서 기합성이 터져 나왔지만 정작 벽우진이나 목진자, 진구의 시선을 끄는 아이들은 없었다.

그러는 사이 소림사, 화산파, 청성파, 아미파의 수장들도 하나둘 칠성궁에 모습을 드러냈다. 벽우진과 당민호, 개왕이 있다는 소식을 듣고 이리로 모여든 것이다.

열 살 남짓한 아이들이 부모와 함께 벽우진에게 선택을 받기 위해 애를 쓰고 있을 때 한쪽 구석에는 군소방파의 자제들과 제자들이 모여 있었다. 명문이라고 하기에는 애매하고 신흥 방파라고도 할 수 없는, 어중간한 위치에 있는 이들이 자연스럽게 한곳에 모였던 것이다.

비슷한 처지이기에 자연스럽게 모인 그들은 하나같이 불편한 기색으로 곤륜파의 제자들에게 다가가는 이들을 쳐다봤다.

"박쥐 같은 녀석들."

"저렇게까지 하고 싶을까."

"왜? 저것도 처세술의 하나인데. 현재 가장 끗발이 좋은 패선의 제자들이잖아. 안면을 익혀둬서 나쁠 것은 없지."

아니꼬운 시선으로 곤륜파의 제자들에게 접근하는 후기지

수들을 쳐다보던 이들이 한 곳을 쳐다봤다. 마치 자신은 이해한다는 듯이 말하는 게 어처구니가 없어서였다.

"그럼 장 공자도 가시지 왜 여기 있는 거요?"

"지금 가봤자 어차피 제대로 기억도 못 할 테니까. 저렇게 우르르 몰려간다고 능사가 아니지."

"대단하시구려. 거기까지 계산을 하고 있을 줄이야."

벽산문의 대제자가 비아냥거렸다.

하지만 그의 이죽거림에도 장춘은 되레 빙그레 웃었다.

"대세를 굳이 거스를 필요가 있나. 그리고 자네 역시 속으로는 부러워하고 있지 않나."

"무, 무슨 말을!"

대제자가 얼굴을 붉혔다. 발끈하며 소리쳤던 것이다.

하지만 그 모습에 장춘의 미소는 더욱 짙어졌다.

"부러우니까 이렇게 툴툴거리는 거지 않나. 자기도 저렇게 관심을 받고 싶은데, 받을 수가 없으니까. 그렇다고 먼저 다가가기에는 자존심이 상하고. 거기다 나이도 적지 않으니까."

"말도 안 되는 소리!"

"뭐, 다들 똑같겠지만."

장춘의 시선이 주위에 모여 있는 청년들을 훑었다.

그러자 하나같이 심기가 불편한 표정들로 그를 쏘아봤다. 너무나 적나라한 말에 반감이 일었던 것이다.

"말이 너무 과한 것 같소이다."

"아무리 가장 연장자라고 하나, 말은 가려서 해주셨으면 좋겠습니다."

"크흠!"

여기저기에서 헛기침과 서늘한 적의가 흘러나왔다.

그러나 장춘은 그저 어깨를 으쓱거리기만 했다.

"기분 상했다면 미안하군. 하지만 내가 보기에는 이렇게 비아냥거리고 깎아내리는 게 더 이상해 보여서 말이지. 적어도 저들은 나름대로 노력하고 있으니까. 그런데 자네들은 어떤가? 그저 지켜만 보고 있지 않나? 그럼 변하는 것은 아무것도 없어."

··· 제3장 ···
별이 지다

"장 공자의 생각은 알겠소. 하지만 그걸 우리에게는 강요하지 마시오."

"그쪽이 그렇게나 기회주의자일 줄은 몰랐소이다."

진심이 담긴 충고에도 여전히 모여 있는 장정들은 비아냥거렸다. 장춘이 이상한 것처럼 다들 몰아갔던 것이다.

"기회주의자가 나쁜 건가? 이상하네. 난 다들 기회를 기다리고 있는 것처럼 느껴졌는데 말이지."

"……."

"하물며 청해일미, 아니, 검봉(劍鳳)을 힐끔거리던 이가 한둘이 아닌 걸로 봤는데. 아닌가?"

"커험!"

"큼!"

장춘의 시선을 그 누구도 마주하지 못했다. 은근슬쩍 서예지를 훔쳐본 것은 사실이었기 때문이다. 게다가 말도 안 되는 상상을 하기도 했었고 말이다. 물론 상상 속처럼 행동하지는 않았지만.

"고고하게 자존심을 지키고 싶으면 그렇게 해. 그게 틀린 건 아니니까. 다만 달라지지 않을 뿐이지."

장춘은 그리 말하며 발걸음을 옮겼다. 쭈뼛거리며 다가오는 이들이 민망하지 않게 하나하나 정중하게 응대하는 곤륜파의 제자들에게로 다가갔던 것이다.

그 근처에는 구룡오화도 같이 있어 말 그대로 인산인해를 이루고 있었지만 다행히 장춘은 얼마 기다리지 않아 인사를 나눌 수 있었다.

"처음 뵙겠습니다. 장백파의 장춘이라고 합니다."

"안녕하세요. 곤륜의 도일수입니다."

"얘기 많이 들었습니다. 이번 대막행에서 혁혁한 공을 세우셨다고요."

"아닙니다. 그저 다른 분들께 짐이 되지 않은 정도입니다."

장춘의 눈매가 부드럽게 휘었다. 젊은 나이이기에 조금만 추켜세워 주면 우쭐할 줄 알았는데 그런 기색이 전혀 없어서였다.

'역시 다르다는 건가.'

능력도 없는 주제에 자존심만 센 이들과 너무나 비교되는 모습에 장춘은 역시나란 생각이 들었다. 괜히 패선의 선택을 받은 게 아니라는 생각이 들어서였다.

게다가 슬쩍 둘러보니 제자들 중 누구도 자신의 지위와 신분을 이용하는 이가 없었다. 얕잡아 보지도 않았고, 대놓고 무시하지도 않았다.

'진짜 금방 자리를 잡겠는데.'

패선은 강하지만 그를 받쳐주는 세력은 너무나 미약했다. 호법들이 있다고 하나 고작 열 명으로는 세력이라고 부르기도 민망했다.

하지만 지금 보이는 제자들이 십 년 정도만 죽지 않고 무럭무럭 자란다면 더 이상 곤륜파에 우려를 표하는 이는 없을 것 같았다.

"장백파라면 혹 장백산에 있는 문파입니까?"

"아시는군요. 변방에 위치해 있어서 잘 모르시는 분들이 대부분인데."

"들어본 적이 있습니다. 신선들이 머물렀다는 전설이 있는 곳이지 않습니까."

"시조께서 우화등선하셨다는 말은 있는데 확인된 것은 없습니다. 워낙에 오래전 일이기도 하고요."

"그만큼 역사가 오래되었다는 뜻이기도 하지요."

오늘 처음 봤음에도 분위기는 나쁘지 않았다. 특히 권위 의식이 없고 사문인 장백파를 알고 있다는 사실에 장춘은 기분이 좋아졌다.

"하하. 그리 생각해 주셔서 감사합니다. 그런데 실례가 안 된다면 한 수 가르침을 받고 싶습니다만."

"가르침이라니요. 아직 그 정도 수준은 아닙니다."

도일수가 화들짝 놀라며 양손으로 손사래를 쳤다. 근래 들어

무명이 조금씩 알려지고 있지만 남을 가르칠 정도는 아니었다.

"위명이 쟁쟁하신데요."

"그 정도는 아닙니다. 사부님과 사형제들의 덕을 본 것뿐입니다."

"역시 힘든 건가요?"

장춘이 얼굴 가득 아쉬운 표정을 지었다.

이렇게 안면을 익힌 것도 좋지만 이왕이면 좀 더 끈끈한 관계가 되고 싶어서였다. 앞으로 곤륜파의 위명은 더욱더 커질게 분명했고 말이다.

"아닙니다. 저 역시 장백파의 무공이 궁금하던 차였습니다. 오히려 먼저 말씀해 주서서 감사합니다, 장 소협."

"그럼?"

"저쪽으로 가시죠. 저기라면 적당할 것 같습니다."

장춘의 얼굴이 한순간에 밝아졌다. 거절한 거라고 생각했는데 그게 아니어서였다.

그래서 장춘은 화색을 띤 얼굴로 도일수를 따라 이동했다.

"허어!"

"어라?"

그 모습에 몰래 지켜보고 있던 이들이 해연히 놀란 표정을 지었다. 설마하니 저리 쉽게 비무를 하게 될 줄은 몰라서였다.

그래서인지 하나둘 눈치를 보더니 슬금슬금 후기지수들이 모여 있는 곳을 향해 이동했다.

곤륜파의 장문인으로서 업무차 무당파에 왔지만 벽우진은 좀처럼 마음 편히 쉬지를 못했다. 이곳에서 시간을 보내는 만큼 옥청궁의 책상 위에는 그가 확인해야 할 문서들이 차곡차곡 쌓이고 있을 게 분명해서였다.

"이것 참. 일하러 와서 또 일거리를 걱정하게 될 줄이야."

차라리 노는 것이라면 마음이 조금은 편할 터였다.

하지만 그는 절대 놀기 위해서 무당산을 찾은 게 아니었다. 곤륜파의 당대 장문인으로서 초대를 받아 어쩔 수 없이 무당파에 온 상태였다.

"어마어마하게 쌓여 있겠지?"

창문 밖으로 보이는 보름달을 올려다보며 벽우진이 깊은 한숨을 내쉬었다.

쓸데없이 깐깐한 두 사제의 성격을 생각하면 사소한 일까지도 보고서로 만들어서 책상 위에 올려둘 게 분명했다.

그걸 떠올리자 벽우진은 넌덜머리가 났다. 벌써부터 숨이 턱 하니 막혔던 것이다.

"음?"

생각만 해도 끔찍한 광경에 벽우진의 눈 밑이 한순간에 시커멓게 변했다. 단순히 떠올리는 것만으로도 안색이 변했던 것이다.

그런데 그때 아래가 소란스러워졌다. 세 개의 인영이 숙소 뒤에 있는 자그마한 연무장에 모습을 드러냈던 것이다.

"녀석들."

작고 앙증맞은 그림자 세 개에 벽우진이 자기도 모르게 입가에 미소를 띠었다. 막내들의 등장에 미소가 절로 나왔던 것이다.

"선규는 안 나와도 되는데."

도리도리.

심소혜를 향해 등선규가 강하게 고개를 저었다.

다리를 다쳤기에 제대로 움직이지는 못해도 기마 자세 정도는 할 수 있었다. 불편하기는 해도 치료를 꾸준히 받고 있고, 생각보다 회복이 빠른 상태이기에 기마 자세로 하체를 단련하는 것은 가능했다.

"우리 형이 고집이 좀 있어서요."

"그래 보여. 생긴 건 되게 선하게 생겼는데."

"저는요?"

"넌 누가 봐도 악바리지."

"쳇!"

일말의 망설임도 없이 나오는 대답에 등이규가 토라진 듯 입술을 삐죽 내밀었다.

하지만 그 모습에도 심소혜는 오히려 웃었다.

"천자문은 몇 개나 외웠어?"

"한 이백 개?"

"벌써 그 정도나?"

심소혜가 진심으로 놀란 표정을 지었다. 자신과 비교하면 거의 두 배나 빠른 습득 속도에 놀람을 감추지 못했던 것이다.

"저는 느린 거예요. 형은 벌써 사백 개나 외웠는걸요?"

동생의 말에 등선규가 부끄러운 듯이 고개를 숙였다. 별거 아닌 것을 대단하다고 하자 민망했던 것이다.

하지만 그 말에 심소혜는 자기도 모르게 입을 쩍 벌렸다.

"두, 둘 다 머리가 진짜 좋구나."

"이 정도면 좋은 거예요?"

"응, 적어도 우리 남매들보다는 좋아. 엄청나게."

"헤에."

등이규가 눈을 반짝였다. 열심히 외우고 공부한 보람이 있는 것 같아서였다.

"천자문 얘기는 이쯤하고 얼른 수련 시작하자. 내가 기초부터 가르쳐 줄게. 너희 둘은 진 호법님의 무공을 배우겠지만 그래도 기본 골격은 비슷하니까. 진 호법님이 익히신 무공의 뿌리가 본 파에서 갈라져 나온 건 알고 있지?"

"예."

"그러니까 크게 다르지는 않을 거야. 우리도 보법을 익히기 전에 이것부터 수련하기도 했고."

"열심히 배우겠습니다!"

등이규가 우렁찬 목소리로 대답했다.

하지만 이내 퍼뜩 놀라며 양손으로 입을 막았다. 지금이 한밤중이라는 걸 뒤늦게 자각한 것이다.

스윽.

반면에 등선규는 제법 익숙하게 기마 자세를 취했다. 그야말로 정석대로 완벽하게 기마 자세를 했던 것이다.

"선규도 기마 자세 하면서 잘 보고 있어. 지금은 할 수 없지만 다리가 다 나으면 너도 해야 되니까."

심소혜가 제법 의젓하게 말했다. 그래 봤자 벽우진의 눈에는 여전히 귀여운 아이였지만 말이다.

'소혜도 참 많이 컸다니까.'

언제나 애기일 것만 같았던 심소혜도 하루가 다르게 성장했다.

철이 일찍 든 탓에 어리광을 부리는 경우가 없어 안쓰럽기도 했지만 대견하기도 했다. 지금만 하더라도 살뜰히 동생들을 챙기기도 했고. 곤륜산에서 배율석을 늘 챙기는 것도 바로 심소혜였다.

'막내였기에 질투할 법도 한데 말이지.'

어느새 훌쩍 커버린 심소혜의 모습에 벽우진은 기특하면서도 씁쓸했다. 더 이상은 마냥 어린아이가 아닌 것 같아서였다.

-장문인.

"응?"

야심한 시각에도 수련에 열중하는 아이들을 지켜보던 벽우진이 순간 움찔거렸다. 아주 멀리서 들려온 전음에 반사적으로 반응한 것이었다.

-나일세, 장문인.

"선배님?"

-지금 나에게 와줄 수 있겠나?

다시 한번 들려오는 운정의 전음에 벽우진이 몸을 날렸다.

그의 전음이 끝나기 무섭게 창문 너머로 몸을 날렸던 것이다.

이윽고 벽우진은 한 마리의 맹금처럼 너무나 표홀하게 야공을 가로질렀다.

턱.

운정의 위치는 이미 알고 있었기에 벽우진은 단숨에 그의 처소 앞까지 날아왔다. 목소리에서 심상치 않은 기색을 느꼈기에 머뭇거리지 않고 몸을 날렸던 것이다.

"왔는가."

"사, 사백님!"

그때 벽우진의 옆으로 혜량이 모습을 드러냈다.

자다가 나온 모양인지 가벼운 옷차림으로 헐레벌떡 뛰어오는 혜량의 모습에 운정이 인자하게 웃었다.

"선배님."

하지만 웃는 운정과 달리 벽우진의 표정은 심각했다.

그의 눈에는 보였던 것이다. 빠르게 흩어져 가는 운정의 선천진기가. 달리 생명력이라고 표현할 수 있는 그 기운이 빠르게 쇠락해져 가는 모습에 벽우진의 동공이 흔들렸다.

"장문인도 알고 있지 않았나. 혜량 역시 마찬가지고."

"사백님."

혜량의 눈가가 축축해졌다. 그 역시 운정의 호출이 무엇을 뜻하는지 모르지 않기에 슬픔 가득한 표정을 지었다.

반대로 운정은 평소와 같이 담담했다.

"그래도 적응이 되지 않는 건 마찬가지입니다. 아마도 평생 동안 그렇겠지요."

"허허허. 무릇 모든 일에는 시작과 끝이 있는 법이네. 또한 죽음은 천리인 법. 거스를 수도, 거스르지도 말아야 하지."

"……."

분위기가 침중해졌다. 벽우진이나 혜량 둘 다 선뜻 입을 열지 못했던 것이다.

"저희 둘만 부른 것입니까?"

"둘이면 충분하지 않나. 사형들은 이미 전부 귀천했고, 나만 남았으니."

"장로들이 있지 않습니까."

혜량이 조심스럽게 입을 열었다. 무당파의 장문인이 그였지만 이 자리에서는 막내였다.

"바쁜 사람들을 불러서 뭐 하느냐. 가뜩이나 손님들도 많은데. 나는 둘이면 충분해."

"사백님."

혜량이 힘겹게 운정을 불렀다. 그러나 그를 향해 운정은 말갛게 웃어 보이기만 했다.

"내가 너를 부른 것은 다른 게 아니라 마지막으로 보여주고 싶은 게 있어서다. 벽 장문인에게는 빚을 갚고 싶었고."

"빚이라니요. 저는 그런 게 있다고 생각하지 않습니다."

"허허. 내 생각에는 빚을 진 것 같아서 말이오."

사천당가에서 한번 겨루어봐서 그런지 운정이 한결 편하게 벽우진을 대했다.

하지만 그런 그의 모습에 벽우진은 고구마를 삼키다가 막힌 듯한 답답함을 느꼈다. 아무렇지 않아 보이지만 지금 이 순간에도 운정의 생명력은 빠르게 흩어지고 있어서였다.

스르릉.

시종일관 말간 미소를 지어 보이던 운정이 낡은 송문고검을 뽑았다. 그의 평생을 함께한 반려이자 친구라고 할 수 있는 검이 주인의 마지막을 알고 있는 모양인지 애잔한 검명을 토해냈다. 듣는 이의 심금을 울릴 정도로 말이다.

"그동안 못난 나를 만나서 고생이 많았다."

우우우웅!

부드럽게 쓰다듬는 운정의 손길에 송문고검이 잘게 떨었다. 이별하고 싶지 않다는 듯이 깊고 긴 검명을 토해냈던 것이다.

그 모습에 운정의 얼굴에 처음으로 슬픈 기색이 서렸다.

"고맙고, 미안하다."

우우웅!

낡은 송문고검이 마치 대답을 하듯이 잘게 떨었다. 그러자 운정이 인자하게 웃었다.

"빈도의 마지막을 두 사람이 지켜봐 주었으면 좋겠네."

"그리하겠습니다."

"……예."

편안하게 웃고 있는 운정과 달리 벽우진과 혜량의 얼굴인 편치 않아 보였다. 아무리 나이가 많아도 죽음으로 비롯되는 이별에는 적응이 되지 않아서였다.

특히 혜량은 운정과 함께한 시간이 한두 해가 아닌 만큼 겨우겨우 눈물을 참고 있는 중이었다. 눈물로 인해 사백의 마지막 모습을 제대로 보지 못하는 것만큼은 막기 위해서.

"고맙네."

"그런 말씀 마십시오. 오히려 영광입니다."

"허허허! 영광까지야. 어차피 장문인은 더 높은 곳에 있지 않나. 다만 그럼에도 장문인을 부른 건 이런 길도 있다는 것을 보여주고 싶었네. 참고 정도는 되지 않을까 싶어서. 마지막으로 하고 싶은 말도 있고."

"경청하겠습니다."

벽우진이 공손한 자세로 대답했다.

무당파의 기본공인 태극검 하나로 종사의 경지까지 오른 이가 운정이었다. 또한 강호의 선배이자 존경받을 자격이 충분한 검객이 바로 그였기에 벽우진은 경건한 태도로 귀를 기울였다.

"지난번에도 얘기했지만 강호를, 아니, 사람들을 굽어살피었으면 좋겠네. 성인이 되어 달라는 게 아니라네. 그저 조금만 주변을 둘러봐 주었으면 좋겠네."

"노력해 보겠습니다."

"고맙네."

'알겠다' 라는 말도 아니고 단순히 노력해 보겠다는 말이었지만 그럼에도 운정은 만족스러운 표정을 지었다. 노력해 보겠다는 말 자체가 변화의 시작이라는 것을 알고 있어서였다.

"저도 조금씩은 변하고 있으니까요."

"그거면 되었네."

스윽.

흡족한 미소를 지어 보이며 운정이 고개를 돌렸다. 그런 그의 시선이 향한 곳에는 사질인 혜량이 있었다.

"혜량아."

"예, 사백님."

"지금처럼만 하면 된다. 잘 해왔고, 앞으로도 잘할 것이라 믿는다."

부르르르!

혜량은 대답을 하지 못했다. 대신 울컥한 표정으로 몸을 떨기만 했다.

그 모습에 혜량이 인자하게 웃으며 어깨를 두드려 주고는 천천히 몸을 돌렸다. 그만의 방식으로 마지막을 준비하는 것이었다.

휘이이잉.

시원한 밤바람이 산중을 휩쓸고 지나갔다.

제법 매서운 바람에 세 사람의 옷이 거칠게 펄럭였지만 누구 하나 그것에 눈살을 찌푸리는 이는 없었다.

스으윽.

바람에 도복을 휘날리며 운정이 처소 앞 공터의 중앙에 섰다.

그러고는 천천히 검무를 취기 시작했다. 운정의 시작점이라고 할 수 있는 태극검의 기수식부터 모든 초식들을 하나의 춤사위처럼 펼치기 시작했던 것이다.

고오오오.

공력이 좁쌀만큼도 주입되지 않은 검이었지만 운정의 낡은 송문고검에 담긴 기세는 감히 천하를 담았다고 해도 과언이 아니었다.

그렇지만 운정의 검은 결코 자연을 짓누르지 않았다. 태산과도 같은 거력을 품고 있음에도 오히려 자연과 어우러지려 노력했다.

휘리리릭.

자연 역시 그걸 거절하지 않았고.

그 사실을 증명하듯 운정은 쉴 새 없이 검을 휘두르고 있었지만 어디에서도 파공음은 들려오지 않았다. 마치 주변과 동화된 듯 너무나 자연스럽게 어우러졌던 것이다.

'저게 사백의 검.'

평생 동안 오직 태극검만을 수련한 운정이 닿은 조화의 경지였다.

그것을 혜량은 눈도 깜빡이지 않고 뚫어져라 쳐다봤다. 저 검무가 자신에게, 그리고 무당에게 남기는 것임을 너무나 잘 알고 있어서였다.

동시에 어마어마한 감격이 해일처럼 그를 휩쓸었다.

'무당의 시작이자 끝이라는 개파조사님의 말이 틀리지 않았구나.'

무당파 최고의 절학이자 검공이며 천하에서도 손꼽히는 검법인 태극혜검과 비교해도 전혀 뒤떨어지지 않는 수준에 혜량이 주먹을 불끈 쥐었다.

물론 그는 검이 아닌 권을 익혔지만 그렇다고 검을 아예 모르는 것은 아니었다. 더구나 극에 이르면 다 비슷해진다는 만류귀종이라는 말처럼 운정이 보여주는 검무는 그가 가야 할, 도전해야 할 길을 알려주고 있었다.

'으음.'

너울너울 춤을 추듯이 검무를 펼치는 운정의 모습에 벽우진의 표정 역시 진지해졌다. 역시나 검으로 일가를 이룬 사람답다는 생각이 들어서였다.

더불어 벽우진에게 새로운 관점을 제시하기도 했다. 강맹하다 못해 패도적인 자신과는 상극이기에 보면서 느끼는 바가 많았던 것이다.

우뚝!

일다경 동안 쉬지 않고 검무를 추던 운정이 갑자기 멈춰 섰다. 여전히 행복한 얼굴로 검을 늘어뜨린 채 서 있었던 것이다.

"사백님!"

마치 석상처럼 미동도 하지 않는 운정의 모습에 혜량이 다급히 땅을 박찼다. 모든 것을 쏟아붓고서 귀천했음을 그도 알아차린 것이었다.

'평안히 쉬시길.'

부르짖는 혜량을 놔둔 채로 벽우진은 조용히 포권을 했다. 혜량을 향해서 예를 다했던 것이다.

그렇게 또 하나의 거성이 저물었다.

운정의 장례식은 조용히 진행되었다.

딱히 성대한 장례식을 원치 않았기에 조용히, 그러면서도 빠르게 장례식이 진행되었다. 다른 사람들에게는 알려지지 않은 채로 말이다.

"믿기지가 않아요. 그렇게 정정하셨는데."

벽우진과 마찬가지로 검은 옷을 입고 있던 심소혜가 눈물을 글썽거렸다. 한창 감수성이 예민한 나이답게 운정이 죽었다는 소식에 눈가를 적셨던 것이다.

그리고 그건 다른 아이들도 비슷했다. 갑자기 떠난 사실에 충격이 적지 않은 듯했다.

"사람인 이상 언젠가는 떠날 수밖에 없단다."

"그래도 이렇게 갑자기 떠나실 줄은……."

"이것 또한 인생이란다. 아직은 이해하기 힘들겠지만."

"사부님."

운정이 원했던 대로 장례는 화장으로 치러졌다. 땅이 묻히기보다는 깔끔하게 떠나길 원했던 것이다.

"왜 그러느냐?"

"사부님은 오래오래 저희랑 함께해 주세요."

심소혜가 벽우진의 손을 꽉 붙잡았다. 앙증맞은 손등에 굵은 핏줄이 돋아날 정도로 말이다.

"물론이지. 소혜가 시집가는 것까지 보고 갈 것이야."

"그보다 더 오래오래 살아주세요. 네?"

"후후! 그래."

자신의 오른손을 두 손으로 꼭 잡고서 말하는 심소혜의 모습에 벽우진이 옅게 웃으며 머리를 쓰다듬어 주었다.

그러면서 앞쪽에 모여 있는 무당파의 사람들을 쳐다봤다.

평생 동안 검 하나만 수련한 운정에게는 제자가 없었다. 그렇기에 혜량이 장문인이자 가장 큰 사질로서 장례식을 주도하고 있었는데 밤새 얼마나 운 것인지 두 눈가가 퉁퉁 부어 있었다.

화르르륵.

이윽고 본격적인 화장이 시작되었다. 혜량이 붙인 불이 빠르게 불타올랐던 것이다.

그 모습을 보며 벽우진은 조용히 묵념했다. 생전 운정의 모습을 떠올리며 그를 기렸던 것이다.

스스슥.

그런 벽우진을 따라 제자들도 하나둘 고개를 숙이며 두 눈을 감았다.

"평안히 잠드시길."

"크흐흑!"

마지막으로 혜량의 묵념과 함께 여기저기에 억눌린 울음소리가 흘러나왔다. 무당파 제자들이 여기저기에서 눈물을 터뜨렸던 것이다.

그 구슬픈 소리에 벽우진의 마음이 무거워졌다. 운정이 마지막에 그에게 남긴 말이 떠올라서였다.

'굽어살피라고 하셨지.'

지금껏 벽우진은 사문과 자신의 주변만 챙겼다. 그렇게 하는 것만으로도 벅차서였다.

하지만 그의 명성이 높아지고 곤륜파가 성세를 회복할수록 할 수 있는 것들이 많아졌다. 동시에 신경 쓸 것도 많아졌고 말이다.

'장담을 할 수는 없지만, 그렇다고 잊지는 않겠습니다.'

사천당가에서 이어 어젯밤에도 남긴 말을 떠올리며 벽우진이 약속했다. 무조건 실천한다고 장담할 수는 없지만, 그렇다고 까먹지도 않을 생각이었다.

휘이이잉.

묵념의 시간이 끝나고 무당파만의 방식으로 장례식은 진행되었다.

그리고 그걸 벽우진 일행은 뒤쪽에서 조용히 지켜봤다.

중원무림을 지탱하던 큰 별이 졌음에도 불구하고 세상은 큰 변화가 없었다. 용봉회는 계속해서 진행 중이었고 벽우진 역시 매일 같이 시달리는 중이었다.

"이놈의 청탁은……."

자신의 집무실도 아닌 그저 배정받은 숙소일 뿐인데도 침소의 한쪽에 마련된 책상에는 서찰들이 수북하게 쌓여 있었다. 바로 이번 용봉회에 찾아온 천하 각지의 가문들, 무문들이 보내온 것들이었다.

어디 어디 지역의 고가장, 반룡문 등등 이름도 생소한 곳에서 보내온 서찰들의 내용은 하나같이 대동소이했다. 내 자식이, 내 손주가, 혹은 핏줄 중에 특출한 아이가 있는데 한번 봐 달라는 것이었다.

"어후."

처음에야 신기한 마음에 몇 개 열어봤지만 그 이후로 벽우진은 아예 까보지도 않았다. 굳이 뜯어보지 않아도 어디서 온 것인지만 봐도 대충 내용을 예상할 수 있어서였다.

"업무 지옥에서 벗어났다 싶더니 이제는 서찰 지옥인 건가."

똑똑똑.

"사부님, 일우입니다. 기침하셨는지요?"

"아아. 들어와."

침상에 삐딱하게 앉아 있던 벽우진이 문밖에서 들려오는 음성에 나른한 목소리로 대답했다.

이윽고 이른 아침임에도 말끔히 옷을 차려입은 양일우가 방 안으로 들어왔다.

"식사하셔야지요, 사부님."

"난 괜찮다, 애들은?"

"사부님을 기다리고 있습니다."

"난 딱히 생각 없으니까 너희들끼리 먹어. 이따가 칠성궁에서 간식거리 집어 먹어도 되고."

"조금이라도 식사는 하시는 게 좋지 않을까요? 요즘 식사량이 부쩍 줄어드신 것 같아서요."

양일우가 조금은 걱정스러운 기색으로 물었다. 어째 시간이 갈수록 벽우진의 식사량이 눈에 띄게 줄어드는 것 같아서였다.

예전에는 고기도 가리지 않고 먹었던 벽우진인데 요즘은 딱히 식욕을 보이지 않았다. 식사를 하더라도 탕이나 두부 요리 몇 개 집어 먹는 게 다였다.

"난 조금만 먹어도 충분하니까. 예전이야 벽곡단에 질려서 이것저것 먹었던 거지. 근데 이제는 웬만한 요리는 다 먹어봐서 안 땡기는 것뿐이다."

"사제들의 걱정이 상당히 큽니다, 사부님. 특히 소혜가요."

"걱정할 것도 많다. 내가 아예 굶는 것도 아니고. 어떻게 보면 이제 좀 도사다워지는 것이 아니더냐. 후후후!"

자기가 말해놓고도 웃긴 모양인지 벽우진이 피식 웃었다.

하지만 양일우의 표정은 시종일관 똑같았다.

"드시고 싶으신 게 있으시면 말씀해 주십시오. 준비하겠습니다."

"그런 거 없다니까. 그냥 생각이 없어서 그래. 걱정할 필요 없어. 나 먼저 칠성궁에 가 있을 테니까 애들 챙겨서 데려와."

"예."

"처음 참석한 용봉회는 어때?"

한 점의 흐트러짐도 없이 서 있던 양일우가 처음으로 흔들리는 표정을 지었다. 단순히 감상을 묻는 것만은 아닌 것 같아서였다.

"신기하기도 하고 즐겁기도 합니다. 하지만 한편으로는 정신이 퍼뜩 들기도 했습니다."

"경쟁자가 참 많지? 천재들도 많고, 수재들도 많고."

"예, 경각심이 계속해서 들었습니다."

"세상은 넓어. 그걸 알려주고 싶어서 데려온 것인데 다행히 잘 느끼고 있나 보네."

"자만에 빠지는 아이는 없을 겁니다."

양일우가 묘한 미소를 지어 보였다.

사부가 벽우진이었다. 눈앞에 패선이라 불리는 벽우진이 있는데 어느 누가 자만심에 빠지고 오만해질까. 그건 애초에 불가능했다.

"그래도 너무 의기소침해 하지는 마. 너희들이 입문한 시기를 생각해야지. 사실 말이 안 되는 건 너희들 쪽이야. 다른 후기지수들에게는."

"다들 그걸 알기에 더욱더 절차탁마하고 있습니다."

비천단이 얼마나 큰 보물인지 제자들 모두가 알고 있었다.

그렇기에 다들 기고만장하기보다는 더욱더 정진했다. 이러한 보물을 투자한 만큼 기대가 적지 않다는 걸 알기에 그에 부응하기에 끊임없이 노력했던 것이다.

"너무 무리하지는 말고. 그리고 참고로 말하면 난 너희들의 연애사에 크게 관여할 생각이 없다. 그러니까 괜히 쓸데없는 생각하지 말고 마음 가는 대로 해."

"……!"

생각지도 못한 말을 들어서일까. 양일우의 동공이 격렬하게 흔들렸다.

"다만 모든 행동에는 책임이 따른다는 거, 알고 있지?"

벽우진이 음흉하게 웃었다.

주어가 빠져 있었음에도 단박에 이해되는 한마디에 양일우의 얼굴이 붉어졌다.

양일우. 패선의 제자이자 곤륜파의 대제자. 현재 그의 나이는 열아홉 살이었다.

··· 제4장 ···
사람이 모이다

"흐아암!"

어느덧 용봉회도 마지막 날이 되었다. 길다 하면 길고 짧다면 짧은 칠 일이 어느새 훌쩍 지나갔던 것이다.

동시에 벽우진의 하품도 점점 짧아지고 있었다. 아무리 박진감 넘치는 비무도 재미있는 건 하루 이틀뿐이었다.

"많이 지겨우신 것 같습니다."

"제갈가주는 아냐?"

"허허허. 저야 재미있지는 않지만 많이 봐두어서 나쁠 것은 없으니까요. 어떻게 보면 중원무림의 미래라고 할 수도 있지 않습니까."

"저게?"

벽우진의 시선이 여전히 주변에서 재롱 잔치하듯 팔다리를 쭉쭉 내뻗고 있는 어린아이들에게로 향했다.

부모들의 등쌀에 벌써 며칠째 저러는 모습에 벽우진은 고개를 저었다.

"그만큼 간절하다는 뜻이기도 하니까요. 요즘에는 인생 역전이라는 말도 나온다고 합니다."

"뭐, 틀린 말은 아니지."

객관적으로 따져봤을 때 자신의 제자들이 인생 역전한 것이 맞기는 했다. 만약 그의 눈에 띄지 않았다면 다들 평범한 삶을 살아가고 있었을 테니까.

그러나 벽우진은 자신의 선택을 후회하지 않았다. 틀리지 않았다는 것을 증명하기도 했고.

'근골과 자질도 중요하지만 그 못지않게 중요한 것이 바로 노력이니까.'

혹자는 말한다. 노력 역시 재능의 일부라고 말이다. 벽우진은 그 말에 어느 정도는 동의했다.

"그리고 비록 장문인의 선택을 받지는 못했지만 몇 명은 스승을 만나기도 했으니까요."

"인연인 게지."

"하하하."

조금의 미련도 없다는 듯이 대답하는 벽우진의 모습에 제갈현이 어색하게 웃었다. 그러면서 새삼 벽우진의 기준이 다른 의미로 상당히 높다는 걸 다시 한번 깨달았다.

"더불어 자네까지 그럴 줄은 정말 몰랐고."

"무엇을 말씀이십니까?"

"제갈미미, 내가 모를 줄 알았나?"

"저는 무슨 말씀을 하시는 건지 전혀 모르겠습니다."

제갈현이 옅게 웃으며 시치미를 뗐다. 조금도 당황한 기색 없이 벽우진의 시선을 피하지 않았던 것이다.

"그으래?"

"예, 전 그저 딸이 장문인을 한번 뵙고 싶다기에 데려온 것이 전부입니다."

"흐으음."

담담하게 말을 잇는 제갈현을 벽우진이 미심쩍은 눈빛으로 쳐다봤다. 하지만 제갈현은 그 눈빛에도 담담히 차를 들이켜기만 했다.

"저는 소개해 드린 것밖에 없습니다. 오히려 다른 곳이 더 적극적으로 나왔지요."

"지금 남궁세가를 에둘러 말하는 건가?"

"아닙니다."

제갈현이 단호하게 고개를 저었다. 같은 자리에 남궁진이 있어서만은 아니었다.

"크흠!"

그런데 재미있는 것은 두 사람의 대화를 들었을 게 분명한데도 남궁진이 별다른 말을 하지 않는다는 점이었다. 그저 작게 헛기침만 했다.

"어제만 하더라도 장문인께 대놓고 육탄 공세를 펼치지 않았습니까."

"정말 난감했지."

용봉회가 끝나갈수록 벽우진에 대한 관심은 더욱더 적나라해졌다. 이번이 아니면 언제 또 벽우진을 이렇게 가까이서 만나볼 수 있을 거라 장담할 수 없기에 눈치를 보던 것을 넘어아예 직접 다가왔던 것이다.

그러나 철면피로 무장하고 접근했음에도 그 뜻을 이룬 이는 없었다. 무당파의 도인들이 나서서 가로막아 준 덕분이었다.

"저는 재미있게 구경했습니다만."

"은근히 악취미를 가지고 있다니까."

"현실적으로 비일비재한 일이기도 합니다. 권문세가의 사람들이 나이 어린 새 첩을 받아들이는 일은 은근히 빈번하니까요. 더구나 다들 알고 있습니다. 곤륜파의 도인도 혼인할 수있다는 사실을 말이지요. 화산파 역시 혼인이 가능하고요."

"난 말하고 다닌 적이 없는데 말이지."

벽우진이 불편하다는 듯이 어깨를 으쓱거렸다.

도인 같지 않은 도인이지만 그렇다고 스스로 도인이 아니라고 생각한 적은 없었다. 또한 혼례 역시 생각한 적 없었고.

곤륜파를 재건하는 것만으로도 벽우진은 솔직히 벅찼다.

"그만큼 장문인께 관심이 많다는 것 아니겠습니까. 곤륜파역시 마찬가지고요."

"참 쓸데없는 일이 관심이 많다니까."

"그게 사람이기도 합니다. 또한 정세가 불안정한 것도 한 가지 이유이고요."

대막의 사왕성을 쓰러뜨리면서 중원무림이 건재하다는 사실을 만천하에 알렸지만 그럼에도 북해빙궁과 오독문이 휩쓸고 간 피해는 여전히 남아 있었다. 가까스로 상처가 봉합된 상태라고나 할까.

　그래서 어쩌면 더욱더 곤륜파에 매달리는 것일지도 몰랐다.

　'냉정하게 따지면 곤륜파보다는 사천당가가 훨씬 나은데 말이지.'

　제갈현이 쓴웃음을 지었다. 사천당가 특유의 폐쇄성 때문에 사람들이 은근히 기피한다는 걸 그는 너무나 잘 알고 있어서였다.

　지금이야 호남처럼 호방하고 호탕한 모습을 보이는 당민호였지만 제갈현은 알고 있었다. 젊었을 적 당민호가 어떤 성격이었는지 말이다.

　"아직도 불안한 건 사실이지. 일단 저쪽 동네에 대해서 전혀 알아내질 못하고 있으니까."

　"예, 개방주가 열심히 노력하고는 있지만 쉽지 않은 모양입니다."

　"그럴 테지. 저쪽이 중원에서 큰 영향력을 발휘하지 못하는 것처럼 우리 역시 그들의 영역에서는 마음대로 활보하지 못하니까. 게다가 거지들이 나타나면 경계할 수밖에 없고."

　"그래서 현재 답보 상태입니다."

　제갈현의 얼굴이 어두워졌다. 다양한 방법으로 노력은 하고 있지만 그에 반해 알아낸 것은 극히 적었다. 딱히 중요한 정보라고 할 수도 없었고 말이다.

"당연한 거니까 너무 자책하지 말고. 일단 주시하는 데 의의를 두자고. 우리가 할 수 있는 것을 하면서."

"알겠습니다."

"그보다 준비는 잘 되어가나? 올해는 힘들고 내년에 여는 걸로 정해졌다는 소식은 들었는데."

"곤륜에도 제가 직접 전서응을 보냈습니다만?"

제갈현이 두 눈을 끔뻑거렸다.

분명히 그가 직접 작성한 서신을 전서구도 아니고 전서응을 통해서 보냈었다. 그런데 넘겨짚듯이 물어오자 제갈현이 의아한 표정을 지었다.

"내가 확인해야 할 사안들이 한둘이 아니라서. 그리고 내 나이를 생각해 봐."

"……"

궁색한 변명이었지만 틀린 말은 아니었다. 그리고 사람인 이상 완벽할 수는 없었고.

게다가 벽우진의 입장에서는 그리 중요한 사안도 아니었다. 직접 출전하는 것이라면 모를까 심사위원으로 자리를 빛내주는 역할이 전부였으니까.

'나가면 나가는 대로 문제고 말이지.'

세상에는 알려지지 않았지만 소림무제와 무당권제는 이미 벽우진에게 한 차례 패배한 상태였다.

물론 비무인 만큼 생사결을 벌이면 결과가 달라질 수도 있겠지만 제갈현은 그렇게 될 가능성은 희박하다고 생각했다. 엇비슷한 경지라면 또 모르겠지만 둘과 벽우진의 격차는 너무나 컸다.

그런 만큼 벽우진이 출전하는 것은 말이 되지 않았다.

'법무 대사와 혜량 진인도 출전하지 않는 마당에.'

벽우진이 출전한다면 홍보는 분명히 될 것이었다. 패선이라 불리는 그와 손속을 겨뤄볼 수 있는 정말 큰 기회이니까.

하지만 안타깝게도 그렇게 생각하는 이들은 소수에 불과할 터였다. 대부분은 벽우진의 명성에 짓눌려 출전을 포기할 게 분명했다.

'하지만 심사위원이라면 말이 달라지지.'

용봉회보다 더한 관심이 집중될 터였다. 그리고 그게 곧 중원무림의 힘을 증명하는 모습이 될 것이고.

"나이로 나뉘어서 두 개의 대회를 치른다고 했었지?"

"예."

"최소 나이는 열 살이랬나?"

"열다섯으로 생각하고 있습니다. 너무 어리면 어른과 아이의 대결처럼 보일 것 같아서요. 그리고 아무리 천재라도 열 살은 너무 어리지 않습니까."

벽우진의 얼굴이 순간적으로 어두워졌다. 열다섯 살이 기준이라면 제자들 전부 다 출전하기는 힘들어서였다.

"그건 그런데……."

"대회는 이번만 있는 게 아닙니다. 다음에도 열릴 것입니다."

아쉬움이 가득한 벽우진의 모습에 제갈현이 달래듯이 말했다.

그러면서도 한편으로는 벽우진의 자신감을 엿볼 수 있었다. 출전해도 될 만한 실력을 제자들 전부가 갖추고 있다는 것을 뜻했기에 제갈현은 내심 부러운 마음이 들었다.

언제나 오대세가에 한 자리를 차지하고 있는 제갈세가였지만 그건 무력으로 차지한 자리가 아니었다. 때문에 제갈현은 벽우진의 이런 자신감이 진심으로 부러웠다.

'만약 장문인의 피를 이어받는다면?'

아버지로서 해서는 안 될 생각이지만 가주로서는 할 수밖에 없었다. 한 가문의 수장으로서 후대를 생각해야 하는 건 당연한 의무였기 때문이다.

'중원을 호령하는 고수를 배출할 수 있을까?'

제갈세가가 오대세가의 일좌를 차지할 수 있었던 것은 무력이 아닌 지력 덕분이었다.

하지만 제갈세가가 무가(武家)가 아닌 것은 아니었다. 무공역시 다른 오대세가와 비교해도 뒤떨어지지 않았고.

다만 타고난 무재가 이상하리만치 썩 좋지 않았다. 최절정고수는 심심찮게 나오지만 소림무제나 무당권제, 혹은 제왕검과 같은 절대고수는 탄생한 적이 없었다.

'후우.'

어쩌면 그래서 제갈미미가 나선 것일지도 몰랐다. 굴레라고 해도 과언이 아닌 이 제갈세가의 육신을 조금이라도 바꿔보고자.

하지만 한편으로는 힘들 거라는 생각도 했다. 똑똑하기로 유명한 제갈세가가 그 방법을 사용하지 않았을 리가 없으니까.

"생각이 많은 것 같은데?"

"아무래도 준비할 것들이 많으니까요. 장소가 아직은 미정이라."

"인원이 한둘이 아닐 테니 일단 넓은 공간이 확보되어야겠지."

"예, 그리고 이동하기도 편해야 하고 숙박 시설도 갖춰져 있어야 합니다."

벽우진이 고개를 주억거렸다.

얼마나 참여할지는 모르겠지만 적어도 수백, 수천 명이 넘을 것은 분명했다. 때문에 장소를 정하는 것도 쉽지 않을 터였다. 온갖 이권을 노리고서 접근하는 이들도 있을 것이고 말이다.

"머리 아프겠군. 그럼 차라리 제갈세가에서 여는 건 어때?"

"지리적으로 좋지 않습니다. 모든 이를 감당할 수도 없고요."

"잠자리야 천막을 치면 되지. 봄에서 여름으로 넘어가는 시기나 여름에서 가을로 넘어가는 시기에 열면 야영을 해도 그리 춥지는 않을 테고."

"그렇긴 합니다만 그래도 최적의 장소를 찾는 중입니다. 그나마 다행인 건 선택지가 좀 있다는 점입니다."

제갈현이 옅게 웃었다. 그래도 후보지가 다양하다는 점이 한 가닥 위안이 되어서였다. 만약 적당한 후보지조차 없었다면 제갈현의 머리는 지금보다 더 빠졌을 터였다.

"뭐, 알아서 잘 고르겠지. 그보다 암암리에 소문이 퍼지는 거 같던데?"

"언제까지 비밀로 할 수는 없으니까요. 그리고 소문이 퍼진다고 꼭 나쁜 것만은 아닙니다. 자연스레 홍보가 되는 것이기도 하니까요. 또 미리 준비하는 이들도 있을 테고요. 최대한 성대하게 열어야 하는 저희들 입장으로서는 오히려 좋습니다."

"그렇긴 하지만 피곤한 일도 많아질 게야."

"어쩔 수 없이 감당해야지요. 이게 다 중원무림을 위한 일이니까요."

제갈현이 다부진 얼굴로 말했다. 그 역시 자기 나름대로 중원무림의 평화를 위해 최선을 다했던 것이다.

"조금만 고생해. 그다음은 소림이랑 무당이 책임져 줄 테니까."

"곤륜파는요?"

아주 당당하게 그리고 뻔뻔하게 소림과 무당만 거론하는 벽우진의 모습에 제갈현이 실소를 흘렸다.

하지만 그 모습이 이상하게 밉지는 않았다.

"당연히 우리도 도울 거다. 근데 우리 규모를 생각해야지. 크게는 힘들어."

"장문인의 이름만으로도 큰 도움이 됩니다. 그러니 늦지 않게 와주십시오."

"노력해 보마."

예전이었다면 뺀질거리는 얼굴로 고민했겠지만 운정의 말이 떠올라서 벽우진은 어쩔 수 없이 약속할 수밖에 없었다.

순간적으로 운정이 떠올랐던 것이다.

"주기적으로 진행 상황을 전서응으로 보내겠습니다. 답신 부탁드립니다."

"……그래."

서신을 보내봤자 벽우진이 읽지 않으면 말짱 꽝이었다.

그렇기에 제갈현은 조건을 달았다. 어쩔 수 없이 볼 수밖에 없도록 말이다.

○

용봉회를 무사히 마치고서 벽우진은 다시 곤륜파로 돌아왔다.

얼마 안 되는 시간이지만 확연하게 달라진 곤륜산의 모습에 벽우진이 흡족한 미소를 띠었다. 작은 묘목들이 가파르게 성장하는 모습을 보자 밥을 먹지 않아도 배가 불렀던 것이다.

"집이다!"

"역시 곤륜산이 제일 마음 편해."

"후우우."

산문으로 걸어오는 내내 아이들의 표정은 밝았다.

무당파에서 귀빈급 대우를 받기는 했지만 그래도 집과 비교할 수는 없었다. 이제는 제2의 고향이나 마찬가지인 곳이 바로 곤륜산이었기에 아이들은 그저 도착한 것만으로도 행복해했다.

"크긴 크다. 그치, 형?"

반면에 곤륜산이 처음인 등선규, 등이규 형제는 모든 것이 신기하다는 듯 쉴 새 없이 주변을 두리번거렸다.

그러다가 묘목들이 심어져 있는 곳을 보고는 작게 고개를 끄덕였다. 산적들이 곤륜산에 불을 질러 공격했다는 소문은 둘도 들어서 알고 있었기에 크게 놀라지 않은 것이었다. 게다가 산불이 크게 났다고 하지만 곤륜산은 워낙에 거대했기에 크게 티가 나지는 않았다.

"키우는 재미가 있겠어."

끄덕끄덕.

앞으로 지내야 할 곳이자 이제는 집이라고 할 수 있는 곤륜산이었기에 등선규는 살짝 기대하는 표정을 지었다.

특히 등선규는 집이라는 단어에 감격했다.

지금껏 살아오면서 집이라고 할 수 있는 곳이 없었다. 하지만 이제부터는 달랐다.

"들어가자."

"예!"

"혁문이가 우리 애들 밥 잘 줬나 모르겠네."

벽우진을 위시로 제자들이 성큼성큼 산문을 지나갔다.

그리고 그 뒤로 진구와 등선규, 등이규가 따랐다.

"애들이요?"

"응, 우리들 목장도 있거든. 말도 있고, 소도 있고. 토끼랑 돼지, 개도 있어."

"우와."

등이규가 눈을 반짝거렸다. 목장이라는 말에 얼굴 가득 호기심을 드러냈던 것이다.

"또 다른 사형제들도 있고. 본 파의 속가제자들도 있고. 아마 조용한 날보다 시끄러운 날이 더 많을 거야. 그래도 애들은 착해."

귀를 쫑긋거리는 등이규의 모습에 심소혜가 장난기 가득한 얼굴로 이런저런 말들을 쏟아냈다. 정작 등이규가 듣고 싶어 하는 동물들에 대해서는 한 마디도 하지 않고 호법들과 속가제자들에 대해서만 말했던 것이다.

그러자 등이규는 물론이고 등선규의 집중도가 급격하게 하락하기 시작했다. 동생 못지않게 등선규도 동물을 좋아했기에 귀는 기울이지만 크게 집중해서 듣지는 않았다.

"목장 얘기 좀 해줘. 애들은 그걸 듣고 싶어 하는 것 같은데."

"히힛! 아는데 일부러 말 안 해준 거예요."

"짓궂기는."

잠자코 듣고 있던 서예지가 심소혜의 볼을 살짝 꼬집었다. 아무것도 모르는 아이들에게 너무 심하게 장난을 치는 것 같아서였다.

"헐! 어떻게 누나가 그럴 수 있어!"

"둘 다 놀리는 재미가 쏠쏠하거든. 언니 오빠들이 옛날에 왜 날 놀렸는지 알게 되었다고나 할까?"

"너무해!"

등이규가 버럭 소리를 질렀다.

그러다가 진구가 엄한 얼굴로 돌아보자 황급히 두 손으로 자신의 입을 막았다.

"킥킥!"

"진짜…… 두고 봐. 언젠가 꼭 복수할 거야!"

등이규가 뜨겁게 불타오르는 눈빛으로 심소혜를 쏘아봤다.

하지만 그 눈빛은 이내 금세 사그라졌다. 이어지는 심소혜의 말에 잔뜩 날 서 있던 표정이 삽시간에 풀어졌던 것이다.

"목장 구경시켜 줄게. 숙소에서 짐 풀고 바로 나와."

"진짜?"

"응, 앞으로는 너희들도 애들 밥을 챙겨줘야 하니까. 너희가 막내라서가 아니라 원래 다들 돌아가면서 해. 하고 싶어 하는 사람이 주로 하기는 하지만."

등이규는 물론이고 등선규의 얼굴이 대번에 밝아졌다. 태어나서 단 한 번도 동물을 길러본 적이 없기에 둘 다 잔뜩 기대하는 것이었다.

그런 두 형제의 시선을 한 몸에 받으며 심소혜가 위풍당당하게 걸음을 옮겼다.

"녀석들."

그리고 그 모습에 서예지가 입가에 미소를 지었다. 새로운 아이들이 들어와도 심소혜가 진짜 잘 챙겨주는 것 같아서였다. 말은 쉬워도 진짜 하기 힘든 일인데 말이다.

"우리가 동생들을 잘 키웠죠."

"우리라니, 형. 대혜 누나가 다 키웠지."

"우리도 지분이 좀 있지 않나?"

"내가 보기에는 없어."

심소천이 단호하게 말했다. 그가 보기에 심대혜가 아니었다면 심대현은 물론이고 자신이나 심소혜가 구김살 없이 자라기는 힘들었을 터였다.

"다 같이한 거지. 우리는 늘 같이 있었으니까."

티격태격하는 남동생들을 달래며 심대혜가 곤륜산을 둘러봤다. 맑은 공기가 폐부에 가득 차자 진짜 집에 온 듯한 느낌이 들었다.

"그치, 누나?"

"응, 얼른 가자. 청소도 해야 하고, 빨래도 해야 하니까."

"으으. 일부터 거론하지 마. 갑자기 머리 아파 와."

"빨리 해야 일이 줄어들지. 어서 가자."

심대혜가 동생들을 어르고 달래며 발걸음을 서둘렀다.

아직 이른 시간이기는 하지만 속가제자들과 인사하고 수련까지 하려면 여유는 없었다. 호법들의 제자들 역시 만나봐야 했고 말이다.

'여제자도 있었으면 좋겠는데 말이지.'

그 모습을 진구가 유심히 쳐다봤다. 세심함이라는 부분에서 아무래도 남자보다는 여자가 앞설 수밖에 없어서였다.

때문에 진구는 진지하게 고민했다. 인연이 닿는다면 여아도 제자로 들이기로 말이다.

옥청궁에 서진후를 위시로 일곱 명의 사내들이 나란히 앉아 있었다. 접객실로 마련된 방에서 안절부절못하며 마주 앉아 있었던 것이다.

반면에 서진후는 느긋하게 차를 음미했다.

"뭘 그렇게 긴장하고 있어?"

"긴장 안 하는 게 이상하지 않을까요?"

"다른 사람도 아니고 패선이시잖아요."

"사형의 성격을 무서워하는 것은 아니고?"

서진후가 피식 웃으며 말했다.

그런데 그 말에 좌중에 적막이 내려앉았다. 정곡을 찌른 말에 다들 입이 다물어졌던 것이다.

"너무 긴장하지 마. 알려진 것과는 다르게 그렇게 성격이 과격한 건 아니니까. 오히려 말수가 없는 편이야. 말하는 것도 귀찮아하거든."

"대신에 주먹부터 날리신다고……."

일곱 중 가장 왜소한 체격의 청년이 잔뜩 겁먹은 기색으로 말했다.

그러자 분위기가 다시 한번 가라앉았다.

패선이라는 별호에서 패라는 글자가 단순히 사람을 패서 붙은 말이라는 소문이 있었다. 그리고 그 소문은 의외로 근거 있는 소문으로 알려져 있기에 다들 얼굴을 굳혔다.

"소문이 이상하게 난 건 알고 있는데, 사실이 아냐. 사형은 손을 써야만 하는 이들에게만 손을 써. 아무 이유 없이 폭력을 휘두르지는 않으니까 걱정하지 마. 만약 그런 사람이었다면 사람들이 이토록 추앙하겠어?"

"그, 그렇겠죠?"

"응, 오히려 잔정이 많으신 분이야. 자기 사람이라고 생각되면 확실하게 챙기기도 하고. 대막행에 대해서는 너희들도 잘 알고 있잖아?"

일곱 명의 얼굴이 대번에 밝아졌다. 아무래도 정보를 주로 만지다 보니 그쪽에 대해서는 빠삭했기에 다들 똑같이 안도한 것이었다.

"물론 실수에는 가차 없으시니까 명심하고."

"예."

달칵.

잠시 풀어졌던 긴장이 다시 바짝 조여졌을 때 문이 열렸다. 바로 벽우진이 등장한 것이었다.

마치 제집 안방인 마냥 뒷짐을 지고서 느릿하게 걸어오는 벽우진의 모습에 일곱 명 전원이 마른침을 삼키며 자리에서 벌떡 일어났다.

"안녕하십니까—!"

"뭐야? 여기 뒷골목 흑도방파였어?"

자리에서 일어나 직각으로 허리를 숙이며 우렁차게 인사해 오는 일곱 명의 모습에 벽우진이 어이없다는 표정을 지었다. 과해도 너무나 과한 인사에 헛웃음이 절로 나왔던 것이다.

"그, 그게……."

"애들이 사형을 만난다고 하니 많이 긴장했습니다."

"나 보는 게 뭐라고."

"충분히 긴장할 만하지요. 사형에 대한 무서운 소문도 많지 않습니까. 선행도 제법 있지만 그 못지않게 무서운 말들도 많습니다."

"한마디로 나한테 겁먹었다?"

벽우진이 고개를 삐딱하게 꺾으며 반문했다. 하지만 그런 벽우진의 모습에도 서진후는 빙그레 웃었다.

"잘 모르는 사람은 긴장하고 떨 수밖에 없지요. 이번에 무당산에서 좀 느끼시지 않았습니까?"

"그냥 달려들던데. 어떻게든 잘 보이려고."

"막상 일대일로 대면하면 제대로 말하는 사람은 없을 겁니다. 모여서 집단을 이루면 또 모를까."

"귀신같네."

보지 못했음에도 정확히 짚어내는 서진후의 모습에 벽우진이 피식 웃고는 상석에 앉았다. 하지만 일곱 명의 사내들은 여전히 허리를 숙인 채 석상처럼 얼어 있었다.

"십인십색이라지만 그래도 비슷한 게 사람이니까요. 유별난 몇 명 빼고는 다 비슷비슷합니다. 제가 또 사람을 많이 만나보지 않았습니까."

"허리 펴. 언제까지 그러고 있을 거야? 내 목이 아프다."

"죄송합니다!"

"목소리는 작게 하고. 나 아직 귀 안 먹었다."

일곱 명이 황급히 허리를 폈다.

그러나 누구 하나 선뜻 자리에 앉지 않았다. 워낙에 위명이 쟁쟁한 벽우진이다 보니 자연스레 눈치를 살필 수밖에 없었던 것이다.

"앉아도 돼. 도대체 나에 대해서 어떻게 말했기에 이렇게 눈치를 봐?"

벽우진이 눈살을 찌푸리며 서진후를 쳐다봤다. 겁을 줘도 엄청 준 것 같아서였다.

하지만 서진후는 억울했다.

"별다른 말 안 했습니다. 생각보다 무서운 사람이 아니다. 라는 것 정도?"

"근데 왜들 저래?"

"세간에 퍼진 소문 때문이 아닐까 싶은데요. 워낙에 무섭게 소문이 난 건 사실이니까요. 십존도 때려잡아, 북해빙궁주도 박살 내, 거기에 대막까지 가서 사왕성주도 아작 내지 않았습니까."

"그렇다고 저렇게 겁을 먹는 건 이상한 것 같은데."

틀린 말이 아니었지만 그렇다고 순순히 인정할 수도 없었다. 그렇기에 벽우진은 삐딱한 자세로 서진후를 쳐다봤다.

"잘 모르는 사람은 겁을 먹어도 이상하지 않지요. 더구나 사형에 대해 좀 더 많이 알고 있으면요."

"대가 너무 약한 거 아냐?"

벽우진의 날카로운 시선이 일곱 명에게 향했다.

그러자 눈이 마주치기 무섭게 하나같이 고개를 푹 숙였다. 감히 패선의 눈을 마주할 용기가 있는 이는 아무도 없었던 것이다.

"능력은 확실합니다. 그리고 사형께서 그렇게 노려보는데 기가 죽지 않을 인물이 몇이나 있을까요? 애들 나이는 많아도 무공은 아직 익히지 않은 상태입니다. 기초 체력만 다지고 있는 중입니다."

"왜?"

"그래도 제자를 들이는 일인데 사형께 허락은 받아야 할 것 같아서요. 저는 괜찮다고 생각하지만 사형께서는 다를 수도 있으니까요."

"네 제자들인데 굳이 내 허락까지 받아야 할 필요가 있을까 싶은데."

벽우진이 턱을 괴며 일곱 명을 다시 찬찬히 살폈다. 서진후의 말도 있고 해서 두 눈에 힘을 풀고서 천천히 한 명, 한 명 둘러봤던 것이다.

그러나 여전히 벽우진의 눈빛을 마주하는 이는 없었다.

"사문과 직접적으로 연관된 일이니까요. 곤륜파의 제자가 되는 것인데 함부로 받아들일 수는 없지요."

"어떤 기준으로 뽑았는지는 알겠어."

"바로 알아보셨습니까?"

"왜 이래? 나 이래 봬도 장문인이야. 나이가 몇 살인데."

어깨를 으쓱거리며 벽우진이 콧대를 세웠다. 그러고는 의외로 고민 없이 곧바로 결정했다.

"저야 늘 사형을 믿지요."

"말은 참 잘해."

"제가 입으로 벌어 먹고살지 않았습니까. 허허허."

"잘 키워봐. 근데 의외이기는 하네. 지금까지 관심이 없어서 제자는 안 키울 줄 알았는데."

"감사합니다!"

"정말 감사합니다!"

벽우진의 허락에 일곱 명이 다시 자리에서 일어나 허리를 숙였다. 아까 전과 똑같이 접객실이 떠나가라 큰 소리를 치면서 말이다.

그 모습에 벽우진이 손으로 귀를 막았다.

"죄, 죄송합니다!"

인상을 쓰며 양쪽 귀를 막는 벽우진의 모습에 일곱 명의 사내들이 식겁한 표정을 지었다. 너무 흥분한 나머지 또 실수를 저지른 것 같아서였다.

그런데 의외로 벽우진은 인상만 쓸 뿐 딱히 구박하거나 잔소리하지 않았다.

"괜찮아. 사람이 그럴 수도 있지. 그리고 다음부터는 너무 긴장하지 마. 나도 사람이니까. 이제부터는 너희들의 사백이기도 하고."

"우, 우와아……."

"사백님이라니……."

"뭐, 일단 너희들도 속가제자인 건 알고 있지?"

사백이라는 말에 일곱 명 전원이 멍한 표정을 지었다. 천하의 패선을 사백님이라고 부를 수 있게 되었다는 사실이 믿기지 않은 모양이었다. 그래서인지 그들은 벽우진의 말을 제대로 듣지 못하고 있었다.

"안 들리는 모양인데요."

"참나."

"저는 이해합니다. 그리고 속가제자 신분이라는 걸 아이들도 알고 있습니다."

"근데 약관이 넘는 녀석들을 아이들이라 부르니까 좀 이상하기는 하네."

제일 어린 남자가 이십 대 초반으로 보였다. 가장 많은 이는 삼십 대 초반이었고.

하지만 그 말에 서진후는 웃으며 반박했다.

"허허. 하삼이는 서른다섯이었는데요."

"쯧. 한마디도 안 지지."

"많기는 하지만 또 생각해 보면 그렇게까지 많은 건 아닙니다. 시작이 늦었다고 해서 도착지에 꼭 늦게 도착하는 것은 아니니까요."

"여유도 생기고. 많이 컸어, 청범이."

서진후가 빙그레 웃었다.

이것 역시 벽우진에게서 배운 것이었다. 그렇기에 그는 일곱 명의 제자들을 선택할 때 크게 고민하지 않았다.

"전부 다 사형 덕분입니다."

"안 믿는다, 그 말."

"진심이에요. 너희들은 이만 나가봐."

눈치를 살피는 일곱 명에게 서진후는 축객령을 내렸다. 허락을 받았으니 더 이상 이곳에 있을 필요는 없다고 생각해서였다. 앞으로의 대화는 가급적 둘이서만 하는 게 좋았고.

"그럼 나가보겠습니다."

"오냐."

공손히 허리 숙여 인사한 후에 뒷걸음질로 접객실을 나가는 일곱 명을 향해 벽우진이 손만 까딱였다.

그러고는 다시 서진후를 쳐다봤다.

"용봉회는 어떠셨습니까? 이번이 처음이지 않습니까."

"너는 가본 것처럼 말한다?"

"그래서 궁금합니다. 어떤 분위기일지요. 저 역시 상상만 하던 곳이라. 들은 건 많지만요."

"그냥 후기지수들의 친목 모임이지. 단지 규모가 어마어마하게 큰."

"볼거리도 많았다고 하던데요. 예지가 구환비룡을 때려잡았다고. 그래서 검봉이라는 별호도 생겼다고 들었습니다."

숨기려고 애썼지만 벽우진의 눈에는 보였다. 더할 나위 없이 기뻐하는 기색이 말이다.

웃음을 최대한 억누르려고 했지만 오히려 그게 더 이상해 보였다.

"그냥 웃어. 억지로 참지 말고."

"푸흡! 아닙니다."

"네 손녀 사랑이 유별난 건 다 아니까 그냥 웃어도 돼."

"괘, 괜찮습니다. 풋!"

끝끝내 웃음을 참는 서진후의 모습에 벽우진이 고개를 절레절레 저었다. 저토록 좋아하면서 애써 참으려고 하는 게 이해되지 않았던 것이다.

"뭐, 너 편하게 해."

"흠흠! 죄송합니다, 사형."

"괜찮아. 하루 이틀도 아니고."

"그보다 이번 용봉회에서 다양한 일을 겪으셨다고 들었습니다. 여인들의 육탄 공세도 당하셨다고요."

서진후가 장난스럽게 웃으며 눈을 빛냈다. 마치 좋은 놀림거리를 찾았다는 듯이 말이다.

"육탄 공세까지는 아니고. 그냥 과도한 관심 정도?"

"사형 정도면 일단 달려들 만하지요. 장문인에다가 패선이라 불리실 정도로 무명 역시 대단하시지 않습니까. 그렇다고 다 늙은 노인도 아니니 확실히 구미가 당길 만하지요."

"일없다."

"제갈세가와 남궁세가도 은근히 접근한 것으로 들었습니다."

서진후의 미소가 짙어졌다. 비청단을 맡고 있는 만큼 알아낸 것도 많았던 것이다. 특히 벽우진에 대해서는 매일 같이 확인했다.

"쓸데없는 데 왜 인력을 낭비해?"

"쓸데없다니요. 사형을 살피는 것만큼 중요한 것이 어디 있겠습니까? 지금은 사형이 곧 곤륜파인데요."

"됐고. 저 아이들, 괜찮겠어?"

"예, 고수가 되길 바라는 마음에 뽑은 아이들이 아닙니다. 비록 자질은 부족할지 모르나 믿을 수 있는 아이들입니다."

서진후가 진지한 표정으로 말했다.

그리고 그거면 벽우진은 족했다.

"네가 그렇다면야."

"혈연만큼 결속력이 강하지는 않겠지만, 그래도 충성심은 확실합니다. 방금 전의 모습 때문에 못 미더우시겠지만 조금만 더 지켜보시면 사형께서도 아실 거라 생각합니다."

"의심 안 해. 적어도 속내를 감추지는 않았으니까. 그리고 고수가 될 자질을 가진 아이들은 이미 충분히 많고."

벽우진은 그저 믿는다는 듯이 씩 웃어주었다. 그러자 서진후 역시 마주 웃었다.

"진 호법님께서 제자들을 구했다는 말은 들었습니다."

"더불어 곤륜에 뼈를 묻겠다고도 하셨지."

"……정말요?"

서진후가 두 눈을 동그랗게 떴다. 진심으로 놀란 것이었다.

반대로 벽우진은 느긋하게 삼매진화의 수법으로 약간 식은 차를 데워 자신의 찻잔에 따랐다.

"이제는 곤륜파라는 배경이 제법 쓸모 있게 되었으니까. 우리 아이들하고도 정이 많이 드셨고."

"북적대던 것에 익숙해지면 조용한 게 오히려 낯설어지죠. 사람이라는 게 원래 어울려 사는 존재이기도 하고요. 그래서인지 다른 호법님들께서도 고민이 좀 되시는 것 같습니다."

"우리한테는 좋은 일이지."

"맞습니다."

차를 한 모금 들이켜며 벽우진이 고개를 주억거렸다.

노리기보다는 기대했다는 말이 맞겠지만 그래도 벽우진은 호법들이 남아주었으면 싶었다. 많은 일을 함께했기에 앞으로도 그들과 같이 있고 싶었던 것이다.

처음에는 단지 고수가 부족해서 강제로 초빙해 왔지만 지금은 가족이나 다름없었다.

"그런데 의외네. 네가 제자를 받아들일 줄은 몰랐는데. 관심도 없는 줄 알았고."

"관심이 없다기보다는 자신이 없었습니다. 스스로의 무력에 자신감이 없었거든요. 그런데 사형께서 비천단이라는 보물을 내려주신 덕분에 이제는 좀 자신감이 생겼습니다. 그리고 인력이 필요하기도 했고요."

"애들은 똘똘하게 생겼드만."

"일 처리 하는 게 야무집니다. 제가 또 사람을 보는데 일가견이 있지 않습니까."

서진후가 자신만만한 얼굴로 씩 웃었다.

수십 년 동안 상계에서 구르고 구른 사람이 바로 그였다. 관상학까지는 아니더라도 나름 얼굴을 마주하고 대화를 하다 보면 어떤 사람인지 얼추 보였다.

"그랬었지."

"저 녀석들 덕분에 진짜 한시름 놓았습니다. 물론 일을 하면서도 마음은 콩밭에 가 있지만요."

"무공 수련?"

"예, 다들 무공에 대한 미련이 상당하더라고요. 이해는 합니다. 고수라는 두 글자에 가슴이 뛰지 않을 남자는 없지 않습니까."

벽우진이 말없이 고개를 주억거렸다.

대부분의 남자들은 고수, 강자, 천하제일, 협객 이런 단어에 빠져들 수밖에 없었다. 나이를 불문하고 말이다.

"그래서 자는 시간마저 쪼개가면서 다들 기본기를 다지고 있습니다. 제대로 된 곤륜파의 무공을 배우길 기다리면서요."

"잘 가르쳐 봐. 꼭 고수가 필요한 건 아니니까. 중요한 건 곤륜파에 필요하느냐, 보탬이 되느냐니까."

"예."

"근데 집무실에 내가 결재해야 할 서류가 많냐?"

벽우진이 슬그머니 물었다. 이미 예상이 가지만 그래도 한 가닥 기대를 버리지 않은 것이었다.

"짐작하고 계신 게 아마 맞을 겁니다."

"휴우."

예상했던 대답에 벽우진이 반사적으로 한숨을 내쉬었다. 그래도 조금은 기대했었는데 역시나 예상에서 벗어나지 않는 모양이었다.

"청민 사형 성격 아시지 않습니까. 아마 저번보다 늘면 늘었지 줄어 있지는 않을 겁니다."

"……장문인 대리면 웬만한 건 결재해도 되는 거 아냐?"

"칼 같은 청민 사형 성격을 아시잖습니까."

"끄응!"

벽우진이 답답하다는 듯이 가슴을 두드렸다. 괜히 그가 청민에게 부재 시 장문인 대리라는 직책을 내린 게 아니었다.

"그보다 사형께 보고드릴 내용이 있습니다."

"또?"

"예, 이건 저나 청민 사형의 권한 밖인 문제라서요."

"말해봐."

생각하는 것만으로도 머리가 지끈거린다는 듯이 벽우진이 관자놀이를 꾹꾹 눌렀다. 보지 않아도 너무나 선명하게 떠오르는 서류 더미에 머리가 아파 왔던 것이다. 그것도 탑처럼 높게 쌓여 있을 게 분명하자 벽우진은 갑자기 가슴이 답답해졌다.

"꽤 많은 분들이 본 파를 찾아오셨습니다. 빈객으로 머물고 싶다면서요. 근데 중원뿐만 아니라 세외에서도 몇 분이 오셨습니다."

"세외고수까지?"

"예, 아무래도 본 파가 청해성에 자리 잡아서 그런 것 같습니다. 사실 중원 못지않게 신강이나 서장과도 가까운 게 청해성이지 않습니까."

"빈객이라."

벽우진이 턱을 쓰다듬었다.

그러나 그의 얼굴에는 묘하게 흡족한 기색이 서려 있었다. 빈객으로 머물겠다고 하는 건 그만큼 곤륜파의 위상이 높아졌음을 뜻했다. 아무 이유 없이, 명성도 없는 문파를 찾는 고수는 없었기 때문이다. 실제로 대문파나 명문세가의 경우 이름 있는 빈객들이 제법 많이 머무르고 있었다.

"저도 놀랐습니다. 대뜸 비무첩이나 보내는 놈들이나 있었지 이렇게 정중하게 찾아오는 이는 처음이라서요."

"몇 명이나 되는데?"

"점점 늘어나 현재는 열 명이 훌쩍 넘었습니다. 사형께서 무당파에 가 계시다는 것을 아는데도 무작정 기다리겠다는 듯이 눌러앉았습니다."

"식비 걱정은 안 해도 되겠지?"

"물론입니다."

서진후가 무슨 소리냐는 듯이 대답했다.

산불이라는 예상치 못한 피해를 입었다고 하지만 곤륜파는 더 이상 가난하지 않았다.

축적한 재화도 상당할뿐더러 번 돈을 족족 투자했기에 크게 돈이 궁하지는 않았다. 오히려 인원이나 규모에 비하면 재정이 탄탄한 편이었다.

"흠흠! 우리도 이제는 품위 유지비 같은 게 필요하니까 혹시나 해서 물어봤어."

"이제는 떵떵거리며 살 정도는 됩니다. 지금 이 순간에도 재산은 늘어나고 있고요. 속가제자들이 속한 가문에서 받는 후원금도 적지 않습니다. 물론 가장 큰 금액을 보내오는 곳은 청하상단과 비호표국이고요."

"진짜? 막 써도 돼?"

"아, 아니, 그 정도는 아니고요. 여유롭게 살 정도는 됩니다. 이번에 식구가 두 명 늘지 않았습니까."

서진후가 다급하게 대답했다. 손이 큰 벽우진의 성격상 여유롭다고 하면 말 그대로 펑펑 써댈 게 분명해서였다.

사람이라는 게 없을 때는 허리띠를 졸라매지만 있을 때는 팍팍 쓰게 마련이었다. 그걸 서진후는 막고 싶었다.

"에이. 겨우 두 명 는 것 가지고."

"험험! 아직은 아껴야 합니다. 고정적으로 지출되는 것도 크고, 앞으로 빈객들이 더 늘어날 수도 있으니까요."

"그렇다면야."

엎드려서 다리를 붙잡고 매달릴 것 같은 서진후의 반응에 벽우진은 일단 알겠다는 듯이 고개를 끄덕였다.

그리고 그 모습에 서진후는 안도의 한숨을 내쉬었다.

"나 없는 동안 별일 없었지? 또 이상한 짓을 하려는 놈들이 있다거나 하는."

"주기적으로 순찰도 돌고 있고, 비청단도 곤륜산 인근에 완전히 자리 잡았기에 그 부분에 대해서는 걱정하지 않으셔도 됩니다. 사형께서는 장문인으로서의 업무만 보시면 될 것 같습니다."

"그 말이 제일 싫어. 갑자기 머리가 노래지는 것 같아."

가장 듣기 싫은 말을 아무렇지 않게 하는 서진후의 모습에 벽우진이 의자에 늘어졌다. 왠지 모르게 기운이 쭉쭉 빠져나가는 느낌이 들었던 것이다.

"저는 믿습니다. 언제나 그렇듯 사형께서 저희들의 믿음에 보답하실 거라는 걸요."

서진후의 말이 이어졌지만 의자에 늘어진 벽우진은 좀처럼 일어날 기미를 보이지 않았다. 이왕이면 최대한 집무실에 늦게 들어가고 싶었던 것이다.

하지만 그런다고 닥친 일이 사라지는 것은 아니었고, 벽우진은 이내 무거운 발걸음을 옮길 수밖에 없었다.

이른 아침 회의실로 호법들이 모여들었다. 벽우진의 호출에 한 명도 빠짐없이 회의실에 집결했던 것이다.

그런데 회의실에는 청민과 서진후가 먼저 도착해 있었다.

"오셨습니다."

"역시 부지런해."

"저희야 아직 젊지 않습니까, 허허."

"우리보다야 젊지만 그래도 그 나이면 노인이지."

앞장서서 걸어오던 설백이 빙그레 웃었다. 비교 대상이 자신들이어서 그렇지 장로들의 나이도 결코 적은 게 아니어서였다.

강호에서도 원로 대우를 받아도 이상할 게 전혀 없는 둘이었기에 설백은 피식 웃으며 빈자리에 앉았다.

"장문인께서 아침부터 무슨 일로 불렀는지 모르겠습니다."

"어제 도착하셨으니 얼굴 한번 보자는 것일 수도 있지. 진구가 데려온 제자들도 얘기하고."

허륭의 시선이 오늘따라 조용히 있는 진구에게로 향했다.

그러자 다른 호법들도 진구를 쳐다봤다.

"인연이 닿아서 데려왔습니다."

"뼈를 묻기로 했다면서?"

"예, 그것도 나쁘지 않을 것 같아서요."

진구가 담담히 대답했다.

하지만 그 부분에 대해서 다른 이들은 별다른 말을 하지 않았다. 결국 인생은 자신의 것이었고, 선택 역시 본인이 하는 것이었다.

또한 다들 비슷한 생각을 가지고 있기에 더 이상의 말은 하지 않았다.

"네가 그리 결정을 내렸다면, 되었다."

"저도 세월에는 어쩔 수 없는 모양입니다."

"예끼! 내 앞에서 세월을 논하면 안 되지!"

설백이 짐짓 꾸짖듯이 노성을 터뜨렸다.

하지만 회의실에 있는 모두가 웃고 있었다. 장난임을 다들 알았던 것이다.

달칵.

그때 문이 열리며 벽우진이 모습을 드러냈다. 낡은 도복이지만 말끔한 모습으로 회의실에 들어왔던 것이다.

"좋은 아침입니다."

"잘 주무셨는가."

"누구 때문에 푹 잘 수가 없었습니다. 서류 더미에 깔리는 꿈을 꿨거든요."

"허허허허!"

농담이라고 하기에는 진담이 짙게 서려 있는 대답에 설백과 호법들이 너털웃음을 터뜨렸다. 누가 누구를 가리키는지 그들은 다 알았던 것이다.

하지만 그 당사자는 아무렇지 않은 얼굴로 조용히 차만 음미했다.

"다들 앉으시죠. 이제는 저 왔다고 안 일어나셔도 됩니다. 관절과 허리를 챙기셔야죠."

"그래도 어떻게 그러겠습니까."

설백이 고개를 저었다. 아무리 자신들의 나이가 많다고 하나 곤륜의 종주를 앞에 두고서 그럴 수는 없었다.

"정말 괜찮습니다."

"고려해 보겠습니다."

옅은 미소와 함께 설백이 자리에 앉았다.

그러자 벽우진이 좌우를 쭉 둘러보았다. 호법들까지 모두 모이니 제법 회의하는 것 같은 분위기가 나는 듯했다.

"제가 오늘 이 자리를 마련한 건 다름이 아니라 한 가지 제안

할 것이 있어섭니다. 정확하게는 오래전부터 구상만 하고 있던 것인데 이제는 슬슬 꺼내도 될 것 같다는 생각이 들어서요."

"경청하겠습니다."

"소림에는 십팔나한과 팔대호법이, 무당에는 태극검수가, 화산에는 매화검수가 있지요. 그래서 저는 의문이 들었습니다. 왜 우리는 그런 게 없을까?"

귀를 기울이던 모두가 자기도 모르게 고개를 주억거렸다.

확실히 각파마다 상징적인 조직들이 있었다. 그러나 곤륜파에는 없었다.

"그래서 생각했습니다. 우리도 만들자고요. 이름도 생각해 두었습니다. 태청검수, 어떻습니까?"

"태극검수나 매화검수들처럼 일대제자들 중에서 수위에 꼽히는 이들을 추려서 만들 생각이십니까?"

"예, 조금 씁쓸하지만 현재 일대제자밖에 없기도 하고요. 단 인원이 적다고 하나 대충 선별할 생각은 없습니다. 무위는 물론이고 인성 역시 깐깐하게 살펴보고 임명할 생각입니다."

설백을 비롯한 호법들이 고개를 주억거렸다. 나쁘지만은 않은 생각 같아서였다.

더구나 지금 당장 만들겠다는 것이 아니고 추후에 임명하겠다고 했기에 다들 긍정적으로 생각했다.

"한 가지 여쭙고 싶은 게 있습니다, 사형."

"편하게 얘기해. 나는 통보하는 게 아니라 의논을 하자고 이자리를 만든 거니까. 회의실이 있는데 한 번쯤 제대로 사용해

봐야 하지 않겠어?"

"차차 많아질 터인데요. 다른 게 아니라 속가제자들도 포함시키실 생각입니까?"

"기준에 통과하기만 한다면 얼마든지."

이미 고민해 본 부분이었는지 벽우진은 막힘없이 대답했다.

그러나 질문했던 청민의 표정은 살짝 굳어 있었다.

"허락되는 무공이 차이가 있는데 속가제자가 뽑힐 수 있을지 모르겠습니다."

"규격 외의 존재는 늘 있는 법이야. 일례로 예지와 같은 경우도 있고."

"아!"

"단순히 진산제자 중에서만 선별하는 건 약간 차별 같아. 속가제자 역시 본 파의 제자들인데."

"맞습니다."

설백이 나지막하게 대답했다. 굳이 따로 구분할 필요는 없다고 생각해서였다.

"더해서 호법님들께서도 허락하시고 실력이 된다면 제자들 중에서도 태청검수를 뽑을 생각입니다."

"좋은 생각 같습니다."

"물론 약속한 기간을 채우고 떠나시는 분은 어쩔 수 없지만 일단 최대한 선별 범위를 넓힐 생각입니다."

"제 생각에는 많이 떠날 것 같지는 않습니다."

부드러운 미소와 함께 설백의 시선이 동생들에게로 향했다.

그런데 의외로 그의 눈을 피하는 이가 없었다. 비현마저도 옅게 웃으며 조용히 차를 마시고 있었다.

"그래 주신다면야 저야 감사합니다만, 아직 시간은 남아 있으니까요."

벽우진의 미소가 짙어졌다. 호법들이 함께해 준다면 그것만큼 든든한 일도 없어서였다.

뒤이어 벽우진은 청민에게 간략하게 보고를 받았다. 어제의 서진후에 이어 청민도 할 말이 많은 듯 온갖 보고들을 쏟아냈던 것이다.

"다 읽었던 내용 같은데……."

"비슷하지만 다를 겁니다, 사형."

"너무 단호하게 아니라고 하는 거 아니냐? 아직 내 말 끝나지도 않았는데."

"많이 안 보신 거 알고 있습니다."

"끄응!"

정확히 짚어내는 청민의 말에 벽우진이 앓는 소리를 냈다. 그러자 여기저기에서 웃음소리가 터져 나왔다.

"아, 그리고 드디어 완공되었습니다. 현재 필교가 시험적으로 작동하고 있는데 내일이면 확실하게 보고할 수 있다고 합니다."

"생각보다 빨리 끝났네. 나는 좀 더 시간이 걸릴 줄 알았는데."

"처음 완성했던 도면대로 공사가 끝난 것이고 차차 추가해야 한다고 합니다. 그에 따른 예산은 여기에 정리해 두었습니다."

"철두철미하구만."

자연스럽게 자신의 앞으로 내미는 종이를 보며 벽우진이 나지막하게 한숨을 내쉬었다.

하지만 다른 것도 아니고 곤륜파의 미래가 달려 있는 일이니만큼 벽우진도 허투루 넘길 수 없었다.

"보시면 아시겠지만 금액이 상당합니다."

"감당하지 못할 정도는 아닌 것 같은데?"

"예, 하나 유지 보수 비용까지 생각하면 적은 금액은 결코 아닙니다."

청민이 살짝 우려하는 기색을 내비쳤다. 생각했던 것보다 금액 차이가 상당히 커서였다.

"그만큼 벌면 돼. 우리도 이제는 재산이 상당하다며?"

"급격하게는 아니지만 꾸준히 늘고 있습니다."

"거 봐. 모자라면 내가 어떻게든 충당할 테니까 진행해."

벽우진의 시선에 비청단과 함께 문파 내 재정을 담당하고 있는 서진후가 곧바로 대답했다.

그 모습에 벽우진이 단칼에 결정을 내렸다.

"알겠습니다."

단호한 벽우진의 기세에 청민도 더 이상 부언을 하지 않았다. 그 역시 곤륜파에 반드시 필요하다는 것을 알고는 있어서였다. 하지만 한 번은 꼭 짚고 넘어가야 한다고 생각하기에 말한 것이었다.

"저희도 장문인께 드릴 말씀이 있습니다."

"편하게 말씀하시지요."

회의가 막바지로 향하자 설백이 조심스럽게 운을 뗐다.

그런데 그가 진구를 힐끔거렸다.

"진구에게 얘기를 들었습니다만."

"허심탄회하게 말씀하셔도 됩니다."

평소의 설백답지 않게 머뭇거리는 모습에 벽우진이 웃으며 말했다.

진구에게 시선이 향할 때부터 어느 정도는 짐작했던 것이다. 더불어 다른 호법들도 눈치를 살피니 모를 수가 없었다.

"저희에게도 가능한지 여쭙고 싶습니다."

망설이던 설백이 이내 표정을 가다듬고는 입을 열었다.

그러자 진구와 비현을 제외한 호법들의 시선이 벽우진에게로 향했다. 하나같이 뜨거운 눈빛들을 보냈던 것이다.

하루가 다르게 곤륜파를 찾는 사람들은 늘어났다. 과거 대문파로서 성세를 자랑하던 때와 비교하면 아직은 조족지혈인 수준이었지만 중요한 건 곤륜파를 찾는 방문객들이 늘어난다는 것이었다.

아직은 소림사를 찾는 향화객만큼은 아니지만 그래도 점차 늘어나는 숫자에 벽우진을 비롯해서 칭민과 서진후는 만족하고 있었다.

게다가 일반 양민들뿐만 아니라 곤륜산을 찾는 풍류묵객들도 점점 더 늘어나는 중이었다.

"저곳입니다."

"들어가자."

"예."

청민의 안내를 받으며 벽우진이 발걸음을 옮겼다. 빈객들에게 내어준 처소로 들어갔던 것이다.

그런데 벽우진이 온다는 소식을 들어서인지 한 명의 중년인이 경건한 자세로 서서 두 사람을 맞이해 주었다.

"만나 뵙게 되어 영광입니다, 장문인."

"안에 계시지 않고."

"괜찮습니다. 날씨도 선선하니 햇볕 좀 쐬고 있었습니다."

과거 다짜고짜 비무첩만 달랑 보내고 대뜸 찾아왔던 이들과 달리 중년인은 시종일관 정중했다. 또한 눈빛이나 표정 어디에서도 거만하거나 기고만장한 기색은 전혀 없었다.

"많이 급한 모양이시구려."

"장문인께서 오신다는 말에 몸이 달아올라서 말이지요. 하핫! 심지어 제가 첫 번째이지 않습니까."

"오래 기다렸다고 들었소이다."

나이는 어리지만 한 명의 무인이자 어른이었기에 벽우진은 함부로 말을 놓지 않았다. 그런데 그게 살짝 의외였는지 중년인이 묘한 미소를 머금었다.

"다른 분도 아니고 패선이시지 않습니까. 곤륜파의 장문인이시고. 공사다망하신 게 당연하지요. 게다가 불쑥 찾아온 건 저이지 않습니까. 당연히 제가 기다려야지요."

"그리 생각해 준다니 고맙구려."

"저야말로 찾아와 주셔서 감사합니다. 사실 크게 기대하지 않았었거든요. 워낙에 대단하신 분들이 많아서."

"명성이 전부는 아니오. 나 역시 작년까지만 해도 무명소졸 이었고. 나이만 가득 찬. 그런데 지금은 많은 게 달라지지 않 았소."

벽우진이 씩 웃으며 말했다.

지금이야 패선이니 곤륜파의 장문인이니 추켜세워 주지만 불과 작년까지만 해도 벽우진에 대해 아는 사람은 없었다. 청 민이나 서진후 역시 마찬가지였고. 그리고 기본적으로 사람에 대한 예우는 필요했다.

"그렇게 말씀해 주셔서 감사합니다."

"준비는 되었소?"

"예."

혼자서 머무는 곳이었기에 앞마당은 작았다.

그러나 비무를 하기에는 충분했다. 천지가 개벽할 정도로 큰 싸움이 벌어지는 게 아니기에 딱히 큰 공간이 필요하지 않 았던 것이다.

함께 온 청민이 공간을 만들어주기 위해 뒤로 물러나자 중 년인이 도를 뽑으며 심호흡을 했다.

"후우."

두 눈을 감고서 중년인은 긴 심호흡으로 마음을 가다듬었다.

고대하고 고대하던 순간인 만큼 그는 이 기회를 허투루 날리고 싶지 않았다.

패선과 비무할 수 있는 기회는 절대 흔치 않았기에 중년인은 짧은 순간에 몸 상태를 최적의 상태로 끌어올렸다.

"준비되었소?"

"기다려 주셔서 감사합니다."

"그럼 오시오."

"패선께 한 수 가르침을 받겠습니다."

중년인이 검을 든 채로 고개를 꾸벅 숙였다. 비무를 시작하기 전 예의를 다 하는 것이었다.

그 모습에 벽우진은 옅게 웃으며 무상검을 뽑아 들었다.

'패선께서 검을!'

중년인의 두 눈에 격동이 서렸다. 설마 벽우진이 처음부터 검을 뽑아 들 줄은 몰라서였다.

··· 제5장 ···
공생지도(共生之道)

'당연히 주먹을 쓸 거라 생각했는데.'

중년인이 침을 꿀꺽 삼켰다. 예상과는 다른 선택에 놀란 것이었다.

하지만 한편으로는 감동도 받았다. 갑자기 찾아왔음에도 벽우진이 예의를 다하는 것 같아서였다.

'그렇다면 나도 이 시간이 아깝지 않도록 최선을 다하는 것이 답례겠지!'

중년인의 눈빛이 한층 진지해졌다. 예의를 다하는 벽우진에게 실망감을 줄 수는 없다고 생각한 것이다.

이윽고 중년인의 기도가 일별하며 벽우진을 향해 벼락이 떨어졌다. 빠르고 강맹한 일격이 부지불식간에 벽우진을 노리고서 쇄도했던 것이다.

스윽.

하지만 육안으로 쫓기 힘든 일격을 벽우진은 가볍게 회피해 냈다. 여전히 검을 늘어뜨린 채로 딱 반보만 움직여서 공격을 피해냈던 것이다.

"흐읍!"

그러나 그 모습에도 중년인은 놀라거나 당황하지 않았다. 애초에 벽우진이 피해낼 것임을 예상하고 있었기에 중년인은 재차 도를 휘둘렀다.

쌔애액!

예리한 파공음과 함께 참격이 벽우진의 상반신을 노렸다. 사선으로 갈라 버리겠다는 듯이 매섭게 파고들었던 것이다.

하지만 섬광처럼 뿌려지는 일격은 벽우진에게 닿지 못했다. 간을 보는 공격도 아니고 전력을 다했음에도 벽우진은 어렵지 않게 그의 공격을 피해냈던 것이다.

'……이 정도로 차이가 나나?'

연거푸 뿌리는 참격을 모조리 피해내는 벽우진의 모습에 중년인의 얼굴이 굳어졌다. 자신의 경지가 벽우진보다 낮다는 사실은 알고 있었지만 이렇게나 차이가 날 줄은 몰랐기에 그의 표정은 점점 더 어두워졌다.

심지어 검으로 막지 않아도 될 정도라는 사실에 중년인은 갑자기 자괴감이 몰려오는 느낌이었다.

"도를 휘두른다고 다가 아니오. 중요한 것은 '어떻게 휘두를 것인가'이오. 단순히 '더 빠르게, 더 날카롭게'에서 그치면 그 이상의 발전은 없소."

"예?"

"분명 더 빠르고 날카롭게 휘두르면 위력적이기는 하겠지. 하지만 그건 어느 정도의 선에서만 통하는 공격이오. 그 이후의 단계에서는 통하지 않지."

공격하던 것을 멈춘 중년인이 두 눈을 끔뻑거렸다. 무슨 말인지 이해가 되지 않았던 것이다.

하지만 그런 중년인의 모습에도 벽우진은 이해한다는 듯이 옅게 웃었다.

"인간의 육신은 한계가 있소이다. 어느 수준에 도달하면 더이상 빨라지지도, 강해지지도 않소. 물론 사람마다 한계의 차이가 있겠지만 극에 달하면 비슷한 수준이오. 그럼 그때부터는 어떻게 해야 할 것 같소?"

"공력을 이용해야 하지 않겠습니까? 공력을 이용하면 더 강력한 공격을 펼칠 수 있으니까요."

"반쪽짜리 답이오."

"……."

중년인이 미간을 좁혔다.

그는 나머지 반쪽의 답을 찾기 위해 골똘히 생각에 잠겼다. 하지만 시간이 흘러도 한번 좁혀진 미간은 좀처럼 펴질 기미를 보이지 않았다.

"제아무리 무인이라도 세월을 피할 수는 없소. 환골탈태를 해도 끝끝내 노화를 막을 수는 없고. 그럼 어떻게 해야 할 것 같소?"

"……잘 모르겠습니다. 실례가 안 된다면 가르쳐 주실 수 있으신지요."

중년인이 공손히 고개를 숙였다. 혼자 고민해서는 답이 안 나올 것 같기에 정중하게 가르침을 청한 것이다.

"말보다는 느끼는 게 더 빠를 것이오. 말로는 이해하기 힘들기도 하고."

스윽.

벽우진이 처음으로 검을 들어 올렸다. 그러고는 천천히 중년인을 향해 휘둘렀다.

별다른 초식 하나 없이, 심지어 중년인처럼 빠르지도 않은 느릿한 일검이었다. 한데 천천히 접근하는 검을 중년인은 완벽하게 피해내지 못했다.

"어어?"

육안으로 훤히 보이는 검초였으나 중년인은 피할 수 없었다. 자신이 움직이는 대로 검극이 따라왔던 것이다. 그것도 거리를 유지한 채로 말이다.

파파팟!

그 모습에 중년인이 전력으로 보법을 펼쳤다. 빠른 움직임으로 벽우진의 검을 떨쳐내려는 것이었다. 하지만 그의 움직임이 빨라질수록 벽우진의 검 역시 빨라졌다.

"흡!"

그러나 놀람은 거기서 그치지 않았다. 따라오는 것을 넘어 벽우진의 검은 마치 그가 가려는 방향을 알고 있다는 듯이 앞을 가로막았다.

'이게 무슨······!'

그의 속을 꿰뚫어 본 것처럼 미리 앞을 가로막는 검극의 모습에 중년인은 전율이 돋았다. 보고도 믿기 힘든, 말도 안 되는 광경에 경악한 것이다.

동시에 벽우진이 했던 말이 이해되기 시작했다. 듣는 것보다 느끼는 게 빠를 거라는 말이 말이다.

"표정을 보니 알아차린 모양이오."

"예, 그런데 이해는 되는데, 막연합니다."

"지금은 경험이 부족해서 그러오. 경험이 차곡차곡 쌓이면 가능할 것이오. 이것 역시 어떻게 보면 심리전의 하나이니."

중년인이 도를 늘어뜨렸다. 직접 겪고, 이해하기는 했지만 그렇다고 당장 해보라고 하면 자신이 없었다.

피하지 못해서 막을 수밖에 없는 검. 하지만 그걸 실현하기란 쉽지 않았다.

"하지만 반대로 정말 큰 걸 배운 것 같습니다."

"도움이 되었다면 다행이오."

"그 정도 수준이 아닙니다. 완전 다른 경지를 보고, 느꼈으니까요."

어두워졌던 중년인의 표정이 단박에 달라졌다. 반대로 생각해 보자 자신이 얼마나 큰 조언과 도움을 받았는지 알 수 있어서였다. 또한 곤륜파를 찾아온 게, 벽우진을 찾은 게 얼마나 잘한 선택인지도 깨달았다.

"다 그대가 준비가 되었기에 얻을 수 있는 것이오. 언젠가는 스스로 깨달았을 부분이기도 하고."

"그 시간을 장문인께서 단축시켜 주셨지요. 정말 감사합니다."

납도한 중년인이 읍을 하듯 길게 포권을 했다. 존경을 가득 담아 벽우진에게 감사의 뜻을 전했던 것이다.

그 모습에 벽우진 역시 웃으며 포권을 마주했다.

"다음에, 다음에 또 기회가 된다면 장문인께 보여 드리고 싶습니다."

"얼마든지요."

한참 동안이나 포권을 하던 중년인이 조심스럽게 말을 이었다. 혹시나 자신이 욕심을 부리는 건 아닐까 싶어 벽우진의 눈치를 살폈던 것이다.

그런데 의외로 벽우진은 시원스럽게 대답했다.

"감사합니다, 장문인!"

연신 허리를 숙이는 중년인을 달랜 후 벽우진이 몸을 돌렸다. 오늘 하루 그가 가야 할 곳은 아직 많았다.

기다리고 있던 빈객들과의 비무는 오 일 내내 이어졌다. 곤륜파와 벽우진의 명성이 높아지는 만큼 그를 찾아오는 이들 역시 많아졌던 것이다.

그리고 그중에는 제법 거물급이라 할 수 있는 무인들도

몇 명 있었다. 깨달음을 얻기 위해 스스럼없이 벽우진을 찾아온 것이다.

"흐아암!"

덕분에 벽우진은 업무에 쫓기면서도 빈객들을 상대했다. 때로는 제자들을 참관시켜 간접적으로나마 경험을 쌓게 해주면서 말이다.

당장은 크게 도움이 되지 않겠지만 나중에는 분명히 참고가 될 것이기에 벽우진은 가급적이면 제자들을 참관시켰다. 물론 상대방의 허락하에 말이다.

"많이 피곤하신 모양입니다, 장문인."

"근 며칠 몸을 많이 써서 말이지요."

"빈객들이 제법 많죠?"

늘어지게 하품을 하는 벽우진을 향해 비현이 웃으며 물었다.

늘 작업실 겸 실험실에 있는 그이지만 그렇다고 귀가 없는 것은 아니었다. 그래서 벽우진의 일과에 대해서는 어느 정도 알고 있었다.

"많기도 하지만 계속해서 찾아오는 중이라. 물론 떠난 이들도 많지만요."

"그만큼 곤륜파의 명성이 높아졌다는 뜻 아니겠습니까. 좋은 일이지요."

"대신에 그만큼 피곤해지기도 했지만 말이지요."

벽우진이 어깨를 으쓱거렸다. 명성이 높아지는 것은 반길 만한 일이나 문제는 일이 너무나 많아진다는 점이었다.

청민의 선에서 한 차례 걸러지고 있다고는 하지만 그럼에도 빈객들의 숫자는 상당했다. 지금에야 빈객들끼리 교분도 나누고 비무도 한다고 하지만 근본적으로 빈객들이 가장 원하는 상대는 벽우진이었다.

"힘내십시오."

"후우."

비현의 진심이 담긴 응원에도 나오는 것은 한숨뿐이었다.

무당파에 있을 때에도 약식으로 보고는 받았었기에 이럴 거라 예상을 못 한 것은 아니지만 그럼에도 힘든 건 사실이었다. 오히려 대막에 싸우러 갔을 때가 벽우진은 심적으로 더 편했다.

"접니다, 비현 형님."

그때 연공실의 문 너머에서 익숙한 음성이 들려왔다. 진구가 말을 하는 것과 동시에 문을 열고서 안으로 들어왔던 것이다. 그리고 그 뒤에는 등선규와 등이규가 따르고 있었다.

"왔느냐."

"장문인도 계셨군요."

"저도 궁금해서 말이지요."

벽우진의 시선이 등선규, 등이규 형제에게로 향했다.

둘은 갑작스러운 벽우진의 등장에 놀라면서도 이내 공손하게 허리를 숙였다.

"장문인께 인사 올립니다."

"너무 딱딱하게 할 필요 없어. 내 제자들처럼 편하게 해, 편하게."

"예에."

이제는 제법 익숙해진 벽우진이지만 그렇다고 편안한 사이는 아니었다. 형이라고 불러도 이상하지 않을 외모를 가진 벽우진이지만 이상하게 편하게 대할 수가 없었기에 등이규가 어색하게 웃으며 대답했다.

"이 아이들이로구나."

"예, 형님."

벽우진에 이어 자신에게 인사해 오는 둘을 비현이 지그시 쳐다봤다. 특히 그는 등선규를 손짓으로 불러 진맥을 하고 몸 곳곳을 만져봤다.

"음."

"어떻습니까?"

천하의 진구도 제자 문제에 있어서는 평정심을 유지하기가 힘든지 살짝 떨리는 목소리로 물었다.

벽우진이 비천단을 허락했지만 그게 곧 완치를 뜻하지는 않았다. 환골탈태를 이루어도 목소리가 나오지 않을 가능성이 있기에 진구가 마른침을 삼키며 비현을 쳐다봤다.

"이런 경우는 나도 처음이라서 확실하게 말을 못 해주겠는데, 일단 반반인 것 같아."

"불가능하지는 않다는 말씀이시군요."

"환골탈태라는 게 어떻게 보면 아예 새로운 몸으로 태어나는 것이니까. 가능성은 충분하지. 다만 확실하다고 말할 수가 없는 게 표본이 없어서 그렇지."

진구가 안도하는 표정을 지었다. 적어도 불가능하지만은 않다는 사실에 그는 내심 기대하는 표정을 지었다.

"일단 해봐야 알 수 있겠군요."

"맞아. 직접 확인해 볼 수밖에 없어."

"그래도 형님이 계시고 비천단이 있어서 정말 다행이라고 생각합니다."

"나보다는 장문인께 감사해야지."

비현이 웃으며 벽우진을 향해 눈짓했다.

비천단을 만든 건 그였지만 이 영단을 허락한 것은 벽우진이었다. 게다가 앞으로 있을 시술에 있어 벽우진의 역할은 너무나 지대했다.

"진즉에 했습니다."

"그래도 너무 기대하지는 마. 기대가 크면 실망도 큰 법이니까."

꿀꺽!

두 사람의 대화를 얌전히 듣고 있던 등이규가 잔뜩 긴장할 얼굴로 마른침을 삼켰다.

하나뿐인 친형이 치료되느냐, 마느냐하는 순간이었기에 등이규는 호흡도 멈춘 채 비현의 말에 귀를 기울었다.

"이왕이면 긍정적으로 생각하는 게 좋지 않겠습니까?"

"그렇긴 하지. 아 해볼래? 소리는 아예 못 내나?"

"으르르……."

비현의 지시에 등선규가 고분고분하게 입을 쩍 벌렸다. 그러고는 최대한 소리를 내려 애썼다.

하지만 뭐라고 형언할 수 없는 괴이한 소리만 목구멍에서 올라왔다.

"그만. 괴로워할 정도로 낼 필요는 없어."

금세 얼굴이 붉어지는 등선규에게 비현이 황급히 말했다. 자칫 잘못하면 상태가 더 악화될 수 있기에 서둘러 말린 것이었다.

"나, 나을 수 있을까요?"

"최선을 다해봐야지."

"형이 꼭 나았으면 좋겠어요. 형의 목소리가 듣고 싶어요. 지금까지 단 한 번도 형이 말하는 걸 들어보지 못했거든요."

등이규가 울먹거리며 말했다.

영악하기는 해도 등이규는 이제 고작해야 아홉 살인 아이였다. 그렇기에 벽우진은 담담한 얼굴로 등이규의 머리를 쓰다듬었다.

"시작하죠."

"알겠습니다."

확인을 마친 비현에게 벽우진이 말했다. 그러자 비현이 미리 챙겨두었던 비천단을 가져왔다.

"잘 부탁드립니다, 장문인."

"최선을 다하겠습니다."

떨리는 목소리로 부탁해 오는 진구를 향해 벽우진이 진심을 담아 말했다. 치료할 수 있다고 장담할 수는 없지만 그래도 해볼 수 있는 데까지는 해볼 작정이었다.

또한 등선규는 진구의 제자임과 동시에 곤륜파의 제자였다. 그렇기에 벽우진은 진구가 부탁하지 않더라도 최선을 다할 작정이었다.

"가져왔습니다, 장문인."

"감사합니다."

비현이 건네는 작은 목함을 받아들며 벽우진이 가만히 서 있는 등선규를 쳐다봤다. 앞으로의 일 때문인지 누가 봐도 긴장한 기색이 역력한 등선규는 흔들리는 눈으로 벽우진과 목함을 번갈아 쳐다봤다.

"우리는 물러나 있자꾸나."

"예."

비천단을 먹는 것으로 치료는 시작될 터였다. 그렇기에 비현은 등이규를 데리고 한쪽으로 물러났다.

"끝까지 견뎌내야 한다. 무슨 수를 써서라도 입을 다물고 있어야 해. 절대 소리를 내지 말고."

끄덕끄떡.

잔뜩 긴장한 모습으로 등선규가 고개를 주억거렸다. 말을 할 수 없기에 행동으로 대답하는 것이었다.

"넌 할 수 있어. 다른 사람도 아니고 내 제자니까. 그러니까 잘 견뎌서 네 목소리를 내게 들려다오."

꾸욱!

등선규가 진구의 두툼한 손을 붙잡았다. 손바닥이고 손등이고 굳은살로 가득한 꺼끌꺼끌한 손이었지만 등선규에게는 너무나 따뜻하고 든든한 손이었다.

그 손을 강하게 붙잡으며 등선규가 눈을 부릅떴다. 자신의 각오를 행동과 눈빛으로 보여주었던 것이다.

"준비는 다 된 것 같네."

"잘 부탁드립니다, 장문인."

"진인사대천명이라 하지 않습니까. 최선을 다하고, 나머지는 하늘에 맡겨보죠."

"예."

살짝 젖은 목소리로 대답한 진구가 비현과 등이규가 있는 곳으로 이동했다.

그러나 두 눈은 여전히 등선규에게 향해 있었다.

달칵.

진구가 이동한 것을 확인한 벽우진이 목함을 열었다. 그러자 정신을 맑게 해주는 듯한 청아한 향이 순식간에 연공실 안을 가득 채웠다.

"가부좌를 틀어라."

벽우진의 지시에 등선규가 머뭇거리지 않고 가부좌를 틀었다. 그러고는 흔들리는 눈으로 비청단을 쳐다봤다.

"먹는 즉시 운기하거라. 무슨 일이 일어나도 정신을 잃으면 안 된다. 넌 그저 운기행공만 하면 된다."

끄덕끄덕.

벽우진은 많은 걸 지시하지 않았다. 딱 한 가지만 지시했다.

나이가 어릴뿐더러 이마저도 제대로 하기가 쉽지 않다는 걸 잘 알고 있어서였다. 또한 어떤 고통을 느낄지도.

"나 역시 믿는다. 네가 견뎌내리라는 것을."

부르르르!

"그럼 시작하자꾸나."

손바닥 반만 한 목함 안에 들어 있던 자두 크기의 비청단을 등선규는 망설이지 않고 삼켰다.

그런데 혀에 닿는 순간 거짓말처럼 녹아버리는 느낌에 등선규가 눈을 껌뻑였다. 당연히 꼭꼭 씹어야 한다고 생각했는데 그렇지가 않아서였다.

"흐으으!"

하지만 놀람은 잠시뿐이었다. 식도를 타고 내려간 비청단이 순식간에 열기를 뿜어내자 등선규가 눈을 부릅떴다.

열기도 열기지만 몸 안에서 폭발하는 기운이 너무나 흉포했다. 마치 몸통에서부터 전신을 갈가리 찢어버리겠다는 듯이 날뛰는 무지막지한 기운에 등선규는 순간 정신을 잃을 뻔했다.

-정신 차리거라!

때마침 들려오는 벽우진의 호통 소리에 등선규는 퍼뜩 정신을 차렸다. 그러고는 진구에게 전수받은 내공심법의 구결대로 운기하기 시작했다. 비천단의 기운을 조금씩 제어하기 시작했던 것이다.

'너, 너무 강해!'

하나 겨우 좁쌀만 한 크기의 공력으로 거대한 비천단의 기운을 통제하는 건 불가능에 가까웠다. 어르고 달래는 것도 어느 정도 비벼볼 정도의 수준에서나 가능하지 지금 등선규의 역량으로는 불가능했다.

부들부들!

가부좌를 틀고 있는 등선규의 동체가 불안하게 흔들렸다. 한눈에 봐도 심상치 않아 보일 정도로 불규칙하게 들썩였던 것이다.

그 모습에 진구와 등이규가 자기도 모르게 주먹을 불끈 쥐었다. 하지만 두 사람이 할 수 있는 것은 없었다.

턱.

대신 벽우진이 나섰다.

이를 악물고서 뚫어져라 지켜보는 둘과 달리 벽우진은 차분한 신색으로 등선규의 명문혈에 두 손을 겹쳤다. 그러고는 명문혈을 통해 자신의 내공을 흘려 보냈다.

-내가 도와줄 것이다. 그러니 정신 바짝 차리고 운기하거라.

노도처럼 흘러들어 온 벽우진의 공력은 순식간에 비천단의 기운을 제압했다. 폭군처럼 등선규의 전신 혈맥을 집어삼키던 비천의 기운이 벽우진의 공력 앞에서는 순한 양으로 돌변했던 것이다.

그 신기한 모습에 등선규는 '역시나'라는 생각과 함께 진구가 가르쳐 준 태청일원기공(太淸一元氣功)에 집중했다. 순한 양이 되어버린 비천단의 기운을 서서히 태청일원기공에 녹이기 시작했던 것이다.

'계속, 계속 해야 해. 멈추지 말고.'

벽우진은 말했었다. 절대 정신을 잃으면 안 된다고. 또한 운기행공을 멈춰서도 안 된다고 말이다.

'끄으윽!'

물론 그게 쉽지는 않았다. 아무리 순한 양으로 변했다고 하나 비천단이 뿜어대는 기운은 크고 강대했다.

반면에 그 기운이 이동하는 그의 전신 세맥은 너무나 약하고 여렸다. 그렇기에 단순히 운기하는 것만으로도 전신이 찢어지는 것처럼 아팠다.

'참아야 해⋯⋯!'

이게 어떤 기회인지 등선규는 너무나 잘 알았다. 비천단이라는 영단이 천고의 영약이라는 것도.

그렇기에 등선규는 난생처음 느끼는 무지막지한 고통 속에서도 포기하지 않았다. 이 모든 게 오직 그만을 위해서 준비했음을 너무나 잘 알아서였다.

'실망시켜서는 안 돼!'

등선규의 얼굴이 결연한 기색이 서렸다.

비천단은 그만을 위한 것이 아니었다. 그렇기에 등선규는 이를 악물었다.

무시무시한 고통이 머리를 새하얗게 만들었지만 등선규는 오직 하나만을 생각하며 견뎠다.

우드득. 우득!

그때 등선규의 육신에서 뼈가 뒤틀리는 소리가 흘러나왔다.

처음에는 작았지만 점차 커지더니 이내 육신 전체가 꿀렁거렸다. 드디어 본격적으로 환골탈태가 이루어지는 것이었다.

"아, 홉!"

첫 관문을 무사히 넘은 듯한 모습에 안도의 탄성을 내지르던 등이규가 황급히 두 손으로 자신의 입을 막았다. 가장 중요한 이 순간을 방해하면 안 되었기 때문이다.

다급히 입을 막은 등이규는 진구와 비현의 눈치를 살폈다. 혹시나 방해가 된 건 아닌지 확인하는 것이었다.

우드드득!

그 사이에도 등선규의 몸은 계속해서 변화를 일으켰다.

입고 있던 낡은 도복은 전신 모공에서 흘러나오는 비천단의 기운에 재가 되어 바닥으로 흘러내렸다. 그리고 머리카락이 일제히 떨어졌다.

"후우!"

등선규가 순식간에 민머리가 되었을 때 벽우진이 명문혈에 대고 있던 손을 뗐다. 이제는 안정기에 접어들어 그가 굳이 도와주지 않아도 되어서였다.

스르르륵.

그것을 증명하듯 등선규의 두피에서 윤기가 좔좔 흐르는 머리카락이 순식간에 자라났다.

또한 곤충이 외피를 벗듯이 등선규의 피부도 한 꺼풀 벗겨졌다.

"후우우우."

동시에 등선규가 깊게 날숨을 내뱉었다.

그러자 잠자코 지켜보고 있던 등이규가 벽우진과 진구, 비현을 번갈아 쳐다봤다.

"환골탈태는 성공했다. 이제는 결과를 기다려봐야지."

"자, 잘 됐을까요?"

"눈 뜰 때까지 기다려 봐야지. 일단 할 수 있는 건 다 했으니까."

벽우진의 말에 등이규가 두 손을 맞잡은 채로 형을 쳐다봤다. 환골탈태에 성공했으니 자연스럽게 치료가 되었기를 기원하는 것이었다.

하지만 아무리 기다려도 등선규는 눈을 뜰 기미를 보이지 않았다.

"생각보다 오래 걸리는데요."

"개인마다 편차는 존재하는 법이니까. 그렇다고 잘못된 것이 아니니 조금 더 기다려보자."

벽우진의 제자들과는 사뭇 다르게 좀처럼 눈을 뜨지 못하는 등선규의 모습에 진구가 안절부절못하며 비현을 쳐다봤다. 눈을 떠도 진즉에 떴어야 하는데 그렇지가 않아서였다.

하지만 초조해하는 진구와 달리 비현은 담담했다. 적어도 겉으로 보이는 모습은 멀쩡해서였다.

스윽.

잠시 후 등선규가 눈을 떴다.

비천단을 먹기 전과는 확연히 다른 깊은 눈동자를 빛내며 눈을 뜬 등선규는 가장 먼저 자신을 내려다봤다. 왠지 모르게 한기가 느껴지자 본능적으로 자신의 몸을 살펴봤던 것이다.

그런데 그때 근처에 있던 벽우진이 미리 준비해 두었던 모포를 들어 덮어주었다.

"가, 가사하니다. 어?"

눈을 뜨기 무섭게 몸을 덮는 모포를 움켜잡던 등선규가 순간 움찔거렸다. 발음이 많이 뭉개지기는 했지만 알아듣기에 부족함이 없는 말이 흘러나오자 깜짝 놀란 것이었다.

"다행히 치료가 된 모양이네."

"어어?"

"고생했다."

"혀엉!"

등을 토닥이는 벽우진의 손길에 등선규가 주저앉았다.

그리고 등이규가 득달같이 달려들었다.

제법 멀리 떨어져 있었지만 그 역시 선명하게 들었었다. 등선규의 입에서 분명하게 말이 흘러나온 것을 말이다.

"크흐흐흑!"

아기의 옹알이와 별다를 게 없던 소리만 내던 등선규가 처음으로 제대로 된 단어를 내뱉자 등이규는 감격한 얼굴로 대성통곡했다.

그런데 그의 눈물도 등선규에 비할 바는 아니었다. 십 년 동안의 서러움과 한을 토해내듯 등선규는 주저앉은 채로 폭포수처럼 눈물을 쏟았다.

"괜찮아. 괜찮아, 형. 이제 다 나았어."

"이규야."

"형!"

자기도 울면서 형을 달래던 등이규는 등선규의 입에서 흘러나온 자신의 이름에 다시 한번 감동했다. 그러고는 아예 안겨서 대성통곡을 하기 시작했다.

"고생하셨습니다, 장문인."

"저보다는 선규가 고생을 많이 했지요. 고통이 정말 심했을텐데. 역시 진 호법님의 제자답습니다."

"허허허."

"가서 달래주시지요."

"그럼."

진구가 못 이기는 척 벽우진을 지나 등선규, 등이규 형제에게 다가갔다.

그런데 그가 다가가자 울음소리가 더욱 커졌다. 스승인 진구가 오자 고마운 마음이 복받친 것이었다.

"참 보기 좋은 것 같습니다."

"남자 셋이 우는 장면은 좀 그렇지만 말이죠."

"흔치 않은 장면이기에 더욱더 의미 있지 않습니까."

비현이 장난스럽게 웃었다.

무뚝뚝한 진구가 눈물을 글썽거리는 건 그도 처음 보는 장면이었다. 볼 수 있을 거라 생각지도 못했던 장면이었고.

"언제 또 볼 수 있을지 장담하기 힘든 장면이기는 하죠."

"그보다 걱정입니다. 아직 많은 이들이 순서를 기다리고 있는데……."

비현이 슬그머니 운을 뗐다.

시기적으로 늦출 수 없었기에 등선규 먼저 했지만 원래는 순서가 있었다. 그리고 대기하는 인원은 한두 명이 아니었다.

"괜찮습니다. 애초에 각오했던 부분이기도 하고. 그리고 결 재하는 것보다는 차라리 힘쓰는 게 낫습니다."

"그렇다면 다행입니다."

"약선각(藥仙閣)을 운영하는 것은 어떻습니까?"

"일단 약재부터 차근차근 채우는 중입니다. 재배도 다시 시 작했고요."

"필요한 게 있으시면 언제라도 말씀해 주십시오. 곧바로 조 치하겠습니다."

벽우진은 자연스럽게 비현과 함께 연공실을 나섰다. 세 명 이서 시간을 보낼 수 있게 알아서 자리를 피해준 것이었다.

동녘이 어슴푸레하게 밝아오는 시각에 벽우진은 홀로 곤륜 산을 거닐고 있었다. 산적들의 막돼먹은 짓으로 인해 불타 버 린 곳들을 조용히 가로질렀던 것이다.

휘이이잉.

묘목들을 심기는 했지만 아직 예전의 녹음을 재현하기에는 너무나 부족했다.

그래서인지 유독 바람 소리가 날카롭게 느껴졌다. 예전이었다면 빽빽한 나뭇잎으로 인해 풍성한 소리가 났을 텐데 말이다.

"할 수 있을까."

민둥산까지는 아니지만 그래도 횅한 느낌이 나는 숲을 가로지르며 벽우진이 알 수 없는 말을 중얼거렸다.

그러면서 그는 허리춤에 차고 있는 무상검을 손가락으로 톡톡 건드렸다.

웅웅웅웅!

"응?"

··· 제6장 ···
도둑들

그때 소매가 들썩였다.

아무도 없다는 것을 알고 있는 일월쌍환이 거칠게 진동하는 것이었다. 마치 무상검이 아니라 자신들을 봐달라는 듯이 말이다.

"갑자기 왜 그래?"

새벽이고 주변에는 아무도 없기에 벽우진이 소매를 걷었다. 그러자 영롱하게 빛나는 적청색의 일월쌍환이 모습을 드러냈다.

웅-웅-웅!

"너희들을 사용하라고?"

고개를 갸웃거리던 벽우진이 설마 하는 마음으로 물었다. 그런데 그 말에 대답하듯이 일월쌍환이 나지막하게 울었다.

"하긴. 그동안 너무 감추고만 있기는 했지. 수련도 무상검으로 하고."

웅웅웅웅!

일월쌍환이 거칠게 울었다. 그걸 이제야 깨달았냐는 듯이 말이다.

"근데 어쩔 수 없었어. 너희들을 막 사용하기에는 너무 위험하거든. 솔직히 나 말고 제대로 사용할 수 있는 이도 없고."

우우웅!

벽우진의 말에 일월쌍환이 투정부리듯 잘게 떨었다.

그러자 벽우진이 빙긋 웃으며 천천히 일월쌍환을 쓰다듬었다.

"아무도 없으니 오랜만에 잡아볼까나."

벽우진이 양팔을 활짝 펼쳤다. 그러자 정말 오랜만에 일성검(日星劍)과 월야검(月夜劍)이 모습을 드러냈다.

"녀석들. 그렇게 좋으냐?"

본래의 모습으로 돌아오자 일성검과 월야검과 쉴 새 없이 검명을 토해냈다. 오랜만에 쐬는 바깥바람에 너무나 신나 했던 것이다.

그 모습을 보며 벽우진은 호흡을 가다듬었다. 생각해 둔 것을 시험해 보려는 것이었다.

스윽.

반개한 눈으로 허공을 응시하며 벽우진이 쌍검을 늘어뜨렸다.

그러고는 천천히 앞으로 나아갔다. 느릿하게 일성검과 월야검을 휘두르면서 말이다.

한데 그가 펼치는 검식은 곤륜파의 것이 아니었다.

스르르륵.

춤을 추는 것처럼 벽우진이 쌍검을 쥐고서 너풀너풀 움직였다. 마치 무희가 검무를 추는 것처럼 한없이 가볍게 이동했던 것이다.

'상생의 도. 그리고 활도(活道).'

반개했던 두 눈을 감으며 벽우진이 며칠 동안 고민했던 것을 곱씹었다.

더불어 운정이 삶의 마지막을 태우며 보여주었던 검무도 떠올렸다.

'정반대의 길이긴 하지만 어차피 극에 이르면 같아지는 법.'

무당파와 곤륜파의 무공은 달랐다.

도맥(道脈)이라는 큰 틀에서 보면 그 근본은 같았지만 자라난 가지는 달랐다.

하지만 수없이 많이 나뉜 가지들도 결국에는 한 뿌리에 나왔다.

그렇기에 벽우진은 비록 시작점은 다를지라도 그 끝은 같을 거라고 생각했다.

스스슥.

운정이 보여준 검무를 떠올리며 벽우진은 자신의 깨달음을 온전히 풀었다. 그리고 그 이상으로 나아갔다.

말도 안 되는 일이지만, 모두가 불가능하다고 생각하지만 왠지 모르게 그는 할 수 있었다.

'지금 당장 어떻게 해보겠다는 것이 아니니까.'

천릿길도 한 걸음부터라는 말이 있었다. 그렇기에 벽우진은 조급해하지도, 욕심내지도 않았다. 단지 하나만 생각했다.

웅웅웅!

그리고 그 뜻에 일성검과 월야검이 동조했다. 벽우진의 마음을 안다는 듯이 잔잔한 검명을 토해내며 기운을 북돋아주었던 것이다.

후이이잉.

그런데 그때 기묘한 일이 벌어졌다. 벽우진의 검무에 따라 바람의 방향이 미약하지만 바뀌었던 것이다.

동시에 그를 중심으로 거대한 기운이 움직이기 시작했다. 그의 공력이 아닌 대자연의 기운이 꿀렁거렸다.

스스스스.

하지만 정작 벽우진은 그것을 느끼지 못했다. 아니, 무아지경에 빠져서 주변의 변화를 전혀 알아차리지 못했다. 바람은 물론이고 상당히 자란 나무들의 나뭇잎들이 그를 향해 손짓하는 것을 말이다.

'조금만 더. 좀 더.'

곤륜산의 정기 역시 그의 움직임에 맞춰 미약하지만 박동했다.

그러나 벽우진은 그 변화를 알아차리지 못했다. 대신 서서히 잡히기 시작하는 무언가를 좀 더 갈구하고 열망했다. 지금 이 순간이 다시는 오지 않을 것임을, 깨달음의 순간임을 그는 알아서였다.

우우웅.

그 사실을 일성검과 월야검 역시 알고 있는지 얌전히 벽우진의 움직임을 받아들였다. 방해가 되지 않도록 잠자코 있었던 것이다.

파아아아!

이윽고 벽우진을 중심으로 바람이 불기 시작했다.

또한 주변의 기운이 충만해지며 나무와 수풀들이 생기를 머금었다. 벽우진에게서 흘러나오는 공력과 자연의 기운이 맞물리며 수목들의 생장을 도왔던 것이다.

비록 그 수준은 미약했지만 중요한 것은 벽우진이 이 변화를 이끌어냈다는 점이었다.

'으음!'

뒤늦게 그 사실을 알아차린 벽우진이 순간 멈칫거렸다. 자기도 모르는 사이에 딱 한 발자국 남겨놓았던 것이 반보로 줄어들어 있어서였다.

그와 동시에 벽우진은 망아에서 빠져나왔다.

"위험했군."

일성검과 월야검을 늘어뜨리며 벽우진이 중얼거렸다. 지금 멈추지 않았으면 어찌 되었을지 너무나 잘 알았기에 벽우진은 식겁한 얼굴로 한숨을 내쉬었다.

언젠가는 이루겠지만 지금은 아니었다. 아니, 적어도 끝은 내고 가야 했다.

"너무 심취했어. 적당히 했어야 하거늘."

일성검과 월야검을 다시 팔찌로 변환시키며 벽우진이 혀를 찼다. 다시 생각해도 아찔한 순간이어서였다.

그래서 벽우진은 고개를 젓는 것을 넘어 양손으로 뺨을 강하게 때렸다.

"아직 안 되지. 암. 안 되고말고. 할 일이 얼마나 많이 남았는데."

짧은 시간이었지만 이상하게도 좀 자란 것 같은 수목들을 일별하며 벽우진이 몸을 돌렸다.

사방이 다 막힌 밀실에 두 명의 남자가 있었다. 책상 위에서 외롭게 어둠을 밝히는 등잔을 바라보며 말없이 앉아 있었던 것이다.

"늦는군."

"곧 오겠지."

난쟁이라는 말이 절로 나올 정도로 작은 체구의 중년인이 불만스러운 얼굴로 입을 열었다. 약속된 시간에서 벌써 일각이나 지나서였다.

하지만 그의 앞에 앉아 있던 호리호리한 체격의 털북숭이 남자는 대수롭지 않게 대답했다.

온 중원이 좁다 하며 돌아다니는 게 그들이었기에 한 식경 정도는 충분히 기다려 줄 수 있었다.

"이제 와서 이러는 게 마음에 안 드는데."

"어딘가에서 비명횡사했을 수도 있고."

"그렇다면 소문이 났겠지."

중년인이 코웃음을 쳤다.

나름 이 업계에서 유명한 이가 아직 안 온 자였다. 그런 만큼 죽었다면 뒈졌다고 진즉에 소문이 났을 터였다.

"모르지. 워낙에 변용술이 뛰어난 녀석이니까."

"흐음."

변용술에 있어서는 천하제일이라 해도 과언이 아니었기에 중년인도 더 이상 따지지 못했다. 대신 못마땅한 얼굴로 연신 냉수를 들이켰다.

"여어~!"

다시 반각의 시간이 지났을 때 밀실의 문이 열리며 평범한 인상의 청년이 안으로 들어왔다. 얼굴 가득 능글맞은 미소를 머금은 채로 비어 있는 자리에 자연스럽게 착석했던 것이다.

"왜 이렇게 늦었지?"

"아, 중간에 반드시 들러야 하는 곳이 있어서. 예상했던 것보다 일이 조금 늦게 끝났어."

"이것보다 더 중요한 일이 있나?"

"물론이지. 난 이 일을 좋아하지만 내 인생에서 일 순위는 아니야."

"또 오입질하러 갔군."

중년인이 콧김을 내뿜었다. 일 순위 어쩌고저쩌고 하는 순간 왜 늦었는지 이유를 알 수 있어서였다.

"인생의 즐거움 중 하나 아닌가."

"이 사안을 앞에 두고도 그런 말이 나오느냐!"

쾅!

흥분한 난쟁이 중년인이 버럭 소리를 지르며 탁자를 내리쳤다.

하지만 그런 중년인의 모습에도 허우대 멀쩡한 청년은 새끼 손가락으로 귀를 팠다.

"급할수록 돌아가라는 말이 있지. 그리고 난 아직 참여한다고 말 안 했는데?"

"그럼 우리 작업이 끝날 때까지 여기에 있어줘야겠어."

"싫다면?"

"오랜만에 드잡이질 한번 해야겠지."

중년인이 형형한 안광을 뿌렸다. 작업 계획을 알고 있는 이상 절대 자유롭게 풀어주지는 못하겠다는 눈빛이었다.

그런데 그 매서운 눈빛에도 청년은 도리어 히죽 웃었다.

"가능하겠어? 그쪽 실력으로?"

"나 혼자서는 잘해야 양패구상이겠지. 하지만 '함께'라면?"

중년인이 비릿하게 웃었다. 눈짓으로 조용히 앉아 있는 털북숭이를 가리키면서 말이다.

그 모습에 청년의 얼굴이 처음으로 굳어졌다.

"알고 있는데, 가만히 있을 수는 없지."

"흑분(黑蚡). 정말 이럴 거야?"

"어쩔 수 없다. 이번 사안은 보안이 특히 더 중요한 문제라."

"끄응!"

털북숭이의 말에 청년이 앓는 소리를 냈다.

비영귀서(秘影鬼鼠)라면 일대일 승부도 거리낄 게 없지만 거기에 무음흑분(無音黑蚡)이 함께한다면 얘기가 달라졌다. 둘을 상대로는 승산이 없었다.

"선택해. 함께할 것인지. 아니면 한동안 여기에 갇혀 지낼 것인지. 물론 후자를 택하면 더 이상 계집질은 못하겠지."

"기녀를 넣어주면 안 되나? 값은 치를 테니."

"누구 좋으라고?"

"쳇!"

고민할 가치도 없다는 듯이 딱 잘라 말하는 귀서의 모습에 청년이 얼굴을 잔뜩 찌푸렸다.

여자 없는 삶이란 그에게 있어 죽음과 다를 게 없었다. 꿈이자 목표가 복상사(腹上死)인 그에게 여자 없이 혼자 지내라는 말은 고문이나 마찬가지였다.

"선택해."

"그전에 하나만 묻자. 정말 가능하다고 생각하는 거야? 다른 이도 아니고 패선이 자리 잡은 곤륜파야."

"패선만 강하지."

"호법들도 만만치 않아. 그중 대호법은 구파일방의 수장들과 비교해도 뒤떨어지지 않는다는 말이 있어. 저번 대막행에서도 대활약을 했고."

청년이 미간을 좁히며 폭포수처럼 말을 쏟아냈다. 아무리 봐도 무리수처럼 보여서였다.

그러나 청년의 말에도 귀서는 자신만만한 표정을 지었다.

"맞아. 대호법이나 다른 호법들의 실력이 대단하다는 건 이미 널리 알려진 사실이지. 하지만 분명한 건 아직 곤륜파의 전력이 다른 구파일방과 비교하면 손색이 있다는 거다. 고수들은 있지만 그 숫자는 그리 많지 않지. 그리고 곤륜산은 넓어. 어마어마하게."

"이미 두 번이나 공격을 당한 게 곤륜파다. 침입자에 대한 대비가 안 되어 있을 수가 없어."

"그럴 테지. 두 번이나 당했으니까. 하지만 그걸 다르게 보면 이미 두 번이나 뚫렸다는 말이기도 하지. 즉 세 번도 뚫릴 수 있다는 말씀."

"하지만 결과는 죄다 죽음이었지."

청년이 무표정한 얼굴로 말했다.

귀서의 말도 맞았다. 두 번이나 뚫렸으니 한 번 더 뚫릴 수도 있었다. 그러나 중요한 건 결과였다.

"그래서 철저한 계획이 필요한 거다. 우리가 셋이나 모인 것이고."

"다른 두 놈은 의적질이나 하기 바쁘니까. 그런 놈들이 무슨 신투(神偸)라고."

귀서가 눈살을 찌푸리며 혀를 찼다.

자고로 양상군자(梁上君子)는 양상군자다워야 하는 법이었다. 그런데 중원오대신투라고 불리면서도 나머지 둘은 전혀 도둑 같지 않았다. 그래서 이 자리에 부르지 않은 것이기도 하고.

"실력만큼은 진짜니까. 만약 그 둘이 함께했다면 곤륜파가 아니라 소림사의 대환단이나 소환단을 노려도 되는데."

청년이 입맛을 다셨다.

중원오대신투가 전부 모인다면 소림사의 영단이라는 대환단과 소환단을 훔치는 것도 불가능하지는 않다고 생각해서였다. 아니, 황궁의 비고도 노릴 수 있었다.

"그래서 곤륜파를 노려야 한다는 거다. 소림사나 무당파는 힘들지만 곤륜파는 도전해 볼 만하니까."

"소문만 무성하지 아직 밝혀진 것은 없는 걸로 아는데."

"영단이나 영약 없이 그 어린 나이에 그렇게 강해지는 게 말이 된다고 생각하나? 불과 일 년 사이에? 패선이 신선도 아니고 그건 불가능해."

"곤륜파의 아래에는 하오문이 있다는 소문이 있어."

청년이 여전히 떨떠름한 표정을 지었다. 아무래도 도둑과 하오문은 떼려야 뗄 수 없는 관계였기 때문이다.

"그건 소문일 뿐이지. 어쩌면 하오문주가 은근히 흘린."

"곤륜파와 하오문이라니. 누가 봐도 그건 아니라고 볼 거 같은데."

조용히 대화를 듣고만 있던 흑분도 고개를 저었다. 아무리 봐도 유언비어 같아서였다.

곤륜파가 뭐가 아쉬워서 하오문과 손을 잡을까. 특히 다시 구대문파에 복귀하네 마네 하는 이 시점에서 말이다.

"하지만 소문이 아니라면? 두 곳이 진짜 연결되어 있다면 우리는 시작도 하기 전에 실패한 것이나 다름없어."

"이 작전에 대해 아는 사람은 우리 셋뿐이다."

팔짱을 낀 채로 흑분이 단호하게 말했다.

아무리 하오문의 정보력이 대단하다고 해도 입 밖에 꺼내지 않은 것들을 알아낼 재간은 없었다. 또한 그나 귀서 역시 따로 하오문에 정보를 산 적도 없었고. 그런 만큼 작전 유출은 걱정하지 않아도 되었다.

"괜히 우리가 너를 이곳에 가둬두겠다고 하는 게 아냐."

"위험해. 다른 이도 아니고 천하의 그 패선이라고. 적이라고 생각하면 조금도 망설이지 않고 머리부터 터뜨리는. 그런 패선이 있는 곳을 털겠다고? 소림무제와 무당권제도 대들지 못하는데?"

"그럼 반대로 묻지. 소림사나 무당파는 할 만하냐?"

귀서가 코웃음을 치며 물었다.

분명 패선은 무서웠다. 그러나 곤륜파가 소림사나 무당파처럼 난공불락이냐고 묻는다면 그는 고민하지 않고 고개를 저을 것이었다.

"두 곳보다야 낫지만."

"패선은 강하지. 하지만 우리는 셋이고 곤륜산은 크고 넓어. 더구나 요즘 곤륜파에 방문객들이 많이 찾고 있다. 앞으로 점점 늘어날 게 분명하지."

"완벽한 계획만 세우면 가능성은 있어."

"일확천금을 얻을 수 있는 기회야. 아니, 어쩌면 패선처럼 절대고수가 될 수 있을지도 모르지."

귀서가 청년을 살살 꼬드겼다.

겉으로는 이십 대처럼 보이는 청년이지만 실제 그의 나이는 최소 불혹이 넘을 터였다. 무형신투(無形神偸)가 세상에 처음 모습을 드러냈을 때가 벌써 29년 전이었으니까.

"으음!"

"환골탈태를 이루고 싶지 않나? 나는 일단 젊음부터 되찾고 싶은데."

귀서가 얄팍한 입술을 쉴 새 없이 놀렸다.

그런데 청년도 사람인지라 그 말에 마음이 동하지 않을 수가 없었다. 지금이야 공력으로 노화를 억누르고 있다지만 이것도 한계가 있었다.

"곤륜파가 숨기고 있는 영단이나 영약을 손에 넣으면 환골탈태도, 절대고수도 될 수 있다. 소림무제나 무당권제, 제왕검까지는 힘들겠지만 그래도 칠성(七星) 정도는 거뜬히 될 수 있을 거라고 생각하는데."

"지금은 육성이다. 한 명이 오독문과의 전쟁에서 죽었으니까."

"어쨌거나."

흑분이 슬쩍 끼어들었지만 귀서는 아랑곳하지 않았다.

칠성이든 육성이든 그건 중요하지 않았다. 중요한 건 중원을 호령하는 고수가 되느냐, 마느냐였다.

"……만약 하나밖에 없다면?"

"그땐 팔든가, 아니면 두 명에게 돈을 주고 독식하든가 결정해야겠지."

"하나뿐인 영단을 들고서 잠적한다면?"

청년이 입꼬리를 말아 올리고서 물었다.

그러자 귀서의 입이 처음으로 다물어졌다.

신투라 불리는 이들인 만큼 마음먹고 숨어들면 찾아내기란 불가능에 가까웠다. 물론 막대한 금액을 지불하고 하오문에 도움을 청한다면 찾아낼 수는 있겠지만 그때쯤이면 이미 소화가 다 되어 분뇨로 배출되었을 터였다.

"처음부터 너무 극단적으로 생각하지 말지. 설마하니 곤륜파 정도 되는 대문파에 영단이 하나만 남아 있을까."

"그럴 수도 있지. 만약 그렇게 되면 고생은 고생대로 하고 남는 건 하나도 없는 게 되는 거지."

"그래서 사전 조사가 더욱더 필요한 거다. 아니다 싶으면 그때 가서 포기해도 되고. 우리라고 무작정 보물이나 신병이기에 달려드는 건 아니니까."

흑분의 도움에 귀서가 다시 한번 꼬드겼다. 인간의 근본적인 욕심을 살살 건드렸던 것이다. 무공을 익힌 이치고 고수를 꿈꾸지 않는 자는 없었다.

"훔치는 것도 문제지만 더 중요한 건 그다음이다. 호랑이의 코털을 건드렸으니 완벽하게 빠져나갈, 아니, 숨을 방도가 필요해."

"패선의 집요함이야 너뿐만 아니라 우리도 잘 알고 있다. 해서 세외를 생각하고 있다. 하지만 이 이상은 말해줄 수 없어. 네가 함께한다는 말을 하지 않았으니까."

"여기까지 말해준 것도 사실 많이 위험하지."

흑분이 고개를 주억거렸다.

이 이상은 아무리 청년이라도 힘들었다. 최악의 경우 청년을 이곳에 가둬둘 것이지만 그렇다고 언제까지 잡아둘 수는 없었다. 그들만큼이나 기관진식에 해박한 이가 바로 무형신투였다.

"흐으음."

"고민할 시간은 충분히 주었다고 생각하는데."

"잠깐만 기다려 봐. 결정하기 쉽지 않은 문제라는 거 너희들도 알잖아. 목숨이 걸려 있다고."

"언제는 목숨이 안 걸려 있었나?"

귀서가 코웃음을 쳤다.

당장 대로에 나가서 자신의 신분을 밝히면 적어도 열맷 명은 자신을 잡으려고 달려들 것이다. 원한도 원한이지만 그가 지금껏 축적한 재산을 노리고서 말이다. 그렇기에 귀서는 기가 찬다는 표정을 지었다.

"늘 그렇긴 했지만 이번에는 패선이라고."

"위험이 클수록 얻는 것 역시 큰 법이지."

"끄응!"

시기적절하게 끼어드는 흑분의 말에 청년이 앓는 소리를 냈다. 그 말이 틀리지 않아서였다.

위험하다는 것은 너무나 잘 알지만 그 과실이 또 너무나 달콤했다. 성공만 한다면 그의 인생이 달라질 수 있었다.

'하나가 안 되면 두 개, 세 개를 흡수하면 패선만큼 강해질 수 있지 않을까?'

현재 천하제일인에 가장 근접한 무인으로 꼽히는 이가 패선이었다.

그렇기에 청년은 욕심이 났다. 대장부로 태어나 한 번쯤은 천하를 호령해 봐야 하지 않겠는가. 한낱 도둑으로서가 아니라.

"참고로 여기에 갇히면 네가 좋아하는 오입질도 못 한다. 누구도 만날 수 없어. 나갈 수도 없고."

"후우."

"아직도 더 시간이 필요하나?"

"아니, 결정을 내렸다."

깊은 한숨과 함께 흔들리던 청년의 동공이 멈췄다. 드디어 결단을 내린 것이었다.

"어떻게 할 생각이지?"

"나는⋯⋯."

청년이 천천히 입을 열었다.

그러자 귀서와 흑분의 시선이 그의 입으로 향했다.

수행원은 문밖에 세워두고서 양선이 옷매무시를 가다듬었다. 오랜만에 만나는 것이니만큼 더욱더 신경 쓰는 것이었다.

원래도 거물이었지만 지금은 더더욱 거물이 되었기에 양선은 혹시라도 붙어 있을지 모르는 먼지를 털어내며 문을 두드렸다.

"저예요, 장문인."

"들어와."

"예."

다소곳하게 대답한 양선이 천천히 집무실의 문을 열었다. 그러자 고적한 풍경과 함께 먹물 냄새가 진하게 풍겨왔다.

무언가를 작성하고 있었는지 벽우진의 앞에는 문방사우가 자리 잡고 있었다.

"앉아."

"그간 강녕하셨는지요."

"신소리는 그만하고."

"역시 괜한 말이었나요?"

양선이 옅게 웃었다. 예상했던 대로 면박부터 날아와서였다. 하지만 그렇기에 여전하다는 생각이 들었다.

'다행히 예전과 똑같으신 것 같네.'

벽우진의 실제 나이는 칠십이 넘었지만 혼자 보낸 시간이 무려 58년이었다.

그렇기에 양선이나 하오문주는 벽우진을 단순히 칠십 넘은 노인이라고 생각하지 않았다.

외견처럼 이십 대의 면모도 가지고 있었기에 둘은 내심 걱정했었다. 무명이 높아지고 위상이 올라가는 만큼 혹여나 성격이 변하지는 않을까 우려했던 것이다.

"언제부터 서로의 건강을 챙겼다고."

"저는 늘 장문인의 건강을 신경 썼는걸요?"

양선이 매혹적인 표정을 지었다.

나이가 적지 않은 만큼 그녀는 남자에 대해 누구보다 잘 알았다. 어쩌면 남자보다 더 말이다.

하지만 상대가 나빴다.

"객쩍은 소리 할 거면 그냥 가고."

"오랜만에 뵈어서 농담 한번 해봤어요."

"두 번 하다가는 주먹이 날아가겠는데. 혹시 아나? 주먹을 부르는 애교라는 단어가 있다는 거? 요즘 애들은 이런 말도 사용하더군."

"그, 그래요? 하긴 요즘 젊은 사람들은 유행에 민감하니까요."

양선은 벽우진의 농담을 단순히 농담으로 들을 수가 없었다.

그녀가 아는 벽우진이라면 충분히 주먹부터 휘두르고도 남았다. 그래서 양선은 등골을 타고 흐르는 식은땀을 느끼며 어색하게 웃었다.

"힘도 넘치고, 사랑도 넘치고. 나름 재미있었어."

"장문인께도 재미있는 일이 있으셨다고 들었습니다."

"무슨 얘기?"

빠르게 신색을 회복한 양선이 묘한 표정을 지었다. 마치 자신은 모든 걸 다 알고 있다는 듯이 벽우진을 그윽하게 쳐다봤던 것이다.

"미녀들에게 엄청난 관심을 받았다는 것을요."

"아."

"어땠어요? 우리 아린이보다 더 예쁘던가요?"

"비슷하더군. 근데 그런 관심에는 딱히 관심이 없어서."

벽우진이 어깨를 으쓱거렸다. 그들의 생각을 이해 못 하는 것은 아니었지만 그래도 불편한 것은 사실이었다.

"제가 보기에도 그런 것 같아요."

"문주는?"

"다행히 아직은 정정하세요. 저로서는 늘 걱정이기는 하지만요. 문주께서도 장문인께 안부를 전해달라고 하셨어요."

표정을 가다듬으며 양선이 대답했다.

하지만 가슴 한구석에는 짙은 아쉬움이 남았다.

미인계를 사용한 건 하오문이 먼저였다. 때문에 양선은 속으로 입맛을 다셨다.

"다행이로군."

"제자들의 활약도 대단했다고 들었어요. 용봉회를 평정했다고요. 물론 저는 예상하고 있었지만요."

"평정은 무슨. 그냥 인사 좀 하고 안면을 익힌 거지. 겸사겸사 교류도 좀 하고. 혼자서는 대성하기 힘든 게 무공이기도 하니까. 특별한 상황이 아니라면."

벽우진이 담담한 얼굴로 앞에 놓인 찻잔을 들었다.

하지만 입가가 미세하게 씰룩거리고 있었다.

"저희도 정말 많은 도움을 받았었지요."

"어떻게 보면 본 파의 첫 번째 빈객은 하오문이었지."

"그리 생각해 주신다니, 감사합니다."

"이것저것 도움을 많이 받은 것은 사실이니까. 물론 그 대가를 우리 역시 주었고."

양선이 빙그레 웃으며 찻잔을 들었다.

알싸하면서도 깊은 향이 코를 지나 머리를 맑게 해주었다.

"앞으로도 좋은 관계를 유지했으면 좋겠습니다."

"누가 먼저 손을 놓지만 않으면 그리되겠지."

벽우진이 의미심장한 표정을 지었다.

딱히 뭐라 말하지는 않았지만 양선은 귀신같이 벽우진의 말을 알아들었다.

그리고 비청단에 대해 알고 있었지만 그 부분에 대해서는 조금도 언급하지 않았다. 굳이 벽우진 앞에서 언급할 필요는 없다고 생각해서였다.

'어느 정도는 예상했던 바이기도 했고.'

다 무너진 폐허에서 재건을 시작한 곤륜파였다.

비교 대상을 찾기 힘들 정도로 빠르게 복구되고 있기는 하지만 아직도 어느 정도의 시간이 필요했다. 정보망을 구축하는 것 역시 마찬가지였고. 아니, 철저하게 당했기에 사실 늦은 감이 없지 않아 있었다.

'아쉬워. 좀 더 돈독하고 깊은 사이가 되었다면……'

양선이 두 눈을 내리깔았다. 혹시라도 자신의 속내를 벽우진이 눈을 통해 꿰뚫어 볼까 싶어서였다.

"장문인께서 걱정하시는 그런 일은 절대 없을 것입니다."

"확신하지 마. 세상일이라는 게 늘 내 뜻대로 되는 건 아니니까. 하고 싶지 않아도 그렇게 해야 하는 경우도 생기고. 양분타주는 똑똑하니까 내가 무슨 말을 하는지 알고 있을 거야."

"예, 하지만 걱정하지 않으셔도 될 것 같습니다. 문주님은 장문인을 잘 알고 계시니까요."

"부탁한 것은 어찌 되었지?"

비청단이 자리를 잡아가고 있지만 그래도 하오문에 비할 바는 아니었다. 더구나 지금처럼 은밀히 알아봐야 하는 일에 대해서는 개방도 하오문과 비교할 수 없었다. 그렇기에 벽우진이 살짝 기대하는 눈빛으로 양선을 응시했다.

"녹림십팔채나 황하수로채, 장강수로채, 동정수로채 모두 은밀하게 조사해 봤는데 딱히 이상한 징후는 발견하지 못했습니다. 크게 보면 같은 조직이지만 그 안에서 자기들끼리 치고받으면서 영역 다툼을 하는 중입니다."

"비밀리에 준비 중일 가능성은?"

"네 곳 다 따로 정보 조직이 없는 곳들입니다. 자기 영역을 잘 벗어나지도 않고요. 그리고 두 번의 실수는 없습니다."

"그렇다면야. 대막 쪽은?"

"대막도 크게 걱정하지 않으셔도 될 것 같습니다. 이런 말을 해도 될지 모르겠습니다만……."

양선이 말끝을 흐리며 벽우진의 눈치를 살폈다. 어떻게 말을 해야 하나 고민하는 기색이었다.

"그냥 해. 편하게. 욕만 직설적으로 하지 말고."

"죽은 사왕성주보다 장문인을 더 두려워하고 있습니다. 마지막에 보여주신 신위가 대막 전역에 퍼져 감히 장문인께 도전할 엄두를 내지 못하는 중입니다."

"그래도 개중에는 도전하려는 이가 있을 텐데?"

"대부족들끼리 전쟁 중이라 그런 마음을 가지고 있다고 하더라도 중원으로 내려올 여력이 없습니다."

"거기도 개판이로고."

벽우진이 피식 웃었다.

떠나기 전에 제갈현이 그리될 거라고 예견하기는 했지만 그래도 가능성은 반반이라고 생각했다. 인재가 중원에 많은 것처럼 대막에도 많을 것이 분명했기 때문이다. 이미 사왕성주라는 거인이 탄생하기도 했고.

"사왕성주 같은 절대자가 탄생하지 않는 한 계속 부족 간의 전쟁이 이어질 것입니다. 어떻게 보면 중원하고도 같지요. 중원 역시 정사마(正邪魔)가 늘 부딪치지 않습니까. 지금이야 정도가 강성하기에 평화가 유지되고 있기는 합니다만."

"언제 터질지 모르는 진천뢰나 마찬가지지. 숨죽이고 있던 마도와 사도가 언제 힘을 드러내도 이상하지 않을 시점이니까."

"맞습니다."

양선이 슬쩍 벽우진의 눈치를 살폈다.

어떻게 보면 하오문 역시 사파라고 할 수 있었다. 정사 중간이라고도 할 수 있지만 보는 시각에 따라서는 사파라고 해도 이상하지 않은 게 사실이었다.

"하고 싶은 말이 있으면 그냥 해. 눈치 보지 말고."

"아니에요."

"다른 때보다 더 긴장하는 거 같은데?"

"그럴 수밖에 없지 않을까요? 다른 분도 아니고 장문인이신데요."

양선이 능청스럽게 웃었다. 자연스럽게 화제를 돌리기 위해서였다.

"말 돌리기는."

"아, 아직 확실한 건 아닌데 조금 이상한 소문이 있습니다."

벽우진이 못 이기는 척 넘어가 줄 때 양선이 뒤늦게 떠오른 게 있다는 듯이 표정을 가다듬었다. 잠시 삼천포로 빠지는 바람에 깜빡하고 있던 게 떠오른 것이었다.

"소문? 본 파와 관련된 건가?"

"예, 진위를 확실하게 파악하지는 못했는데 단순히 뜬소문만은 아닌 거 같아서요."

"말해봐."

"근래 들어 흑도들 사이에서 하나의 소문이 돌고 있습니다. 곤륜파에 소림의 대환단이나 소환단, 무당의 태청단에 비견되는 영단이 있다는 소문이요."

"호오."

느긋하게 차를 마시던 벽우진이 관심을 보였다. 설마하니 그런 소문이 맴돌고 있을 줄은 몰라서였다.

더불어 역시 하오문이라는 생각이 들었다.

"중원 전역에 이런 소문이 빠르게 퍼지고 있습니다. 물론

대놓고 말하는 이는 드물지만 꽤 화제가 되고 있는 것은 사실입니다."

"똥파리들이 꼬이겠는데."

벽우진이 묘한 표정을 지었다.

놀라기보다는 마치 예상하고 있었다는 듯한 표정에 양선이 눈을 살짝 빛냈다. 어쩌면 그동안 풀지 못한 궁금증을 오늘 풀 수 있을지도 모른다는 생각이 들어서였다.

"크게 위협이 되지는 않겠지만 그래도 말씀은 드려야 할 것 같아서요."

"신경 써줘서 고맙군."

"아닙니다. 당연히 해야 할 일인데요."

"당연히는 아니지. 우리가 도와달라고 한 것도 아닌데."

"그간의 정을 생각하면 이 정도는 아무것도 아니에요."

양선이 웃으며 고개를 저었다.

다른 이였다면 생색을 톡톡히 내겠지만 벽우진이라면 말이 달라졌다. 오히려 빚을 지울 수 있을 때 그리해 놓아야 했다. 벽우진의 성격상 빚을 절대 잊지는 않을 테니까 말이다.

"따로 원하는 것이 있다는 소리로 들리는데?"

"그런 거 전혀 없어요."

"그래?"

"전 그저 지금처럼 좋은 관계를 유지하고 싶을 뿐이에요."

"그렇다면야."

무슨 속셈인지 알았지만 벽우진은 모른 척 넘어가 주었다.

이 정도까지는 애교로 봐줄 수 있었다. 오히려 이만큼 해주었으니 나에게도 이 정도는 해달라고 하는 경우가 더 짜증 났다.

"소문에 대해서 조사하는 중이니 밝혀지는 게 있으면 바로 보고하겠습니다."

"그래 주면 나야 좋고."

"뜬금없기는 한데 아린이가 곤륜산을 많이 그리워하고 있어요."

"헛소리는 하지 말고."

은근슬쩍 설아린을 거론하는 말에 벽우진이 피식 웃었다. 어떻게 보면 대단하다는 생각이 들어서였다.

하지만 혐오감이 들지 않는 건 이 또한 저들이 살아가는, 아니, 살아남는 방법 중 하나란 걸 알아서였다. 다행히 아직까지는 선을 넘지 않기도 했고.

"심기에 거슬렸다면 죄송합니다."

"푹 쉬다 가. 늘 사용하던 숙소를 비워두었으니."

"예."

양선이 공손하게 대답하며 몸을 일으켰다. 벽우진의 축객령에 조용히 물러났던 것이다.

잠시 후 그녀가 나가고 벽우진은 홀로 자리에 앉아 곰곰이 생각에 잠겼다.

"소문이라."

벽우진의 얼굴이 굳어졌다.

소문이 난다는 사실은 달리 말하면 세인들의 관심이 쏠린다는 말과도 같았다. 그리고 그 관심은 어떻게 보면 욕심의

척도라고도 할 수 있었고.

아무 이유 없이 소문이 날 리가 없기에 벽우진은 딱딱한 얼굴로 조용히 차를 들이켰다.

"아직도 만만하게 보인다는 건가. 훗."

돌고 돌아 무슨 생각에 닿은 것인지 벽우진이 피식 웃었다.

하지만 두 눈만큼은 웃고 있지 않았다.

○

동굴처럼 어두컴컴한 공간 속에 세 명의 사내들이 옹기종기 모여 있었다.

비좁은 공간에 웅크려 앉아 있는 그들은 중앙에서 느릿하게 타들어가는 향초를 뚫어져라 쳐다봤다.

"어후, 냄새."

"참아. 향 하나만 더 태우면 밖으로 나갈 수 있으니까."

"근데 신기하기는 하네. 괜히 흑분이라 불리는 게 아니었어."

"나만이 할 수 있는 기술이지."

얼굴의 반 이상을 덮고 있는 털을 씰룩이며 흑분이 히죽 웃었다.

누구도 따라할 수 없는 독보적인 이 기술로 그는 오대신투의 자리에 올랐다. 그렇기에 그의 얼굴에는 자부심이 가득했다.

"대단하기는 한데, 나는 가르쳐 줘도 못 할 거 같아. 흙냄새가 너무 심해. 근처에 뒷간이 있어서 그런가."

"……그런 말 하지 마. 더 냄새 나는 거 같으니까."

"근처에 뒷간이 있는 건 맞지만 냄새가 날 정도는 아닌데. 킁킁! 내가 맡기에는 오히려 이 정도면 상쾌한 수준인데. 영산이라 흙도 좋고."

투덜거리는 두 사람이 이해되지 않는다는 듯이 흑분이 중얼거렸다. 이 정도면 상등품의 흙이라고 해도 과언이 아니어서였다.

얼마 전에 산불이 나서 그런지 더욱 좋은 상태의 흙에 흑분은 고개를 갸웃거렸다.

"이게 좋은 수준이라고?"

"너나 나에게는 안 맞는 방식이야."

"하지만 현재로서 침입하기에 가장 좋은 방법인 건 사실이지. 어느 누가 땅굴을 파서 경내에 침입할 거라고 생각하겠어?"

"기상천외한 방법인 건 인정."

귀서를 쳐다보며 무형신투가 고개를 주억거렸다.

지난번과 달리 후덕한 인상의 촌부와 같은 모습을 한 그는 호흡을 할 때마다 인상을 찌푸렸다.

"아마 꿈에서도 예상하지 못했을걸."

"다만 기다리는 게 힘들 뿐."

무형신투의 시선이 세 사람의 중앙에서 애처롭게 타고 있는 향으로 향했다. 시간을 재기 위한 용도로 가져온 초는 아직도 하나가 더 남아 있었다.

"근데 이거 정확히 향 하나당 일각이 지나는 거 맞아? 더 오래 걸리는 거 아냐?"

귀서가 코를 찡그리며 미심쩍은 표정으로 물었다. 체감상으로는 일각보다 더 걸리는 것 같아서였다.

"정확해. 작업 하루 이틀 하나."

"흐으음."

"지루해도 참아. 괜히 서두르다가 일을 그르칠 수도 있어. 그 끝이 무엇인지는 말 안 해도 알겠지?"

툴툴거리던 귀서가 몸을 부르르 떨었다. 잠입이 들키는 순간 자신이 어떻게 될지는 굳이 듣지 않아도 충분히 예상할 수 있어서였다. 그래서 그는 자기도 모르게 손으로 목을 붙잡았다.

"시간이 남은 김에 다시 한번 작전을 확인하자고."

"그러지."

무형신투가 품속에서 지도를 꺼냈다.

무려 오 일 동안 각기 다른 모습으로 곤륜파 경내를 돌아다니며 완성한 지도였다. 금지라고 할 수 있는 장소들은 외인이기에 들어가지 못했지만 그래도 대략적인 위치들은 파악할 수 있었다.

"우리가 가야 할 곳은 여기 약선각이다."

"침투 경로는 셋이고."

동그랗게 표시되어 있는 약선각을 흑분과 귀서가 뚫어져라 쳐다봤다.

영단이 있을 가능성이 가장 높은 곳이 바로 약재들을 보관하고 관리하는 약선각이었다.

물론 아닐 수도 있지만 그럼에도 최우선적으로 확인해야 했다.

"만약 이곳에 영단이 없다면 다시 뿔뿔이 흩어진다. 그때부터는 각자의 감에 의해 찾는 거지."

"재수 없게 패선의 처소에 있을 수도 있으니 약속된 시간까지 찾지 못하면 곧바로 퇴로를 이용해 빠져나가야 해."

"이번 작전의 핵심은 속전속결이다."

세 사람이 서로를 쳐다봤다.

들키는 순간 작전은 실패였다. 아무리 곤륜파의 영단이 탐이 나더라도 목숨보다 중요한 것은 없었다.

"둘 다 들키지 않게 조심하라고."

"누가 할 소리."

신신당부하는 무형신투의 말에 귀서는 퉁명스럽게 대꾸했다. 마치 자신의 실력이 더 뛰어난 것처럼 말하자 기분이 상했던 것이다.

"만약 들키면 최대한 시간을 끌어주고. 적어도 한 명은 성공해야 하지 않겠어? 그래야 잡힌 사람이 덜 억울하지. 자신은 비록 죽지만 나머지 둘이 인생 역전하면 성공한 거 아냐?"

"네가 붙잡히고도 그런 말이 나올지 모르겠군."

"난 절대 안 들킬 자신이 있거든."

"나도 마찬가지다."

흑분이 코웃음을 쳤다.

무형신투의 실력을 모르는 것은 아니지만 그렇다고 그의 실력이 압도적인 것은 또 아니었다. 괜히 비영귀서가 기분 상한 게 아니었다.

"이제 반각 남았군."

"슬슬 준비하자고."

대화하는 사이 마지막 향도 어느새 반만 남겨놓고 있었다.
그것을 확인한 흑분이 입을 열었다.

"후우. 시작인가."

"제대로 한탕 하자고."

"만약에 사로잡혀도 입은 꾹 다무는 걸로."

푸스스스……

마지막으로 정비하는 사이 향이 꺼졌다. 드디어 시간이 되
었던 것이다.

그와 동시에 흑분이 땅굴 위로 솟구쳤다. 앞장서서 흙을 파
며 길을 연 것이다.

파파팟!

마치 두부처럼 파헤치며 솟구친 흑분이 빠르게 사방을 훑었
다. 최대한 소리가 나지 않게 올라왔지만 그래도 혹시 몰라서
였다.

'없다!'

잽싸게 사위를 확인한 흑분이 땅을 박찼다. 약속한 방향으
로 몸을 날린 것이었다.

그 뒤로 솟구친 무형신투와 비영귀서 역시 각자의 방향으로
뛰쳐나갔다.

하지만 세 사람이 움직였음에도 소리는 전혀 나지 않았다.

'중간이 딱 좋아. 너무 빠르지도, 늦지도 않게.'

어둠에 녹아든 비영귀서의 두 눈이 교활하게 빛났다. 굳이 자신이 앞장설 필요는 없다고 생각해서였다.

혼자라면 모를까 미끼가 될 수 있는 이가 무려 두 명이나 있었다. 그런 만큼 그는 이 상황을 최대한 이용할 작정이었다.

스스슥!

빠르지도 그렇다고 느리지도 않게 비영귀서는 약선각으로 향했다.

그러면서도 그는 주변을 꼼꼼히 살피는 것도 잊지 않았다.

곤륜파가 숨기고 있는 영단을 훔치는 것도 중요했지만 들키지 않고 무사히 빠져나가는 것도 그 못지않게 중요했다.

퍼퍼펑!

적당히 속도를 조절하며 약선각으로 향하던 비영귀서의 두 눈이 부릅떠졌다.

갑자기 들려오는 폭발음과 함께 약선각 주변이 훤해졌다. 좌우로 수십 개의 횃불들이 일제히 솟구치며 전경이 모조리 드러나자 놀란 것이었다.

'미, 미리 기다리고 있었어! 이런 개 같은……!'

진심으로 놀란 비영귀서가 흔들리는 눈동자로 빠르게 주변을 훑었다. 대경했음에도 본능적으로 빠져나갈 틈을 찾는 것이었다.

물론 1순위는 자신의 퇴로였지만 막혀 있을 가능성도 있기에 비영귀서는 가장 먼저 자기가 정한 퇴로부터 확인했다.

'아직 틈은 있다!'

무언가에 맞아서 휠휠 날아가는 무형신투에게는 신경도 쓰지 않고서 비영귀서가 몸을 돌렸다.

벽우진 한 명이라면 이쪽이 세 명이기에 조금의 틈이라도 기대할 수 있겠지만 지금은 곤륜파의 도사들이 모조리 나와 있는 상태였다.

지금 달려드는 건 섶을 짊어지고 불구덩이 속으로 달려드는 것과 다를 게 없었기에 비영귀서는 오직 도주만 생각했다.

'일단은 빠져나가야……!'

무음혹분은 보이지 않았지만 이 정도 소란이 일었으니 작전이 틀어졌다는 것을 모를 리 없었다.

아니, 모른다고 해도 상관없었다. 가장 중요한 건 자신의 목숨이었으니까. 같은 목표가 있었기에, 혼자서는 무리였기에 잠시 협력한 것뿐.

"어딜 가느냐?"

"……!"

놀라기는 했어도 비영귀서는 전문기술자였다.

지금껏 단 한 번도 기척을 낸 적 없었다. 땅굴에서 나온 후 즉시 은신술을 극성으로 펼쳤고.

한데 그의 귓가로 너무나 서늘한 목소리가 파고들었다.

"들었으면서 못 들은 척하기는."

부르르르!

뒤도 돌아보지 않고서 퇴로로 도주하던 비영귀서의 몸이

움찔거렸다. 등 뒤에서 무지막지한 흡입력이 그를 끌어당겼기 때문이다.

어떻게든 그 힘을 떨쳐내려고 비영귀서는 공력을 모조리 끌어올렸지만 안타깝게도 그의 신형은 좀처럼 앞으로 나아가지 못했다.

그그극. 그극.

오히려 점점 더 뒤로 당겨지고 있었다. 이를 악물어도 거리가 벌어지기는커녕 오히려 점차 약선각에 가까워졌던 것이다.

'젠장! 제엔장!'

그 사실을 본인 스스로가 너무나 잘 알았기에 비영귀서는 속으로 울부짖었다.

하지만 그러는 사이에도 거리는 점점 줄어들었다.

"여기까지 왔는데 그냥 가면 쓰나. 내 얼굴은 봐야지."

"큭!"

몸을 끌어당기던 흡입력이 갑자기 몇 배는 더 강해졌다. 마치 지금까지는 장난이었다는 듯이 말이다.

'아, 안 돼!'

순식간에 몸이 붕 뜨자 비영귀서의 안색이 해쓱하게 변했다. 복면을 하고 있었음에도 그 변화를 볼 수 있을 정도로 말이다.

콰당!

무기력하게 허공을 날아온 비영귀서가 바닥을 나뒹굴었다.

하지만 차마 고개를 돌리지는 못했다. 패선이라 불리는 벽우진의 눈을 마주할 용기가 없었던 것이다.

대신 그는 주변을 빠르게 살폈다.

'없어?'

호랑이 굴에 잡혀가도 정신만 똑바로 차리면 살 수 있다는 속담을 떠올리며 비영귀서는 두 눈을 부릅떴다. 여기까지 끌려왔음에도 빠져나갈 궁리를 했던 것이다.

죽지 않은 이상 아직 끝난 건 없었다. 그렇기에 비영귀서는 포기하지 않았다.

'왜 아무도……?'

뱁새 같은 작은 눈으로 창졸간에 주변을 훑은 비영귀서가 몸을 떨었다. 나머지 두 명이 보이지 않아서였다. 분명 아까 전에 무형신투가 무언가에 맞아서 나가떨어지는 것을 봤는데 말이다.

'설마 공격을 역이용해서 거리를 벌린 건가?'

비영귀서의 동공이 격렬하게 흔들렸다.

얍삽하고 교활한 무형신투라면 그 찰나의 순간조차도 이용할 터였다. 자기가 자신의 안위만 신경 쓰는 것처럼 무형신투 역시 마찬가지니까.

'제기랄! 왜 나만 끌어당긴 건데!'

복면 속의 입술이 거칠게 짓이겨졌다. 그로 인해 피가 흘러나왔지만 비영귀서는 그 씁쓸한 맛을 느낄 새가 없었다.

"불만이 많은 모양인데? 하긴. 혼자만 있으니 외롭겠지."

아까 전의 목소리가 다시 한번 귓속으로 파고들었다. 그런데 그 음성이 비영귀서에게는 염라대왕의 목소리처럼 들렸다.

들는 순간 전신에 소름이 돋았던 것이다.

"일단 한 명."

"헙!"

찍소리도 못하고 눈치만 살피던 비영귀서가 처음으로 입 밖에 소리를 냈다. 그가 있는 곳에서 멀지 않은 땅에서 갑자기 시커먼 무언가가 솟구쳐서였다.

한데 그 시커먼 인영이 왠지 익숙했다.

'흑분!'

얼마나 다급하게 도망을 쳤는지 말끔했던 털북숭이 얼굴이 흙이 덕지덕지 묻어 있었다.

하지만 그것보다 먼저 눈에 들어오는 것은 흑분의 눈동자였다. 잔뜩 겁에 질린 그의 모습에 비영귀서 역시 몸을 떨었다.

"이제 하나 남았군."

쿠웅!

허공에 뜬 채로 끌려온 무음흑분이 비영귀서의 옆에 놓였다.

하지만 그 역시 도망칠 엄두를 내지 못했다. 굳이 벽우진이 아니더라도 좌우에 나란히 서 있는 호법이 냉엄한 눈빛으로 주시하고 있기에 발을 뗄 수가 없었다.

움직이는 즉시 목이 날아갈 것 같은 서늘함을 물씬 풍겨대고 있었기에 무음흑분은 마른침만 삼킬 수밖에 없었다.

"제가 잡아 올까요?"

"뭐 하러 굳이. 그냥 내가 잡아 오면 되는데."

뒷짐을 지고 있던 벽우진이 서진후를 쳐다보며 히죽 웃었다.

그리고 그때 멀리서 처절한 괴성이 들려왔다.

"으아아악!"

"미, 미친!"

허공에서 버둥대며 빠른 속도로 날아오는 무형신투의 모습에 비영귀서가 자기도 모르게 욕설을 내뱉었다. 그 정도로 믿기 힘든 광경이어서였다.

심지어 거리만 해도 수십 장이었다. 한데 벽우진은 그저 시선만으로 무형신투를 잡았다.

쿵!

잠시 후 무형신투가 두 사람의 곁에 떨어졌다. 땅굴에서처럼 세 명이 모두 모였던 것이다.

하지만 누구 하나 고개를 드는 이가 없었다. 그저 바들바들 떨며 머리를 숙였다.

"아까 전의 자신감은 어디로 갔나 모르겠네?"

"죄, 죄송합니다!"

"한 번만 살려주십시오!"

침묵이 무겁게 이어질 때 드디어 벽우진의 입이 열렸다.

그러자 무음흑분과 비영귀서가 기다렸다는 듯이 소리쳤다. 오체투지를 하듯 머리를 조아리며 목숨을 구걸했던 것이다.

"왜들 그래? 한 번 더 시도해 보지. 한 번만으로는 아쉽잖아?"

"……."

장난기 가득한 음성이었지만 셋 중 누구도 거기에 장단을 맞추지 못했다. 하나뿐인 목숨이 걸려 있기에 다들 말을 조심했던 것이다.

'사람이 아니야. 어떻게 허공섭물로……'

'미친 짓이었어. 내가 정신이 나갔었지……!'

무음흑분과 비영귀서의 머릿속이 복잡해졌다. 오만 가지 생각과 감정이 휘몰아쳤던 것이다.

그리고 뒤늦게 깨달았다. 자신이 얼마나 큰 과욕을 부렸는지 말이다.

하지만 후회는 아무리 빨라도 늦은 법이었다.

"가둬놔."

"안 죽이십니까?"

"일단은?"

바들바들 떨며 목숨을 구걸하는 세 도둑을 일별하며 벽우진이 지시를 내렸다.

그러자 서슬 퍼런 표정으로 셋을 노려보던 청민이 의아한 표정을 지었다. 벽우진의 성격을 생각하면 당장 때려죽여도 이상할 게 없는데 가둬두라고 하자 어리둥절했던 것이다.

"살려두신다고요?"

"응, 지금은."

"알겠습니다."

의미심장한 벽우진의 표정에 청민은 더 이상 묻지 않았다. 얼굴을 보아하니 무언가 생각하는 게 있는 것 같아서였다.

"도망칠 수 있으면 해봐. 혹시 알아? 무사히 빠져나갈 수 있을지."

청민이 대답하는 사이 서진후가 누구보다 먼저 세 사람에게 다가왔다.

그러고는 점혈을 하면서 나지막하게 말했다. 얼마든지 시도해 보라는 듯이 말이다.

하지만 그의 말에 셋은 그저 움찔거리기만 했다.

"입안도 싹 다 확인해. 혀 밑에까지."

"절 뭐로 보시고. 아혈까지 확실하게 짚어놓겠습니다."

청민의 말에 서진후가 피식 웃으며 세 사람의 마혈과 아혈을 점혈했다.

그런 후 제자들을 불렀다. 항렬도 가장 낮을뿐더러 다들 다 큰 장정이기에 힘쓰는 일에 용이해서였다.

"가자."

"예, 사형."

이윽고 청민과 서진후를 위시로 세 사람이 산적들을 가둬두었던 동혈로 향했다.

횃불 하나만 덩그러니 있는 동굴에 갇힌 비영귀서가 눈알을 굴렸다. 마혈과 아혈을 점혈당한 상태였기에 현재 움직일 수 있는 건 두 개의 눈알이 전부였다.

'죽지 않은 건 다행이지만 이대로라면 죽음을 피할 수 없어.'

비영귀서의 눈동자에 암담한 기색이 서렸다.

다치지도, 그렇다고 단전이 파괴된 것도 아니었지만 지금 그가 할 수 있는 건 아무것도 없었다.

해혈하는 방법을 몇 가지나 알고 있었지만 안타깝게도 그가 알고 있는 것들로는 곤륜파의 점혈을 해혈할 수가 없었다.

'침착하게 생각하자. 죽이지 않았다는 건 내게 원하는 게 있다는 소리야. 그렇다면 여지는 있다.'

사방이 꽉 막힌, 그것도 독방에 갇혀 있었지만 비영귀서는 아직 실낱같은 희망을 품고 있었다.

적에게는 일말의 자비도 없다는 벽우진이 자신을 살려두었다. 북해빙궁의 살수와 사왕성의 은월단을 모조리 도륙했던 그 벽우진이 말이다.

'둘은 어찌 되었으려나.'

이 동굴에서 나갈 수 있는 유일한 출입구를 쳐다보며 비영귀서가 침을 삼켰다.

끌려 올 때는 다 같이 끌려 왔지만 지금은 전부 다 떨어진 상태였다. 그렇기에 비영귀서는 문득 두 사람이 궁금해졌다.

'해혈했을까? 패선이 점혈한 것이라면 모르지만 장로가 한 것이니만큼 일말의 가능성은 있는데.'

자신은 실패했지만 둘은 성공했을 수도 있었다. 특히 잔머리와 꼼수가 대단한 무형신투라면 가능할지도 몰랐다.

'하지만 해혈한다고 해서 끝이 아니지.'

입구는 하나뿐이었다. 게다가 분명히 지키고 있는 이들도 있을 터였다. 일반적인 감옥이라면 모를까 동굴을 개조해서 만든 이런 곳은 은밀하게 빠져나가기가 쉽지 않았다.

설사 빠져나간다고 해도 곤륜파에는 패선이라는 괴물이 존재했다.

'진짜 괴물이었지…….'

비영귀서의 동공이 흔들렸다. 말도 안 되는 광경이 다시금 떠올랐던 것이다.

대단하다는 고수들을 멀리서나마 본 적 있는 그였지만 그 누구도 감히 패선과 비교할 수는 없었다. 괜히 세간에서 천하제일인이라 말하는 게 아니었다.

'내가 병신, 머저리였지. 욕심에 눈이 멀어서…….'

비영귀서가 두 눈을 질끈 감았다.

하지만 후회는 짧았다. 지금은 후회할 시간도 없었다. 어떻게든 살아서 이곳을 벗어나야 했다.

'패선의 바짓가랑이라도 붙잡고 매달려야 해. 개처럼 짖으라며 짖어야 하고.'

죽음 앞에서는 자존심도 없었다.

그렇기에 비영귀서는 머리를 굴리고 또 굴렸다. 벽우진이 혹할 만한, 거래가 될 만한 것들을 궁리했다.

저벅저벅.

그때 고요하다 못해 적막한 동굴에 발자국 소리가 울려 퍼졌다. 누군가가 이 안으로 들어온 것이었다.

끼이익.

누구부터 찾아갈까 귀를 기울이던 비영귀서의 동공이 커졌다. 그의 눈앞에 보이는 철문이 서서히 열려서였다.

"들어가시지요."

"그래."

익숙한 음성과 함께 세 명이 좁은 동굴 안으로 들어왔다.

그런데 셋 중 한 명은 그도 처음 보는 이였다. 웬 여인 하나가 벽우진과 서진후를 따라서 안으로 들어왔던 것이다.

"키는 맞는 것 같습니다."

"확인해 봐."

날카로운 눈으로 자신을 훑어보던 여인이 조심스럽게 입을 열자 벽우진이 턱짓했다. 마음대로 살펴보라는 뜻이었다.

"그럼."

함께 온 여인, 양선이 무표정한 얼굴로 비영귀서에게 다가갔다. 그러고는 거침없이 얼굴의 반 이상을 가리고 있던 복면을 벗겨냈다.

"큭!"

고통 따위는 안중에도 없다는 듯이 거칠게 복면을 벗겨내는 손길에 비영귀서가 신음을 흘렸지만 양선은 조금도 신경 쓰지 않았다. 대신 차가운 얼굴로 비영귀서를 내려다봤다.

"이놈 누구야?"

··· 제7장 ···
잘 왔다

"비영귀서라고 중원오대신투라 불리는 다섯 명의 대도(大盜) 중 한 명입니다."

"아닐 수도 있잖아? 역체변용술 같은 게 있다고 들었는데."

"뛰어난 역체변용술의 경우 키와 체형까지 마음대로 바꿀 수 있다고 하지만 알려진 바에 의하면 비영귀서는 역체변용술을 익히지 않았습니다. 또한 인피면구를 쓴 것도 아니고요."

"읍읍!"

거칠게 얼굴을 꼬집고 주무르는 손길에 비영귀서가 두 눈을 부릅뜨며 신음을 흘렸다.

하지만 고통스러워하는 비영귀서의 모습에도 양선은 눈 하나 깜빡이지 않았다.

"아혈 좀 풀어봐."

"예."

벽우진의 지시에 서진후가 아혈만 풀었다.

하지만 아혈을 풀어주었음에도 비영귀서는 눈알만 데구루루 굴렸다. 먼저 입을 열지 않았던 것이다.

"비영귀서."

"……."

"아니라고 잡아떼는 건가?"

양선이 물었지만 비영귀서는 입을 열지 않았다. 대신 두 눈을 내리간 채로 쉴 새 없이 벽우진의 표정과 눈빛을 살폈다.

"마음대로 해. 고문해도 상관없고. 우리도 고문 안 해본 것도 아니고."

"아, 산적들 때 말씀이시죠?"

"응, 알아낸 건 없었지만 그래도 경험은 있지."

부르르르!

비영귀서가 몸을 떨었다.

그래도 명문대파라 불리는 곤륜파였기에 일말의 기대를 가지고 있었는데 역시나 정파라고 해도 이면이 있었다. 도가문파에 고문이라니.

"되게 실망한 표정인데? 그런데 어쩌나. 고문은 곤륜파가 하는 게 아냐. 내가 하는 거지. 정확하게는 하오문이."

"……!"

"아혈을 풀었는데 끝까지 입을 안 여네?"

꾸우욱!

양선이 싱긋 웃으며 섬섬옥수처럼 가늘고 하얀 손가락으로 비영귀서의 아랫배를 꾹 눌렀다. 바로 무인에게 있어 전부라고 할 수 있는, 심장과 다를 바가 없는 단전을 찔렀던 것이다.

"흐어업!"

길쭉한 손톱이 날카롭게 파고드는 감촉에 비영귀서가 반사적으로 비명을 질렀다. 고통도 고통이지만 단전이 파괴될지도 모른다는 생각이 들자 비명이 절로 나온 것이었다.

"거 봐. 말할 수 있으면서."

"어, 어째서 하오문이?"

"난 그것보다 왜 네놈들이 곤륜파를 노렸는지가 궁금한데. 그것도 무형신투, 무음흑분과 함께 말이지."

이제야 대화할 준비가 된 비영귀서를 서늘한 눈으로 내려다보며 양선이 말했다.

그러자 비영귀서의 동공이 더욱 격렬하게 흔들렸다. 왜 하오문의 인물이 벽우진과 함께 있는 것인지 이해가 되지 않았던 것이다.

'유언비어가 아니었단 말인가?'

툭.

헛소문이라 치부했던 소문을 떠올릴 때 양선의 손가락이 이번에는 얼굴에 닿았다. 눈 밑을 손톱 끝으로 그었던 것이다.

"큭!"

"지금은 머리를 굴릴 때가 아니야. 내 질문에 순순히 대답할 때지. 생각을 하지 마. 넌 그저 내가 묻는 말에 대답만 하면 돼."

따끔한 고통과 함께 찢어진 부위에서 피가 올올이 맺히는 게 느껴졌다.

동시에 정신도 번쩍 들었다.

"무, 무엇을 말이지?"

"지?"

양선이 피식 웃으며 손가락을 가로로 그었다. 그러자 이번에는 핏방울이 아니라 피가 솟구쳤다.

"윽!"

"아직도 정신을 못 차린 거 같네. 네가 어떤 처지인지 말이야. 너 말고도 입이 두 개나 더 남아 있다는 사실을 잊으면 안 돼."

언제 웃었냐는 듯이 양선이 정색했다. 서리가 내릴 것처럼 싸늘한 안광을 줄기줄기 내뿜으며 비영귀서를 노려봤던 것이다.

그 살벌한 눈빛에 비영귀서가 자기도 모르게 마른침을 삼켰다.

"무, 무엇을 말입니까?"

"벌써 까먹었나? 왜 곤륜파를 노렸는지에 대해서 물었는데."

"그건……."

비영귀서가 말끝을 흐렸다. 차마 벽우진이 지켜보는 앞에서 말할 수가 없어서였다.

그러나 여기에 그의 사정을 배려해 줄 사람은 단 한 명도 없었다.

꾸욱!

양선의 발끝이 비영귀서의 아랫배를 눌렀다. 언제라도 단전을 박살 낼 수 있다는 듯이 위협을 가했던 것이다.

"마, 말하겠습니다!"

"나는 인내심이 그리 길지 않아. 물론 장문인께서도 마찬가지고. 그 부분에 대해서는 굳이 내가 언급하지 않아도 알겠지? 이제 마지막이야. 여기서 더 어물쩍거리면……."

양선은 굳이 뒷말을 하지 않았다. 이렇게까지 말했는데 알아듣지 못할 리는 없어서였다.

"영단, 영단을 훔치러 왔습니다. 대환단이나 태청단에 버금가는 영단이 있다는 소문에……."

"소문?"

"아니, 분명히 있다고 생각했습니다. 영단이 없다면 영약이라도요. 그게 아니라면 말이 되지 않으니까."

"그래서 무형신투, 무음흑분과 힘을 합쳤다? 인생 역전을 노리고?"

"예에."

비영귀서가 두 눈을 질끈 감았다. 이윽고 터져 나올 패선의 분노를 마주 볼 엄두가 나지 않아서였다.

'내가 미쳤지! 왜 쓸데없이 욕심을 부려서는!'

불가능하지만 비영귀서는 과거로 돌아가고 싶었다. 무형신투와 무음흑분에게 서신을 보내던 그때로 말이다.

만약 그때 둘을 부르지 않았다면 지금쯤 그는 호의호식하며 잘 살았을 터였다. 하지만 그건 이제 상상에서나 가능했다.

"의외로 술술 부네?"

"제 목숨은 금쪽같이 여기니까요. 게다가 아직 두 명이 더 남아 있기도 하고요."

"하긴."

꿀꺽!

두 눈을 감고 있는 비영귀서의 귓전으로 벽우진의 담담한 음성이 파고들었다.

의외로 화난 기색이 보이지 않자 비영귀서가 실눈을 떴다. 잘하면 살아서 여길 나갈 수 있을지도 모른다는 생각이 들어서였다. 물론 쉽지는 않겠지만 말이다.

"저기……."

"분명히 말했을 텐데. 네놈에게 허락된 건 내가 묻는 말에 질문하는 것밖에 없다고."

"히익!"

살기 가득한 양선의 눈빛에 비영귀서가 식겁한 표정을 지었다. 하지만 마혈이 점혈당했기에 그는 도망칠 수도 없었다.

"비영귀서."

그때 벽우진이 나지막한 목소리로 그를 불렀다. 동시에 양선이 뒤로 물러났다.

"예, 예!"

"너에게는 선택지가 두 개 있어. 순순히 묻는 말에 모든 걸 대답하고 고통 없이 죽느냐, 아니면 하오문의 고문 기술자에게 온갖 고문이라는 고문은 다 당하고 고통스럽게 죽느냐."

"사, 살아남을 수 있는 방법은 없습니까? 이번 한 번만 살려 주신다면 다시는 곤륜산 근처에는 얼씬도 하지 않겠습니다.

아니, 중원을 떠나서 다시는 돌아오지 않겠습니다. 그러니 제발 한 번만, 한 번만 봐주십시오!"

비영귀서가 간절한 목소리로 소리쳤다. 조금이라도 벽우진의 마음을 흔들어보고자 구구절절하게 말을 이었다.

어차피 앞에 있는 양선은 칼과 같은 도구일 뿐 결정권은 없었다. 그렇기에 비영귀서는 벽우진에게 매달렸다.

"하하하!"

한데 그때 벽우진이 웃음을 터뜨렸다. 뜬금없이 파안대소했던 것이다.

그 모습에 비영귀서가 두 눈을 끔뻑거렸다.

"왜, 왜 그러십니까?"

"참으로 낯짝이 두껍고 뻔뻔한 거 같아서. 보물을 노리고 몰래 잠입하다가 들킨 주제에 살려달라고? 그게 말이 된다고 생각하나?"

"앞으로는 개과천선해서 착하게 살겠습니다! 제발 아량을 베풀어……."

"어쩌면 하나같이 똑같은 말을 하는지. 이제는 지겹다, 지겨워."

벽우진이 말을 잘랐다. 더 이상 들을 필요가 없다고 생각해서였다.

그러면서 그는 양선을 쳐다보며 턱짓했다.

"네놈의 선택지는 앞서 말한 두 가지뿐이야."

"예외는, 없습니까?"

"역지사지라는 말을 떠올려 봐. 너 같으면 살려두겠어? 네가 평생 동안 모은 금은보화들을 털어 가려고 했는데?"

비영귀서의 입이 자연스럽게 다물어졌다.

그러나 그는 아직도 한 가닥 기대를 놓지 못하고 있었다.

"……제가 지금까지 모은 모든 것들을 드리겠습니다. 그러니까."

"정확히 말하면 네 것은 아니지. 훔친 것들이지."

"……."

"잘됐군. 안 그래도 그 부분에 대해서 물어보려고 했는데 말이지."

비영귀서의 동공이 순식간에 확대되었다. 무슨 말인지 그는 단박에 이해했던 것이다.

그리고 그 순간 양선의 손가락이 다시 단전에 닿았다.

"설마……?"

"우리 쉽게 가자고. 어차피 죽으면 가져가지도 못할 것들 아냐? 그러니까 그냥 말해. 주인 없이 땅속에서 썩는 것보다는 그래도 제 가치를 하는 게 낫지 않아?"

"안 된다!"

"역시 후자인 건가."

양선이 어깨를 으쓱였다. 그러고는 벽우진을 쳐다봤다. 아무래도 어려운 길을 돌아가야 할 것 같아서였다.

"알아서 해."

"예."

그것을 벽우진 역시 모르지 않았기에 몸을 돌렸다. 이다음은 하오문에 맡길 생각이었다.

"오랜만에 뵙습니다, 장문인."

"잘 부탁해."

"원하시는 결과를 얻을 수 있도록 최선을 다하겠습니다."

벽우진이 나가자 미리 대기하고 있던 중년인이 고개를 꾸벅 숙였다. 지난번에 만난 적이 있는 하오문의 고문 기술자였다.

"내가, 내가 말할 것 같으냐! 죽으면 죽었지 절대 네놈들에게 주지는 않을 것이다!"

열린 문틈 사이로 흘러나온 비영귀서의 외침이 통로를 쩌렁쩌렁하게 울렸다. 순순히 협조하지는 않겠다는 의지가 목소리에서 절절하게 느껴졌던 것이다.

"역시 쉽지 않네요."

"애초에 쉬울 거라 생각하지도 않았잖아? 저런 반응이 정상이지."

"그래도 아쉽습니다. 잘만 활용하면 이이제이의 한 수가 되었을 수도 있는데. 잠입술만큼은 강호일절들 아닙니까."

"통제할 수 없는 독은 차라리 쓰지 않는 게 나아. 어중간하게 목줄을 매어두었다가 뒤통수를 맞는 것보다는."

벽우진이 단호하게 말했다.

그 역시 세 명의 능력을 잘만 사용한다면 큰 도움이 될 거라는 걸 알았다. 하지만 중요한 건 그 셋을 믿을 수가 없다는 점이었다. 목줄을 채울 수는 있으나 그걸 이유로 저쪽에 붙어

버릴 가능성도 있는 만큼 벽우진은 고민하지 않고 폐기했다.

"확실히 양날의 검이기는 하죠."

"그러니까 우리는 실속만 챙기자고."

"더불어 기술도 얻고요. 대신 시간이 오래 걸리겠지만요."

"건물을 급하게 올리면 그만큼 빨리 무너지는 법이다. 느리더라도 튼튼하게 지어야 해."

서진후의 마음을 모르는 것은 아니지만 그렇다고 너무 서두르는 것은 좋지 않았다. 더욱이 지금의 곤륜파는 더더욱 말이다.

"근데 일이 정말 끊이질 않고 생기는 것 같습니다. 생각해 보면 잠잠했던 적이 드뭅니다."

"유명세를 치른다고 생각해야지."

벽우진이 어깨를 으쓱거렸다. 이것 말고는 딱히 이유를 찾을 수 없어서였다.

"아직도 본 파를 좀 만만하게 보는 것 같기도 하고요."

"그래서 이번 일이 중요해. 일벌백계하는 모습을 보여야 더는 좀도둑들이 설치지 않을 거야."

"근데 사형."

"왜?"

아스라이 들려오는 비영귀서의 비명 소리를 뒤로한 채 걸음을 옮기던 벽우진이 옆을 돌아봤다. 자신을 부르는 서진후의 목소리가 심상치 않아서였다.

"굳이 하오문에 맡길 필요는 없었다고 생각합니다. 고문

기술자만큼은 아니지만 저도 원하는 정보를 얻어낼 자신은 있습니다."

심사숙고 끝에 꺼낸 말이라는 듯이 서진후가 진지한 얼굴로 말문을 열었다. 벽우진이 자신과 청민의 손을 더럽히지 않기 위해 양선을 불렀다고 생각한 것이다.

"내가 너의 손이 더러워질까봐 하오문을 불렀다고 생각하느냐?"

"그렇습니다."

"틀렸다. 하오문의 조력이 필요하기에 양 분타주를 부른 것이다. 청해성이라면 모를까 전 중원으로 범위를 넓히면 아직 비청단의 역량으로는 힘들어. 그리고 손을 더럽혀야 한다면 너희가 아니라 내 손을 더럽힐 것이다."

"아."

"그 또한 일파의 수장이 감당해야 하는 몫이니까. 너희들이 감당할 게 아닌. 뭐, 그렇다고 해서 지저분하게 일을 처리할 생각은 없지만. 어쨌든 피해자는 우리들 아니냐? 비천단으로 저 녀석들을 유혹한 것도 아니고."

벽우진이 장난스럽게 웃었다.

어찌 됐든 피해자는 곤륜파였다. 또한 명분 역시 자신들에게 있었고. 그렇기에 벽우진은 웃으며 서진후를 다독였다.

촤라락. 촤락.

오른손으로 얼굴을 받치며 삐딱하게 앉아 있던 벽우진이 지루한 얼굴로 책장을 넘겼다. 하오문이 털어온 것들 중 하나인 비영귀서의 무공비급을 살펴보는 중이었다.

"일단 진품은 맞는 거 같은데."

곤륜파의 모든 무공을 알고, 익히고 있는 벽우진이었다. 그렇기에 적어도 무공에 대한 안목만큼은 대종사라 칭해도 부족함이 없었다.

"수준이 그리 높지는 않군. 비영귀서가 잘 익히고, 잘 펼친 모양이야."

짤막한 감상평과 함께 벽우진은 비영귀서의 은신술이 담긴 무공비급을 덮었다. 더 이상 볼 필요는 없다고 생각해서였다. 딱 잡기라고 부를 만한 수준이었기에 벽우진은 두 번째 무공비급을 끌어당겼다.

"호오."

하품을 연신하던 방금 전과 달리 첫 장을 읽던 벽우진이 눈을 빛냈다.

무형신투라는 별호를 만들어준 은신술도 상당한 수준이었지만 벽우진은 그 두 개보다 역체변용술에 감탄했다. 단순히 얼굴의 모양을 바꾸는 것을 넘어 체격과 체형마저도 변형이 가능한 구결에 벽우진은 자기도 모르게 감탄사를 내뱉었다.

"이건 쓸 만한데?"

인위적으로 체격과 얼굴을 바꾸는 것이기에 당연히 고통이 수반될 수밖에 없었다. 또한 원래대로 돌아간다는 보장도 할 수 없었고.

하지만 그런 부작용이 있음에도 효용성은 확실했다.

"챙겨둬야겠군."

한낱 잡기라고 평가 절하하기 힘든 무공에 벽우진은 무형신투의 역체변용술을 따로 빼놓았다. 비청단을 맡고 있는 청범에게 주기 위해서였다.

그러면서 비영귀서의 은신술은 아예 구석으로 밀어버렸다.

"호오. 이건 기발하면서 재미있군."

마지막은 무음흑분의 무공비급이었다.

다른 도둑들이 담벼락을 넘는 것과 달리 무음흑분은 특이하게도 땅굴을 팠다. 그렇기에 신묘막측한 맛은 있지만 이런 류의 무공들은 특별한 자질을 필요로 했다. 때문에 벽우진은 재미있게 보기는 했지만 따로 챙겨놓지는 않았다.

"무형신투의 무공비급은 하오문이라면 탐낼 만한데. 안 읽은 걸까, 아니면 사본을 만들어두었을까."

세 명의 은신처 겸 비고를 털러 갔을 때 서진후와 당필교도 함께 갔었다. 오대신투라 불리는 그들이 단순히 동굴이나 땅속에 묻어둘 리가 없기에 기관진식의 전문가인 당필교도 함께 보낸 것이다. 그 결과들 중 하나가 지금 책상 위에 올라와 있는 무공비급들이었고.

"청범이 같이 있기는 했지만 또 모르는 일이니까."

절대고수는 없지만 온갖 기술자들과 능력자들이 득시글거

리는 곳이 바로 하오문이었다. 그래서 벽우진은 절대라는 생각은 하지 않았다. 암기에 뛰어난 재능이 있는 이라면 무공비급을 한 번 보는 것만으로도 외울 수 있으니까.

"뭐, 상관없으려나. 내가 조금 손을 보면 되니까. 본 파에 맞게."

세 사람의 진신절기 외에도 함께 온 무공서들은 상당히 많았다. 도둑답게 쓸 만하다 싶은 무공서들을 죄다 모아놓고 있었던 것이다.

하지만 그중에 절정 이상의 무공서들은 없었다. 대부분이 구결이 조금씩 소실되어 있기도 했고.

"이것도 별로. 이건 가짜. 응? 채음보양술도 있네?"

산처럼 쌓여 있는 무공비급들을 살펴보던 벽우진이 헛웃음을 흘렸다. 정말 별의별 무공서들이 죄다 모여 있어서였다.

하지만 선별 과정은 꼭 해야 하는 일이었다. 그래야 잘못된 무공을 익히는 이가 생기지 않을 테니까.

"버리고, 버리고, 버리고."

벽우진의 손길이 점점 빨라졌다.

그런데 대부분의 무공서들이 버리는 쪽으로 던져졌다. 대부분이 결함이나 하자가 있었던 것이다.

"이제 다 선별했나."

산처럼 쌓여 있었던 무공비급이 이제는 스무 권도 남아 있지 않았다.

그중에 벽우진의 선택을 받은 건 단 세 개뿐이었고. 나머지 수백 권은 바닥에 버려졌다.

화르르륵!

잠시 후 버려진 책들에 불이 붙었다. 벽우진이 삼매진화로 아예 불태워 버렸던 것이다.

"자, 그럼 이제 손을 봐볼까."

한 줌의 재가 되어 자연스럽게 활짝 열린 창문 밖으로 날아가는 광경을 잠시 지켜본 벽우진이 먹을 갈았다. 비청단이 익힐 무공들을 손보기 위해서였다.

지금도 상당히 뛰어난 무공이었지만 완벽하다고 할 수는 없었다. 아직 발전시킬 부분들이 남아 있기에 벽우진은 바로 그 부분을 손보았다.

"본 파의 내공심법과도 어울려야 하니까."

괜히 상성이라는 말이 있는 게 아니었다.

때문에 벽우진은 무공을 거의 해체하다시피 분해하면서 뜯어고쳤다. 무공이 지닌 장점은 고스란히 유지시키면서 곤륜파의 내공심법과도 잘 어우러지게 손을 보았던 것이다.

스슥! 스스슥!

일필휘지라는 말이 절로 떠오를 정도로 벽우진은 거침없이 무공구결을 적어나갔다.

최대한 익히기 쉽게, 이해하기 쉽도록 풀어서 작성했기에 원래 내용보다 거의 두 배나 구결이 많아졌지만 그럼에도 벽우진은 망설이지 않았다. 안전하게, 제대로 익히는 것만큼 중요한 것은 없어서였다.

더구나 다른 이도 아니고 곤륜파의 제자들이 익힐 무공이었기에 벽우진은 더욱더 신경 써서 무공비급을 작성해 나갔다.

"후우!"

쉬지 않고 손을 놀리던 벽우진이 드디어 붓을 벼루 위에 놓았다. 반시진이 채 지나기도 전에 모든 작업을 끝낸 것이다.

"확인해 볼까."

아직 먹물이 채 마르지 않은 무공비급을 벽우진은 찬찬히 읽어 내려갔다. 혹시나 자신이 잘못 쓴 글자가 있는지, 혹은 본래 의도와 다르게 해석될 여지가 있는지를 꼼꼼히 확인했다. 그도 사람인 이상 실수를 할 수 있기에 한 번 더 확인해 보는 것이었다.

"완벽하군. 더구나 글씨도 명필이고. 이것 참."

두꺼운 세 권의 비급을 내려놓으며 벽우진이 어깨를 으쓱거렸다. 보면 볼수록 자신이 너무나 뛰어난 것 같아서였다.

"하늘이 나에게 너무 많은 재능을 준 것 같은데."

우─우─웅!

벽우진의 자화자찬을 더 이상 볼 수 없다는 듯이 양팔에 끼워져 있는 일월쌍환이 거칠게 진동했다. 더 이상 그러지 말라고 타박하듯이 시끄럽게 울어댔던 것이다.

하지만 그런 일월쌍환의 거센 반응에도 벽우진의 표정은 딱히 변하지 않았다.

똑똑똑.

"사형, 청범입니다."

"어, 들어와."

할 일을 마치고 다시 의자에 늘어지게 앉아 있을 때 문 너머로 익숙한 기척이 느껴졌다. 그리고 뒤이어 서진후의 목소리가 들렸다.

"주석을 달고 계셨습니까?"

"아니, 비청단이 쓸 만한 무공을 재구성하고 있었지."

"설마 이것만 남은 겁니까?"

서진후가 책상 위에 놓인 열 권이 채 안 되는 비급을 보며 허탈한 표정을 지었다. 수백 권 중 이것만 남자 당황한 것이다.

"이 정도면 많이 남은 거지. 여기 세 권은 원본. 이건 내가 손을 본 거."

"본 파의 내공심법에 맞추신 거군요."

"맞아. 그냥 익혀도 문제는 없지만 효율이 썩 좋지 않아서. 고치는데 그리 오래 걸리지도 않고."

"고생하셨습니다."

서진후가 감탄한 표정을 지었다. 수백 권의 무공서를 선별하는 것도 쉬운 일이 아닌데 이 짧은 시간에 수정까지 했다고 하자 놀란 것이다.

하지만 정작 벽우진의 표정은 무덤덤했다.

"고생은 무슨. 별로 힘든 일도 아닌데. 가져가."

"지금 봐도 되겠습니까?"

"네가 가르쳐야 하니 읽어보는 게 좋겠지?"

"그럼."

서진후가 눈을 빛내며 첫 번째 무공서를 집었다.

그런데 무공서를 읽어 내려가던 서진후의 표정이 시시각각 변했다.

탁.

생각보다 빠르게 무공서를 읽은 서진후가 비급을 책상 위에 내려놓았다. 그러고는 흔들리는 눈으로 벽우진을 쳐다봤다.

"쓸 만하지?"

"너무 뛰어난데요?"

"그 정도는 되어야 비청단에 어울리지 않겠어? 그리고 무공은 누가 익히느냐에 따라 또 다르다는 거 알고 있지?"

"제대로만 익힌다면 신투라 불리는 이들보다 더 뛰어난 은신술을 보여줄 것 같습니다."

"내가 손봤는데 당연히 그래야지."

벽우진이 거들먹거렸다.

다른 이도 아니고 그가 직접 손본 무공이었다. 그 정도도 안 되면 시간을 투자한 의미가 없었다.

"근데 너무 과한 것 같습니다."

"과하기는. 그 정도는 되어야 네가 구상한 것들을 어느 정도는 이룰 수 있을걸?"

"으음."

"처음부터 다 알려주지 마. 순차적으로 가르쳐도 되잖아? 어차피 다 가르쳐도 전부 받아들이는 이도 별로 없을 테고."

서진후의 얼굴이 밝아졌다. 거기까지는 차마 생각하지 못한 것이다. 무공을 가르치는 것에 대해서만 생각했지 나누는 것은 생각하지 못했다.

"그러면 되겠습니다. 전반부, 후반부 이런 식으로요."

"일단 네 제자들부터 익히게 해봐. 이론적으로는 완벽하지만 실제로는 조금 다를 수도 있으니까. 최대한 안정적으로 만들었지만 그래도 변수가 많은 게 세상일이니까."

"그리하겠습니다. 그런데 나머지 무공서들은 어디 갔습니까?"

"쓰레기는 태워야 제맛이지."

"아."

서진후가 고개를 주억거렸다. 어째서 그 많은 무공서들이 사라졌는지 이해되었던 것이다.

"하오문하고는 잘 얘기했어?"

"예, 의외로 하오문 쪽에서 욕심을 부리지 않았습니다. 대신 셋의 은신처를 자기들에게 달라고 해서 그냥 주었습니다. 거리가 상당해서 저희가 관리하기 힘들 것 같아서요."

"잘했어."

"아마도 안가로 사용하지 않을까 싶습니다. 기관진식에 대해서는 하오문도 일가견이 있으니까요."

벽우진이 고개를 주억거렸다.

사천당가와 제갈세가에 가려져서 그렇지 하오문 역시 기관진식으로는 어디 가서 꿀리지 않는 기술을 가지고 있었다. 오히려 기상천외한 부분에서는 두 곳보다 뛰어나기도 했고.

"돌아다니느라 고생했다."

"고생은요. 덕분에 생각지도 못한 수입이 생겼는데요. 괜히 오대신투가 아니라는 듯이 세 명이서 꿍쳐놓은 재화가 엄청났습니다. 산적들을 털 때와는 비교도 안 됩니다. 하오문하고 나눴는데도 불구하고 말이지요."

"주인이 밝혀진 것은 돌려주고. 물론 전부 다 돌려줄 필요는 없다. 돌려줘야 할 만한 이들에게만 돌려주도록 해."

"그리하겠습니다. 아, 그리고 이건 우연히 들은 소식인데 점창파의 상황이 심상치 않은 모양입니다. 내부 분열이 일어날 기미가 있습니다."

벽우진이 두 눈을 껌뻑였다. 이건 또 무슨 얘기인가 싶었던 것이다.

그러다가 이내 점창파의 수장을 떠올리고는 실소를 흘렸다.

"정치질인가?"

"그런 듯싶습니다. 아직은 쉬쉬하고 있지만 저에게까지 알려질 정도면 이미 알 사람은 다 안다고 봐야겠지요."

"피해를 복구하기도 모자란 판에."

벽우진이 혀를 끌끌 찼다. 다 같이 힘을 모아도 모자랄 판국에 정치질이나 하고 있자 한심해 보였던 것이다.

그런데 의외로 서진후는 담담한 얼굴이었다.

"그래서 더 기회라고 생각할지도 모릅니다. 강성했던 때에는 장문인의 권력이 막강했지만 지금은 다르니까요."

"개판이구만."

"사람의 욕심은 끝이 없지 않습니까. 도둑들이 욕심에 눈이 멀어 과욕을 부린 것처럼요."

"개방에 서신을 보내야겠어. 지금 같은 때에 제 살 파먹기는 좋지 않아."

벽우진이 곧바로 붓을 들었다. 생각난 김에 바로 서찰을 쓰려는 것이었다.

"전서응으로 보내겠습니다."

서진후가 세 권의 비급을 챙기며 기다렸다.

다 작성한 서신을 나가는 김에 자신이 직접 보내기 위해서였다.

○

무더위가 기승을 부리는 한낮에 두 노소(老少)가 땀을 뻘뻘 흘리며 걸음을 옮겼다.

그러다가 이내 걸음을 멈추고는 멀리 보이는 웅장한 산을 하염없이 쳐다봤다.

"저기가 곤륜산이에요, 할아버지."

"진짜, 진짜 곤륜산이로구나."

지팡이에 의지한 채 노구를 옮기던 촌부가 벌게진 눈으로 곤륜산을 올려다봤다. 금방이라도 눈물을 흘릴 것처럼 말이다.

그런 조부의 모습에 소년도 가슴이 울컥했다.

"이제 그만 보시고 얼른 가요. 바라보기만 하다가 하루가 다 가겠어요."

"그래, 가야지. 여기까지 왔는데 산문은 넘어야지."

손자의 재촉 아닌 재촉에 노인이 경건한 얼굴로 고개를 끄덕였다. 여기까지 왔는데 곤륜산을 밟지도 못하고 쓰러질 수는 없었다.

그래서 그는 힘을 내며 발걸음을 옮겼다.

하지만 진짜 고비는 아직 시작도 하지 않았다.

"으음!"

"제가 업어드릴게요, 할아버지."

"아무리 내가 가볍다고 해도 날 업고 곤륜산을 오르는 건 무리야."

"저 말라도 아버지 닮아서 강골이잖아요. 충분히 업고 올라갈 수 있어요. 집안에서 사용하는 나무도 제가 다 해오잖아요."

산기슭에 도착했지만 아직도 곤륜파까지는 까마득했다. 그렇기에 손자가 자연스럽게 몸을 낮추며 말했다.

"너는 모르겠지만 여기에서 산문까지의 거리는 절대 가깝지 않아."

"저기 보세요. 지게에 부모님이나 조모님을 태우고 올라가는 사람들도 있잖아요."

"으음!"

손자의 말에 노인이 흔들렸다. 빈말이 아니라 정말 지게에 부모나 조부모를 태워서 올라가는 이들이 심심찮게 보였다. 몇몇은 둘이서 드는 가마에 태우고 올라가기도 했고.

"어서요."

"그래도 어떻게……."

"일단 올라가다가 지치면 그때 내려 드릴게요."

"허어."

"다리 저려요, 할아버지."

손자의 독촉에 노인이 못 이기는 척 등에 업혔다. 그러자 손자가 기다렸다는 듯이 힘차게 곤륜산을 오르기 시작했다.

"곤륜산은 여전히 한결같구나."

"예전의 모습하고 똑같아요?"

"응."

등에 업힌 채로 곤륜산을 오르던 노인의 눈에 습기가 찼다. 녹음이 푸르른 곤륜산의 모습은 어릴 적 그가 사형제들과 뛰어놀 때와 똑같았다.

하지만 그 기억이 떠오르기 무섭게 활활 불타는 곤륜산의 모습도 이어서 떠올랐다. 천년마교의 공격에 불타던 모습 역시 그의 기억에 선명하게 남아 있었던 것이다.

'으음!'

두 눈을 질끈 감았으나 오히려 그럴수록 그때의 광경이 더욱더 선명하게 떠올랐다. 십 대 후반의 자신이 겁에 질려 도망치던 모습이 말이다.

뒤따라오는 마인도 없건만 그때의 그는 무엇이 그리 두려웠는지 사부와 사형제들을 내버려 둔 채 자기만 살겠다고 도망쳤다.

그래서 사실 곤륜파가 다시 일어났다는 말을 들었어도 선뜻 찾아올 수가 없었다.

'나는…… 도망자니까. 모든 걸 다 받았음에도 그걸 죄다 버리고 도망친 놈이니까…….'

평생을 죄책감에 시달리며 살아왔다. 더 이상 무인이 아닌, 촌부가 되어 살았다.

천년마교가 본거지인 천산으로 돌아가고 강호에 평화가 찾아왔지만 그는 검을 잡지 못했다.

그리고 무공 또한 연마하지 않았다. 도망자이자 배신자인 자신은 곤륜파의 무공을 수련할 자격이 없다고 생각해서였다. 또한 그렇게 죽을 작정이었고.

하지만 수구초심(首丘初心)이라는 말이 있듯이 죽을 날이 점차 다가오자 그는 단 한 번만이라도 곤륜파가 보고 싶었다. 더 이상 곤륜파의 제자라고 할 수는 없지만, 그래도 한 번쯤은 마지막으로 곤륜파의 전경을 두 눈에 담고 싶었다.

"저기 산문이에요!"

한여름의 무더위를 온전히 맞으면서도 끝끝내 조부를 업고서 곤륜산을 오르던 손자가 힘차게 소리쳤다.

아무리 강골이라고 하더라도 그는 아직 열다섯 살에 불과한 소년이었다. 게다가 체중이 많이 줄었다고 하나 한 사람을 업고서 곤륜산처럼 산세가 높은 산을 오르는 일은 결코 쉽지 않았다. 그러나 소년은 포기하지 않고 끝까지 조부를 업었다.

"진짜 산문이구나. 예전과 똑같아."

노인의 눈동자가 멍해졌다.

새로 만든 게 분명해 보이는 산문이었지만 그럼에도 위화감은 없었다. 워낙에 똑같이 만들었기에 별다른 차이점이 보이지 않았던 것이다.

"방문객들도 상당히 많아요. 산길을 오를 때도 느꼈지만요."

"그때에 비하면 그리 많은 게 아니란다. 그때는 정말 어마어마했었어."

전성기 시절에는 이 오르막길이 사람으로 가득 찼었다. 보이는 것은 앞사람의 뒤통수와 푸른 하늘밖에 없을 정도로 말이다. 그때와 비교하면 지금은 그 반의반도 채 되지 않았다.

"패선께서 계시니 곧 그때의 성세를 회복하지 않을까요?"

"내려다오."

"예."

한 손으로는 손자의 어깨를, 나머지 손으로는 지팡이를 든 채로 업혀 있던 노인이 천천히 땅에 발을 디뎠다. 그러고는 느릿하게 손으로 흙을 집었다.

"흐으읍."

손 안 가득 들어온 흙의 냄새를 노인은 깊게 들이마셨다.

59년이라는 세월이 흘렀음에도 여전히 똑같은 냄새에 노인의 눈가에 눈물이 맺혔다.

"할아버지."

"여전하구나…… 그때와 똑같아."

오만가지 감정이 서려 있는 조부의 목소리에 손자는 가만히 서 있었다.

지나가는 사람들이 이상하게 쳐다봤음에도 소년은 개의치

않았다. 남인 그들보다는 할아버지가 그에게는 수십 배 더 중요했다.

"들어가자꾸나."

묵묵히 자신을 기다려 주는 손자에게 옅은 미소를 지어 보이며 노인이 몸을 일으켰다. 그러자 손자가 기다렸다는 듯이 다가가서 부축했다.

"아직 오르막길이에요."

"괜찮다. 덕분에 여기까지 편하게 왔는데 이제는 내가 걸어야지. 그 정도 체력은 있어."

"그래도……."

"정말 괜찮아. 오랜만에 힘이 샘솟는 느낌이야. 고향에 와서 그런가."

노인의 태어난 곳은 곤륜산이 아니었다.

하지만 기억도 나지 않는 고향과 달리 곤륜산에는 그의 유년시절의 추억이 고스란히 남아 있었다. 그렇기에 노인에게 있어 곤륜산은 충분히 고향이라고 할 수 있었다.

"가요, 할아버지."

"그래."

성큼성큼 앞서서 걸어가는 조부의 모습을 손자가 조금은 걱정스러운 기색으로 바라봤다.

다행히 해가 지기 전에 산문에 도착하기는 했지만 이제 두 시진 정도면 해가 완전히 넘어갈 터였다.

'여차하면 지객당에 머물면 되긴 하지만, 할아버지께서 그러

실까 모르겠네.'

부친은 모르지만 그는 알고 있었다. 조부가 평생 동안 가슴 속에 무거운 짐을 품고 살아왔음을 말이다.

평생을 죄인이라 생각하며 살아온 것을 알기에 소년은 걱정스러운 얼굴로 조부의 야윈 등을 지그시 바라봤다.

"뭐 하느냐? 안 오고."

"예, 지금 가요!"

소년이 황급히 조부의 옆으로 뛰어갔다.

그러나 웅장한 산세도, 고풍스러움이 물씬 풍기는 고루거각도 소년의 눈에는 들어오지 않았다. 오직 옆에서 나란히 걷고 있는 조부의 보폭을 맞추며 그의 움직임에 온 신경을 집중했다. 예전에는 무인이었다고 하지만 벌써 수십 년 동안 연공을 하지 않았기에 지금은 일개 촌부와 다를 게 없었다.

"아……."

과거의 기억을 되살리며 경내를 구경하던 노인의 표정이 일순 변했다. 형언할 수 없는 얼굴로 어느 한 곳을 쳐다봤던 것이다.

"왜 그러세요, 할아버지?"

곤륜파의 도복을 입고서 돌아다니는 제자들을 봐도 별다른 반응을 보이지 않았던 조부였다. 그런데 갑자기 걸음을 멈추고 멍하니 바라보자 손자가 의아한 표정을 지으며 고개를 돌렸다. 대체 무엇을 보고 이러는가 싶어서였다.

"저, 저리로 가자."

"예?"

손자의 시선에 날카로운 인상의 노도사가 눈에 들어왔다. 옅은 푸른색의 낡은 도복을 입고 있었는데 매서운 눈매가 인상적인 노도사였다.

나이가 많아 보이지만 조부와 달리 온몸에서 정정함을 뿜어대는 듯한 모습에 역시 곤륜파의 도인이라는 생각을 하고 있을 때 조부가 그의 팔을 잡아서 이끌었다. 힘이라고는 전혀 느껴지지 않는 손길로 말이다.

"저쪽을 보고 싶구나."

"이보시오."

왠지 모르게 다급한 기색으로 몸을 돌리려는 순간 낯선 목소리가 두 조손의 귓가로 파고들었다. 방금 전까지만 해도 제법 먼 거리에 있었던 노도사가 어느새 그들의 곁에 와 있었던 것이다.

"아, 안녕하세요."

난데없이 다가온 노도사를 향해 손자가 어색하게 인사했다. 그러나 그의 인사에 노도사는 짧게 고개를 끄덕여서 받아주고는 이내 조부를 굳은 얼굴로 쳐다봤다.

"자네 청욱(淸昱) 아닌가?"

"사, 사람 잘못 봤습니다요."

노인이 황급히 고개를 숙였다. 그러자 그의 굽은 등이 더욱 적나라하게 보였지만 노도사의 시선은 시종일관 노인의 얼굴만 쳐다보고 있었다.

"청욱이라는 도명이 기억나지 않는다면 문중헌이라는 이름은 어떤가?"

"어, 어떻게?"

고개를 푹 숙이고 있던 노인이 움찔거렸다.

하지만 그보다 먼저 반응을 보인 이는 따로 있었다. 청욱이라는 말에 낯선 표정을 짓고 있던 손자가 조부의 이름에 화들짝 놀라며 노도사를 쳐다봤던 것이다.

"역시 맞았군."

"어……."

심상치 않은 분위기에 손자가 다급히 두 손으로 입을 막았다.

하지만 이미 물은 엎질러진 상태였다. 그걸 모를 리 없었기에 노인, 과거 청욱이라는 도명을 하사받았던 속가제자 문중헌이 죄책감이 가득한 얼굴로 그를 응시했다.

"왜 아직도 저를 기억하고 계시는 겁니까."

"내 자네를 어찌 잊겠나. 아니, 모든 속가제자들을 기억하고 있네. 적어도 한 번은 나와 마주쳤다면."

"청범 사형……."

문중헌의 고개가 다시 숙여졌다. 더 이상은 표정을 통제할 수가 없었던 것이다.

뚝. 뚜둑.

숙여진 그의 머리 아래 땅바닥에 서서히 젖어가기 시작했다.

그리고 서진후의 손이 문중헌의 어깨에 닿았다.

"할 얘기가 많을 것 같구나."

"크흐흐흑!"

"가자. 장문인께 인사도 드려야지."

죽었다고 생각했던 사제의 생환에 서진후의 눈시울도 붉어졌다.

살아 있을 거라고, 어딘가에서 잘 살고 있을 거라고 생각은 했었다. 비록 돌아오지는 못하더라도 살아만 있다면 다행이라고 생각했었다. 그런데 이렇게 직접 만나게 되자 서진후는 정말 만감이 교차했다.

"저는, 저는 못 갑니다."

"어?"

몸을 반쯤 돌리던 서진후가 당혹스러운 표정을 지었다.

여기까지 왔음에도 인사하러 가지 못한다는 말에 당황한 것이었다.

"저는 배신자입니다. 그런데 제가 어찌……."

문중헌의 두 눈에서 눈물이 폭포수처럼 쏟아졌다.

이렇게 알아봐 주는 게 너무나 감사하고 고마웠지만 그렇기에 미안했다. 자신의 과거가 너무나 선명하게 떠올랐기에 차마 발걸음이 떨어지지 않았다.

"배신자라니."

"저는 사문을 버리고, 사형제들을 남겨두고 도망쳤습니다. 그런데 제가 어떻게, 어떻게 다른 분들을 뵐 자격이 있겠습니까."

문중헌이 바닥에 주저앉았다. 고개조차 들 수 없다는 듯이 엎어지면서 말이다.

"하, 할아버지."

"지금 바로 떠나도록 하겠습니다. 못 본 것으로 해주십시오. 그리고 죄송했었습니다."

스륵.

눈물범벅인 채로 문중헌이 고개를 돌렸다.

이 정도가 딱 좋았다. 죽기 전에 곤륜산을 봤고, 재건되는 사문을 봤으면 충분했다. 그렇기에 문중헌은 미련 없이 몸을 돌렸다.

'이 정도만 해도 과분해.'

서진후가 곤륜파의 장로로서 활약하고 있다는 소식은 곤륜산에 오면서 충분히 들었다. 그렇기에 얼굴을 볼 수 있지는 않을까 했는데 운 좋게도 마주칠 수 있었다.

거기다 자신을 잊지 않아주었기에 문중헌은 내심 감동했지만 그 티를 내지는 않았다. 이제 그는 더 이상 곤륜의 제자가 아니었기에.

탁.

이제는 원 없이 죽을 수 있다는 생각과 함께 발걸음을 떼던 문중헌이 멈춰섰다. 등 뒤에서 다가온 손이 그의 어깨를 강하게 붙잡아서였다.

"너는 죄가 없다. 네가 죄가 있다면 나 역시 죄인이다. 사문을 끝까지 지켜내지 못했으니까. 또한 청민 사형도 죄인이다. 청민 사형 역시 사문을 뒤로하고 도망치셨으니까. 그런데 어째서 네가 죄인이겠느냐. 오히려 난 너무나 감사하다. 네가 살아

남아 주었다는 사실이."

부르르르!

"또한 청민 사형도, 장문인께서도 기뻐하실 거다. 또 한 명의 곤륜의 혼이 돌아왔으니."

문중헌의 몸이 격랑에 휩쓸린 것처럼 크게 흔들렸다. 한 마디 한 마디가 그의 심금을 울렸던 것이다.

동시에 너무나 큰 위로가 되었다.

주르륵!

그래서인지 그의 눈에서 다시금 눈물이 쏟아졌다. 더 이상 흘릴 눈물이 없다고 생각했는데, 눈물샘이 다 메말랐다고 생각했는데 그게 아닌 모양이었다.

"오히려 난 네가 와주어서 고맙다."

"크흑!"

"가자. 네가 곤륜을 잊지 않았듯이 곤륜 역시 너를 잊지 않았다."

"크헝헝헝!"

문중헌이 바닥에 주저앉았다. 그러고는 그간의 한을 털어내듯 울음을 쏟아냈다.

이런 기력이 남아 있을 거라고는 믿기 힘들 정도로 대성통곡하는 모습에 손자가 황급히 문중헌의 어깨를 감싸 안았다.

"손자이더냐?"

"예, 예!"

"청욱이 어린 시절을 빼다 박았구나."

워낙에 꼬장꼬장한 인상의 서진후였기에 웃으면서 물어도 손자는 자연스레 긴장할 수밖에 없었다. 더구나 조부의 사형이라는 신분도 있었기에 손자는 대놓고 어려워하며 눈을 마주하지 못했다.

"가, 감사합니다!"

"그리 긴장할 것 없다. 청욱의 손자이면 내 손자와도 별다를 바가 없으니. 일단 청욱이부터 챙기거라. 여기까지 오느라 고단했을 텐데 일단 씻고 끼니부터 해결하자."

"예."

부드러운 서진후의 목소리에 긴장이 조금 풀린 듯 손자가 조심스럽게 조부와 지팡이를 챙겼다.

그러고는 서진후를 따라 이동했다.

○

말끔하게 씻은 후 평소에는 보기 힘든 고기반찬으로 배를 두둑이 채운 문정일이 주변을 두리번거렸다.

벽촌이라고 해도 과언이 아닐 정도로 몇 가구 살지 않는 산골 마을에서 태어나고 자란 그였다. 그런데도 곤륜파와 패선에 대한 이야기는 들려왔었다.

한데 영웅이라고 해도 과언이 아닌 이가 업무를 보는 공간이라고 하기에는 지나치게 많이 휑했다.

"너무 휑한 감이 없지 않아 있지?"

"까, 깔끔하고 좋은데요?"

"너도 청욱이를 닮아 거짓말에 소질이 없구나."

서진후가 빙그레 웃었다. 표정만 봐도 문정일이 무슨 생각을 하는지 그는 알 수 있어서였다.

한편 처음과 달리 등을 곧추세운 문중헌은 청민과 대화 중이었다.

"살아 있어줘서 고맙다."

"청범 사형과 똑같은 말씀을 하시네요."

"그간 우리가 겪었던 외로움을 네가 이해할 수 있다면 똑같은 말을 할 거다, 아마."

"하긴."

"그동안 어떻게 지냈느냐?"

청민은 문중헌의 손을 꼭 잡았다.

이제는 기억에도 희미한 사형제들이었기에 문중헌의 등장이 너무나 기뻤다. 문중헌이 살아 있다는 건 뿔뿔이 흩어진 다른 제자들도 아직 생존해 있을 수도 있다는 뜻이었다.

"도망치듯이 산골 구석으로 들어가 살았습니다. 무공을 잊은 채로 농사를 지었습니다. 그러다가 결혼을 하고, 자식들도 낳고 그렇게 살았습니다. 그런데 죽을 날이 다가오니까 곤륜산이 너무나 보고 싶었습니다. 제게 그럴 염치가 없다는 걸 알면서도 말이지요."

아직도 나올 눈물이 있는지 문중헌의 눈가가 촉촉해졌다.

그러면서 다시 고개를 숙였다. 말을 하다 보니 도망치던 그날의 광경이 다시 떠올라서였다.

"염치가 왜 없어. 나 역시 도망쳤기에 목숨을 부지할 수 있었는데."

"그래도 사형께서는 나중에 다시 찾아오시지 않으셨잖습니까. 정마대전에 힘을 보태기도 하셨고. 전 그저 숨기만 했습니다. 은혜를, 원수로 갚았지요."

"아니다. 네 나이 그때 열여섯이었다. 무섭고 두려운 게 당연해. 도망칠 수밖에 없었던 상황이었고. 사백, 사숙들도 마인 놈들의 손에 무참하게 돌아가셨다. 그때 네가 무엇을 할 수 있었겠느냐."

청민이 고개를 저으며 문중헌의 손등을 쓰다듬었다.

그때는 그나 문중헌이 할 수 있는 게 아무것도 없었다. 아니, 살아남는 게 전투나 마찬가지였다.

"그래도……."

"자책은 그동안 해온 걸로 충분해. 이제 그만 벗어나거라."

"예에."

"근데 진짜 외진 곳에 살았나 보구나. 이제야 우리의 소식이 전해진 것을 보면."

"외부인이 잘 안 찾아오기도 하고, 마을 사람들이 밖으로 잘 안 나가기도 합니다. 그래도 사형들께서 대활약한 이야기는 들었습니다. 대막에도 다녀오셨다고."

공백의 시간이 상당히 길었지만 의외로 어색함은 없었다. 유년시절을 함께 보냈기에 할 말은 넘치도록 많았다.

"사마세가 때문에 피를 많이 봤지."

"그 얘기를 듣고 감명도 많이 받았습니다. 보통은 그렇게까지 하지 않으니까요. 그래서 말인데, 장문인께서는 어떤 분이신가요?"

"직접 보는 게 나을 거야. 다른 사람의 입을 통해서 듣는 것보다는. 그리고 이미 그건 충분히 들은 것 같은데?"

"허허허."

문중헌이 겸연쩍게 웃었다.

안 그래도 여기까지 오면서 벽우진에 대한 내용은 수십, 수백 번이나 들었었다. 그런데 재미있는 건 그 말들이 대동소이하다는 점이었다.

"아들은?"

"마을에서 며느리와 함께 농사를 짓고 있습니다. 제가 곤륜파의 제자였었다는 사실을 아들은 모르거든요. 손자도 제가 가고 싶다고 해서 따라온 것이고요."

"그랬구나. 근데 왜 과거의 일이었다는 듯이 말하느냐. 넌 여전히 곤륜의 제자이건만."

"……"

얼떨결에 여기까지 오기는 했지만 그는 이제 더 이상 곤륜의 제자가 아니었다. 무공을 익히지 않은 지도 엄청 오래됐고 말이다.

또한 알고 있는 무공 구결 역시 누구에게도 전수하지 않을 생각이었다. 단전을 폐해야 한다면 그럴 생각이었고.

달칵.

묘한 침묵이 내려앉았을 때 집무실의 문이 열렸다. 서진후의 연락을 받은 벽우진이 제자들을 가르치다가 온 것이었다.

벌떡!

벽우진의 등장에 자리에 앉아 있던 문중헌, 문정일 조손이 자리에서 서둘러 일어났다.

"아, 안녕하십니까."

"안녕하세요."

"앉아. 뭘 그렇게 각 잡고 있어? 편하게 앉아."

깍듯한 두 조손의 인사에 벽우진이 고개를 주억이며 손을 가볍게 흔들었다.

하지만 그런 벽우진의 모습에도 두 사람은 벽우진이 상석에 앉아서야 어정쩡하게 자리에 앉았다.

"도대체 무슨 말을 했기에 애들이 이런 반응이야? 겁이라도 줬어?"

"저희는 아무런 말도 안 했습니다."

"하지만 세간에 떠도는 말은 두 사람 다 들었겠지요."

"세간에 떠도는 말?"

벽우진의 시선이 서진후에게로 향했다.

그러자 서진후가 의미심장하게 웃었다.

"사형께서도 알고 계시지 않습니까?"

"듣긴 들었는데, 그건 너무하다고 생각하지 않아? 사람이 아니라 거의 흉신악살이 도복을 입고 있는 수준이던데."

"사형의 실력이라면 충분히 그러고도 남기는 하죠."

"뭐야?"

벽우진의 눈썹이 꿈틀거렸다. 그 모습에 문중헌, 문정일이 퍼뜩 놀라며 몸을 굳혔다.

"저희는 아니라는 걸 알고 있지 않습니까. 그리고 소문은 소문일 뿐이라는 걸 다들 알고 있을 겁니다."

"병 주고 약 주는 거냐. 그래. 속가제자였었다고?"

"예, 문중헌이라고 합니다, 장문인."

문중헌이 자리에서 일어나 다시 한번 공손히 허리를 숙였다. 항렬로 따지면 그에게 있어 사형이라고 할 수 있었지만 얼굴을 본 것은 처음이었기에 문중헌은 잔뜩 긴장한 얼굴로 입을 열었다.

"청욱이라. 속가제자였었다고?"

"그렇습니다."

"근데 왜 그렇게 긴장해 있어? 마치 남의 집에 와 있는 것처럼."

"그게……."

"이제 나이도 적지 않은데 그쯤 하면 되지 않겠어?"

문중헌은 순간 울컥했다. 묘하게 그의 속내를 꿰뚫어 보는 듯한 말에 자기도 모르게 흔들린 것이었다.

"장문인. 저는……."

"네가 죄인이면 갇혀 있던 나 역시 죄인이겠네. 사문이 망하는데 아무것도 하지 못했으니까."

"그건 불가항력이었다고 들었습니다."

"너에게도 천년마교의 공격은 불가항력이었다. 네가 고수였었나? 아니면 중원에 이름을 떨친 천재였더냐?"

벽우진의 말에 문중헌은 입을 다물 수밖에 없었다. 두 가지 중 그 어떤 것에도 그는 해당 사항이 없었으므로.

"그런데 왜 모든 책임을 너 혼자 짊어지려고 하느냐. 책임이 있다면 우리 모두에게 있다. 그리고 군자의 복수는 십 년이 지나도 늦지 않다고 했다. 즉 그 마음을 가슴에 품고 노력하는 게 중요하다는 거다. 포기하는 게 아니라. 넌 포기했느냐?"

"……잊지 않았습니다. 아니, 절대 잊을 수 없습니다."

문중헌의 입에서 스산한 목소리가 흘러나왔다.

북풍한설보다 더 차갑고 서늘한 냉기가 올올이 피워 올랐다. 평생을 죄책감에 시달린 만큼 그의 복수심 역시 수십 년 동안 쌓였다.

"그럼 복수를 해야 하지 않겠느냐?"

"저에게 그럴 자격이 있을까요?"

"내가 허락하마. 곤륜파의 장문인인 내가. 너는 잘못하지 않았고, 오히려 잘 버텨주었다. 고마운 건 나다."

주르륵.

충혈된 눈에서 결국 눈물이 재차 흘러나왔다.

그런데 옆에 잠자코 앉아서 듣고 있던 문정일의 눈시울이 붉어져 있었다. 감수성이 풍부한 것인지 울컥한 표정이었다.

"감사합니다. 감사합니다, 장문인."

"그 말은 내가 하고 싶구나. 나야말로 와주어서 고맙다. 그리고 잘 왔다."

끝내 문중헌이 엎드렸다. 다시금 눈물샘이 폭발한 것이었다.

○

곤륜파의 분위기가 점차 밝아졌다. 문중헌을 시작으로 정마대전 당시 살아남았지만 반쯤 숨어 지내던 곤륜파의 제자들이 하나둘 모습을 드러냈던 것이다.

대부분이 속가제자들이었지만 문제는 따로 있었다.

툭. 툭. 툭.

비밀리에 마련된 비청단주의 집무실에 혼자 앉은 서진후가 딱딱하게 굳은 얼굴로 책상을 두드렸다. 그런 그의 시선은 책상 위의 보고서에 향해 있었다.

곤륜파의 제자들이 찾아오는 건 너무나 좋은 일이었다. 한데 문제는 곤륜파의 명성이 높아지자 그걸 사칭하는 이들이 있다는 점이었다.

"이유도 가지가지로군. 단전이 전폐되었다, 아버지가 곤륜파의 속가제자였다. 그래서 수박 겉핥기식으로밖에 배우지 못했다."

곤륜파가 잘 나가자 콩고물이라도 주워 먹고자 찾아왔다는 게 너무나 빤히 보였다.

하지만 그럼에도 서진후로서는 확인할 수밖에 없었다. 진짜 곤륜파와 맥이 이어진 이들도 있을 수 있어서였다.

"청욱이 같은 경우면 얼마나 좋을까."

속가제자이지만 사교성 넘치는 성격으로 서진후는 같은 항 렬의 제자들을 거의 다 알고 있었다.

무공에 큰 자질은 없지만 대신 그는 뛰어난 기억력을 부모 님께 물려받았고, 덕분에 거의 대부분의 사형제들을 기억했 다. 그래서 세월이 많이 지났음에도 문중헌을 단번에 기억해 낸 것이기도 했고.

"사기꾼들이 이렇게나 많아서야."

사문의 명성이 높아지는 건 기꺼운 일이지만 그만큼 골치 아픈 일들도 많았다. 별의별 놈들이 죄다 모여들어서였다.

"비청단이 없었다면. 어후. 생각만 해도 끔찍하네."

그나마 다행인 건 비청단이 어느 정도 자리를 잡았다는 점 이었다.

적어도 청해성만큼은 개방 못지않은 정보망을 구축했고, 그 외의 지역은 하오문이나 개방에 도움을 청하면 되었기에 현재까지는 큰 문제가 발생하지 않았다.

"곤륜파의 제자인 게 확실해도 한 번 더 확인해야 하고 말이다."

십 년이면 강산도 변한다고 했다.

근데 무려 여섯 번이 바뀔 정도의 시간이 흘렀다. 마음이 바 뀌어도 수십 번은 바뀔 수 있는 시간이었기에 서진후는 마냥 반가워할 수만은 없었다. 적어도 한 명만은 끊임없이 의심하 고 확인해 볼 필요가 있다고 생각했다.

"그게 비청단이 존재하는 이유이기도 하고."

뒤통수를 맞는 건 이제 신물이 났다. 그렇기에 서진후는 냉정한 시선으로 청욱도 조사했다. 정착해서 살아왔다는 마을 그리고 지금까지 자신에게 했던 모든 말들도 사실인지 전부 확인했다.

누가 뭐래도 가장 무서운 적은 내부에 있는 적이었기에 서진후는 돌다리를 두드려 보는 심정으로 모든 것들을 확인했다.

"믿을 수만 있다면 인력 부족을 어느 정도는 해소할 수 있으니까."

제8장

명문대파(名門大派)

서진후가 턱을 쓰다듬었다.

안 그래도 극심한 인력 부족에 시달리고 있는 게 현재의 곤륜파였다. 장로는 단둘뿐이고 호법들이 있다고 하나 문파 내부의 일에는 일절 신경 쓰지 않았다. 그나마 있던 약간의 관심도 제자를 들이고 나서는 아예 사라졌다.

"가장 중요한 부분이 신뢰할 수 있느냐, 없느냐였으니까."

오죽했으면 한동안 문파 내 안살림을 서예지가 도맡아서 했을 정도였다.

지금은 그가 비청단을 관리하면서 그 몫을 이어받기는 했지만 단 세 명이서 대문파를 이끌어간다는 건 어불성설이었다.

똑똑똑.

"접니다, 청범 사형."

"들어와."

문이 열리고 문중헌이 방 안으로 들어왔다.

그런데 그의 모습이 처음 봤을 때와 사뭇 달랐다. 잔뜩 굽어 있던 등은 꼿꼿이 세워져 있었고 비쩍 말라 있던 몸에도 살이 어느 정도 붙은 모습이었다.

"부르셨다고 들었습니다."

"몇 가지 물어볼 게 있어서. 그런데 살 좀 찌니까 정말 보기 좋다. 진즉에 그러지 그랬어."

"밥이 잘 넘어가질 않아서요."

"운기행공은?"

서진후가 자리에서 일어나 문중헌에게 자리를 권하며 그 앞에 앉았다.

그런데 그의 말에 문중헌이 머쓱하게 웃었다.

"꾸준히 하고는 있습니다만……."

"쉽지 않지? 혈맥은 다 굳었고, 몸 상태도 예전과는 비교할 수 없고."

"맞습니다."

"그래도 포기하지 말고 꾸준히 해야 해. 나나 두 사형이 네가 고수가 되길 바라는 게 아니야. 그저 사문의 무공을 익히고, 오래 살아주었으면 해서 자꾸 잔소리하는 거지."

"잔소리라고 생각하지 않습니다."

문중헌이 고개를 저었다.

오히려 그는 이렇게 말해준다는 것 자체가 기뻤다. 이런 말도 다 관심이 있고 애정이 있기에 하는 소리라는 걸 잘 알아서였다.

"그렇게 생각해 주면 고맙고. 생활은 좀 어때?"

"적응이 안 되기는 하지만, 좋습니다. 일단 마음이 편합니다."

"그건 다행이네. 근데 왜 적응이 안 돼? 구조는 예전이랑 똑같은데. 새로 지었을 뿐이지 모든 게 똑같은데 말이지. 딱 하나 다른 점이 있다면 사람이 없다는 것뿐."

"너무 오랜만이라서 그런 것 같습니다."

"하긴. 59년의 세월이 짧지는 않지."

평범한 촌부라면 진즉에 죽었어도 이상하지 않을 세월이었다. 무인이라고 해서 꼭 오래 사는 것만은 아니었고. 전쟁이나 문파 간의 분쟁으로 인해 일반 양민보다도 더 이른 나이에 죽는 경우도 허다했다.

"엄청 긴 시간이지요. 그리고 장문인께 머무는 걸 허락받기는 했으나 계속 머물러 있을 수만은 없는 일이라."

"돌아가려느냐?"

"저야 눈칫밥을 먹더라도 이곳에 머물 수 있지만 손자 녀석은 아니니까요."

"들리는 말에 의하면 본 파에 관심이 많은 것 같던데? 속가 제자들이 수련하는 것도 자주 지켜보고."

"아무래도 비슷한 또래들이니까요. 본산제자들도 마찬가지고."

그리 작지 않은 마을이다 보니 또래가 있기는 해도 이곳처럼 많지는 않았다. 게다가 제대로 된 무인을 처음 본 것이나 마찬가지였기에 문정일은 하루가 멀다 하고 곤륜파 경내를 쏘다니고 있었다.

"일단 너는 머물고 싶다 이거지?"

"장문인께서 허락하신다면요."

"그럼 이참에 일을 해보는 건 어때? 사문을 위해서."

"일이요?"

문중헌이 두 눈을 동그랗게 떴다. 생각지도 못한 제안에 당황한 것이었다.

"일이라고 해서 대단한 건 아니야. 나나 청민 사형을 보조하는 정도? 너도 며칠 지내봐서 알겠지만 현재 본 파에 사람이 없는 건 알고 있지?"

"예."

"그래서 나는 네가 그 부분을 좀 도와주었으면 해. 싫으면 어쩔 수 없고. 강요하지는 않아."

"어……."

문중헌의 얼굴에 당혹스러운 기색이 떠올랐다.

놀람과 부담이 뒤섞인 듯한 그의 표정에 서진후가 웃으며 말을 이었다.

"부담은 갖지 말고. 그냥 네 의중을 물어보는 거니까."

"제가 맡아도 될까요?"

"비중 있거나 중요한 일을 맡기는 게 아냐. 간단하면서도 자잘한 일이지. 아직 모르는 것투성이일 텐데 우리가 어려운 일을 맡기겠어?"

"보조 정도면 가능할 것 같습니다."

문중헌이 눈을 빛냈다. 많이 늦었지만 사문에 조금이라도 힘을 보탤 수 있다는 생각에 그는 길게 고민하지 않았다.

"고맙다."

"아닙니다. 오히려 저에게 이런 말씀을 해주셔서 감사합니다."

"근데 업무를 보면서도 수련을 게을리하면 안 돼. 개인 수련은 기본이야."

"물론입니다. 더욱 열심히 하겠습니다."

다부진 얼굴로 대답하는 문중헌의 모습에 서진후가 빙그레 웃었다. 이제야 청욱이라는 도명을 하사받은 이다웠다.

"아, 정일이의 마음은 어떤 거 같아?"

"정일이요?"

"응, 너희 둘만 괜찮다면 곤륜파의 무공을 가르치는 것도 나쁘지 않은 거 같은데. 청류 사형도 자질이 상당하다고 하셨고. 마른 체형이지만 강골이라던데."

"장문인께서 그리 말씀하셨습니까?"

문중헌의 두 눈이 크게 뜨여졌다. 다른 이도 아니고 안목이 뛰어나기로 소문난 벽우진이 손자의 자질을 높게 평가하자 놀란 것이었다.

"응, 근데 당사자가 싫어하면 별수 없지. 말을 냇가에 데려갈 수는 있어도 물을 억지로 먹일 수는 없으니."

"제가 보기에 관심은 있는 것 같습니다. 다만 먼저 말을 꺼내지 못하는 것 같습니다."

"그럼 네가 한번 가르쳐 봐. 기본기 정도는 너도 수련하면서 가르칠 수 있잖아?"

"그래도 되겠습니까?"

아무리 기본공이라고 해도 모든 무공은 문파의 것이었다. 때문에 문중헌이 조심스럽게 물었다.

"내가 허락한 것이면 문제가 되겠지만 장문인께서 허락하셨으니 마음 편히 가르쳐도 돼."

"아!"

"잘 가르쳐 봐. 내가 보기에도 근골은 좋아 보였으니까."

"감사합니다, 사형."

"나한테 고마워할 것은 없고. 그럼 이제 네가 앞으로 할 일에 대해서 이야기를 나눠보자."

문정일에 대한 것을 마무리 지으며 서진후가 본격적으로 업무에 대해서 말을 시작했다.

그러자 문중헌의 눈빛 역시 진지해졌다. 사문에 관한 일인만큼 허투루 들을 수는 없어서였다.

"흐읍!"

"좀만 더 참아!"

"꼴찌는 뒷간 청소다!"

이른 아침부터 연무장이 소란스러웠다. 본산제자들은 물론이고 속가제자들도 전부 모여 몸을 단련하는 중이었다.

그런데 연무장의 한쪽에서 문정일이 묘한 눈으로 그 모습을 지켜보고 있었다.

"되게 열심히 하네."

기마 자세나 달리기 등 곤륜파의 제자들은 별거 아닌 단련을 엄청난 집중력으로 소화하고 있었다.

어디에서도 장난기를 찾기 힘들 정도로 진지하게 훈련에 임하는 모습에 문정일은 미간을 좁혔다. 쓸데없이 너무 진지한 것 같아서였다.

"우와."

그러다가 서예지를 발견하고는 눈을 초롱초롱하게 빛냈다.

집에서 곤륜산까지 오면서 숱한 마을과 도시를 가로질렀지만 그의 짧은 인생에서 최고의 미녀를 꼽으라고 하면 그는 주저 없이 서예지를 선택할 터였다.

그 정도로 서예지의 미모는 압도적이었다. 심대혜도 미인이었지만 서예지 앞에서는 빛을 잃었다.

"괜히 청해일미라 불리는 게 아니네. 아, 요즘에는 검봉이라는 별호로 불린다고 했던가?"

문정일이 중얼거리며 얼굴을 붉혔다. 자신 쪽에는 시선도 주지 않지만 이상하게 바라보는 것만으로도 얼굴이 붉어졌다.

"자세 흐트러지지 않게! 곧고 올바르게!"

"예!"

심지어 서예지는 양일우와 함께 가장 앞에서 솔선수범했다.

남자들이 대제자라 할 수 있는 양일우를 따른다면 소녀들과 여아들은 전부 다 초롱초롱한 눈으로 서예지를 따랐다. 그것도 대여섯 살이나 될 법한 아이들이 작은 검을 들고서 말이다.

"우리도 뒤질 수 없지!"

"물론이에요!"

"차합!"

마지막 세 번째 무리는 심대현이 이끌고 있었다.

권장지각에 재능이 있는 아이들을 모아서 진구의 제자들과 함께 힘차게 주먹을 내질렀다. 나름 분류를 해서 효율적으로 수련하는 것이었다.

"헤에."

이제 열 살이나 되었을 법한 형제 두 명이 엄청난 열의를 뿜어내며 수련에 매진했다. 진짜 수련하다가 죽을 것처럼 말이다.

그게 문정일은 신기하면서도 놀라웠다. 마을의 꼬맹이들과는 너무나 다른 모습이었기에 사실 보고 있음에도 믿기지가 않았다.

"저게 명문대파의 모습인가."

"많이 신기해?"

"히익!"

편하게 땅바닥에 엎어져서 구경을 하던 문정일이 대경실색하며 몸을 일으켰다. 갑자기 옆에서 들려오는 음성에 깜짝 놀란 것이었다.

"아, 미안. 내가 너무 기척 없이 왔나?"

"자, 장문인!"

놀라서 옆으로 몸을 훌쩍 날린 문정일의 두 눈이 화등잔만 하게 커졌다. 다른 사람도 아니고 벽우진이 방금 그가 엎드려 있던 자리 바로 옆에 쪼그려 앉아 있어서였다.

"그래도 내 얼굴은 기억하나 보네."

"아, 안녕하십니까!"

"너무 크게 인사할 거 없어. 왜 쓸데없이 인사에 기합을 넣어? 나 아직 정정하니까 작게 말해도 다 들려."

"죄송합니다."

"여기서 뭐 하고 있었어?"

"구경하고 있었어요. 오전 수련은 봐도 된다고 해서…… 혹시 안 되는 거였나요?"

자리에서 벌떡 일어난 문정일이 벽우진의 눈치를 살폈다. 혹시나 자신이 실수한 것은 아닐까 싶어서였다.

"안 될 게 뭐 있어. 본 파의 비전무공을 수련하는 거라면 모를까 그냥 단체 훈련하는 건데. 근데 애들 구경하는 걸 보면 무공에 관심이 좀 있나 봐?"

벽우진이 은근한 어조로 말했다.

청욱의 손자라서 한 말이 아니라 문정일의 근골은 나쁘지 않았다. 지금은 제대로 먹지 못해 비쩍 마른 꼴이지만 살이 좀 오른다면 다른 이들도 알아볼 터였다. 게다가 혼자서 조부를 모시고 먼 길을 올 정도로 효심이 깊기도 했고.

"관심은 있는데요. 제 주제에 관심을 가져도 되나 싶기도 하고……."

"네 주제가 어때서?"

점점 더 작아지는 문정일의 목소리에 벽우진이 피식 웃으며 말했다.

신분제가 존재하는 세상이지만 무림은 조금 달랐다. 힘이 있으면 타고난 신분도 얼마든지 뒤집을 수 있었다. 그래서 본래의 신분을 감추고 무인이 된 이들도 적지 않았다.

"어, 저는 농사꾼의 아들인데요."

"내 제자들은 눈 색깔이 다른 혼혈들도 있고, 땅꾼의 자식도 있는데?"

"……."

문정일이 눈을 끔뻑거렸다. 그러고 보니 아무리 변방이라는 청해성이라고 하지만 제자들의 구성이 상당히 다양했다.

"게다가 조부가 곤륜의 제자인데 무슨 자격 타령이야?"

"음……."

철이 들었다고는 하지만 그래 봤자 열다섯 살 소년이었다. 그렇기에 문정일은 벽우진의 눈치를 살피며 섣불리 입을 열지 않았다.

"제일 중요한 건 네 마음이야. 네가 하고 싶은 걸 찾아야 해. 물론 주변 환경이 그걸 허락하지 않을 수도 있겠지. 하지만 적어도 네 마음이 말하는 걸 모른 채 다른 사람이 시키는 대로 살아가지는 마. 언제나 네 마음에 귀를 기울여야 해. 이왕 태어난 거, 네가 진짜로 원하는 걸 하면서 사는 게 좋지 않겠어?"

"예에."

"뭐, 그래도 신중한 건 마음에 드네. 다짜고짜 무공을 가르쳐 달라고 매달리지 않는 점은."

"보통은 장문인께 그러지 못할 것 같은데요."

"있더라고. 얼굴 두꺼운 사람들이 은근히 많아."

무당파에서 열렸던 용봉회를 떠올리며 벽우진이 고개를 저었다.

그때는 정말 난감하다 못해 짜증이 났었다. 이해가 안 가는 건 아니지만 그래도 불편한 건 사실이었다.

"저기요."

"하고 싶은 말 있으면 해. 사내대장부가 할 말은 하고 살아야지."

"한 가지 궁금한 게 있어서요. 왜들 저렇게 열심히 하는 거예요? 꼬마 애들도 집중력이 장난 아니던데요."

문정일이 조심스럽게 질문했다. 지켜볼수록 계속 커져가는 의문을 벽우진에게 물었던 것이다.

"너도 느껴서 묻는 거겠지만 거기에는 다 이유가 있지."

"이유요?"

벽우진이 몸을 일으켰다. 그러고는 쪼그려 앉는 바람에 흙먼지가 묻은 장포의 끝자락을 손바닥으로 팡팡 털었다.

"응, 눈앞에서 사형제들을 잃었거든. 그게 본인의 잘못은 아니지만, 스스로를 탓할 수밖에 없는 게 또 인간이기도 하니까."

"아……."

"다시는 사랑하는 사람을 잃고 싶지 않아서 저렇게 처절하게 수련하는 거다. 다른 이유 때문에 그러는 아이도 있고. 하지만 모두가 똑같이 가슴속에 품고 있는 건 있지."

"그게 무엇인가요?"

별거 아닌 말임에도 왠지 모르게 가슴을 울리는 한 마디 한 마디에 문정일이 자기도 모르게 물었다. 시선은 여전히 기초 체력을 단련하는 제자들에게 향한 채로 말이다.

"각오. 우리 애들이 다른 문파보다 빠르게 성장하는 이유는 별거 없어. 강해져야 한다는 분명한 이유가 있고, 그게 각오로 이어졌기에 눈부신 성장세를 보여주는 거지."

꿀꺽!

"그러니 너도 한번 진지하게 생각해 봐. 그런 각오가 있는지. 어쭙잖게 달려들면 어중간한 수준밖에 안 돼."

"명심하겠습니다."

마른침을 삼키던 문정일이 방금 전과는 다른 얼굴로 대답했다.

그런 그의 얼굴에는 복잡한 심사가 고스란히 담겨 있었다. 단순히 무인이 되고 싶어서, 협객이 되고자 무공을 가르쳐 달라고 하는 게 얼마나 철없는 행동인지 깨달은 것이었다.

"뭐, 지금 네 나이는 아무 생각 없이 놀아도 되는 시기이기도 하지만 말이지."

"저희 동네에서는 열일곱에 장가가는 형들도 있는데요?"

"그럼 뭐 해. 네가 간 게 아닌데."

"에헤헤헤."

"배고프면 식당에 가서 간식이라도 달라고 해. 너는 지금 한창 먹을 때니까. 지금 많이 먹어야 키도 큰다. 알지? 남자에게 있어 키는 무엇보다 중요해."

벽우진이 히죽 웃으며 말하고는 뒷짐을 지고서 휘적휘적 걸어갔다.

마치 동네 한량이 연상되는 그 모습에 문정일은 실소를 흘렸다. 저 모습만 보면 누구도 패선이라고 생각하지 못할 것 같아서였다.

◯

무겁고 처연한 분위기가 방 안을 가득 채우고 있었다.

큼지막한 원탁에는 산해진미라는 말이 절로 나올 정도로 온갖 먹음직스러운 음식들이 잔뜩 차려져 있었지만 가족들 중 누구 하나 선뜻 수저를 들지 않았다.

대신 숙연한 얼굴로 빈자리를 멍하니 쳐다봤다. 주인 없이 수저하고 앞 접시만 덩그러니 있는 그 자리를 말이다.

"크흑!"

멍하니 빈자리를 쳐다보던 중년 여인이 끝내 울음을 터뜨렸다.

집안의 안주인이라고 할 수 있는 그녀의 울음소리에 가장인 중년인이 딱딱하게 굳은 얼굴로 두 눈을 감았다. 부인이 어떤 심정인지 그는 너무나 잘 이해할 수 있어서였다.

"하아."

그러나 입 밖으로 나오는 것은 깊은 한숨뿐이었다.

아내가 아들을 잃은 것처럼 그 역시 아들을 가슴속에 묻었다. 그렇기에 그는 부인에게 아무런 말도 해줄 수 없었다. 위로를 받아야 하는 건 그 역시 마찬가지였다.

"그렇게 좋아하던 잉어찜이 여기 있는데……."

김이 모락모락 올라오는 잉어찜을 보자 중년 여인은 다시금 슬픔이 복받쳤다.

살아생전 그렇게나 셋째 아들이 좋아하던 음식이 바로 이 잉어찜이었다. 하루 종일 잉어찜만 먹을 정도로 말이다. 그런데 그 잉어찜이 앞에 있는데 아들은 없었다.

"여보."

"크흐흐흑!"

"……먹자."

자신의 말을 전혀 듣지 못하는 듯한 부인의 모습에 중년인이 결국 고개를 저었다.

그러고는 젓가락을 들었다.

죽은 사람은 죽은 사람이고, 산 사람은 산 사람이었다. 죽은 아들을 기억하며 살아가면 되었다.

똑똑똑.

자고로 음식은 식기 전에 따뜻할 때 먹어야 제맛을 느낄 수 있는 법이었다.

더구나 그와 자식들 모두 주방에서 일을 하는 숙수였기에 잠시간의 묵념 후 식사를 시작했다.

한데 그때 누군가가 문을 두드리는 소리가 들렸다.

"누구지? 찾아올 사람이 없는데……."

갑자기 들려오는 소리에 첫째가 자리에서 일어났다. 셋째의 기일이기에 오늘은 장사도 하지 않는데 집으로 누군가가 찾아오자 그는 고개를 갸웃거리며 마당으로 걸어갔다.

"우리는 먹자."

"예."

첫째가 나가는 것을 확인하며 중년인이 재차 입을 열었다. 그러면서도 그는 연신 자신의 부인을 살폈다.

아무리 슬퍼도 밥을 먹어야 울 기력도 생기는 법이었다. 그래서 그는 부인의 앞 접시에 음식을 조금씩 덜었다.

"흐허업!"

그때 마당 쪽에서 기함이 들려왔다. 깜짝 놀란 듯한 첫째의 괴성이 방 안까지 전해졌던 것이다.

"웅? 형 목소리 같은데요?"

"왜 그러지?"

그 소리에 원탁에 앉아 있던 모두가 마당 쪽으로 고개를 돌렸다.

막내며느리는 슬그머니 일어나 창문을 열었다. 창문을 통해 마당을 살펴보려는 것이었다.

"에구머니나!"

"왜 그러느냐, 아가?"

창문을 열었던 막내며느리가 화들짝 놀라자 중년인이 의아한 표정을 지었다. 도대체 왜들 그렇게 놀라나 의문이 들었던 것이다.

　"자, 자……!"

　"대체 누군데 그러는 것이냐?"

　"흑흑흑!"

　옆에 앉은 아내는 여전히 울고 있고 막내며느리는 말을 제대로 잇지 못하자 중년인이 미간을 좁혔다.

　그러자 지켜보던 둘째 아들도 고개를 갸웃거렸다.

　달칵!

　"아버지! 아버지!"

　그 순간 방문이 열렸다. 마당에 나갔던 첫째가 헐레벌떡 뛰어온 것이었다.

　한데 그의 얼굴이 이상할 정도로 상기되어 있었다.

　"도대체 무슨 일이냐?"

　"자, 장문인께서. 곤륜파의 장문인께서 찾아오셨습니다!"

　"뭐, 뭐야?"

　중년인이 자리에서 벌떡 일어났다.

　하지만 그건 그뿐만이 아니었다. 둘째 아들은 물론이고 둘째 며느리, 막내아들도 믿을 수 없다는 얼굴로 자리에서 벌떡 일어났다.

　저벅저벅.

　그리고 그때 발소리가 점점 가까워졌다.

동시에 모두가 옷매무시를 가다듬었다.

"오랜만입니다. 그간 잘 지내셨는지요."

"자자자, 장문인!"

황급히 옷매무시를 가다듬던 중년인이 믿을 수 없다는 표정으로 벽우진을 쳐다봤다. 입가에는 방금 먹은 소채볶음의 양념이 고스란히 묻어 있었지만 중년인은 그걸 전혀 알아차리지 못했다. 그 정도로 놀란 것이었다.

"아, 안녕하세요!"

그리고 그건 다른 이라고 해서 다르지 않았다.

중년 여인을 제외한 모두가 파도를 타듯이 벽우진을 향해 고개를 숙였다.

"이거 너무 지나치게 환대해 주시는 것 같은데요. 주인공은 제가 아닌 걸로 알고 있습니다만."

"어?"

뒤늦게 벽우진이 찾아왔다는 사실을 알아차린 중년 여인의 동공이 크게 확대됐다. 설마하니 벽우진이 이렇게 직접 찾아오리라고는 정말 꿈에서도 상상하지 못했었기에 중년 여인은 두 눈을 휘둥그레 뜬 채로 굳어버렸다.

"하삼이의 생일인데 얼굴은 비춰야 할 것 같아서요. 오랜만에 인사도 드릴 겸."

벽우진이 담담한 목소리로 입을 열었다.

그런 그의 음성에는 슬픔이 짙게 서려 있었다. 시간이 제법 지났음에도 벽우진은 장하삼을 잊지 않았던 것이다.

그게 가족들에게는 너무나 큰 울림을 주었다.

"장문인……."

"두 분만큼은 아니지만 저에게도 하삼이는 소중한 제자였습니다. 또한 곤륜의 아이였고요. 생일상에 찾아올 자격 정도는 있지 않습니까? 하하하."

"물론입니다. 아가야. 의자 하나 가져오너라."

중년인이 황급히 정신을 차리며 막내며느리에게 말했다. 손님을 이대로 세워둘 수는 없어서였다. 게다가 그냥 손님도 아니고 패선이었다.

"아닙니다. 잠시 들른 것뿐입니다. 가족분들께 불편을 드릴 생각은 없습니다."

"아니, 그래도……."

고개를 젓는 벽우진의 모습에 중년인이 어쩔 줄을 몰라 했다. 그래도 손님인데 이렇게 세워두는 건 아니라는 생각이 들어서였다.

하지만 벽우진은 단호했다.

"정말 괜찮습니다. 가족분들께 인사도 드리고 이걸 전해 드리려고 왔습니다."

"그래도 식사는 하시고 가시는 게 어떻습니까? 이렇게 손님을 보내는 건 아무리 생각해도 예의가 아닌 것 같아서요. 더구나 하삼이 때문에 오셨는데요."

장하삼의 부친이 이건 정말 아니라는 듯한 얼굴로 조심스럽게 입을 열었다.

그러나 벽우진은 옅게 웃으며 고개를 저었다.

"하삼이가 가족들과 시간을 보냈으면 해서요. 또한 이 자리는 제게 허락된 자리도 아니고요."

스윽.

말을 마친 벽우진이 손에 들고 있던 작은 무언가를 중년인에게 건넸다. 비단으로 감싸인 길쭉한 물건에 중년인이 두 눈을 끔뻑거렸다.

"하삼이에게 주려고 했던 선물입니다. 아버님께서 대신 받아주시지요."

"예?"

"그럼."

당황한 중년인에게 벽우진은 정중히 인사한 후 몸을 돌렸다.

그 모습에 중년인이 다급하게 손을 뻗었지만 벽우진의 모습은 이내 사라진 뒤였다.

말 그대로 바람처럼 사라진 모습에 중년인은 물론이고 가족들 모두가 어안이 벙벙한 표정을 지었다.

만약 벽우진이 건네주고 간 물건이 없었더라면 다들 똑같은 꿈을 꾸지 않았나 싶을 정도였다.

"소문과는 진짜 다르네요."

"그러니까요. 역시 소문은 믿을 게 못 되는 것 같습니다."

벽우진이 서 있던 자리를 멍하니 쳐다보며 첫째 아들과 둘째 아들이 입을 열었다. 둘 다 벽우진이 직접 찾아올 줄은 몰랐기에 여전히 놀란 기색이었다.

"뭐, 나야 곤륜산에서 뵈었을 때 그런 걸 느끼긴 했지만."

"무슨 소리. 그날 형 욕 엄청 했잖아. 곤륜파 때문에 셋째가 죽었다고."

"커험!"

둘째의 말에 첫째가 헛기침을 했다. 사실이기에 딱히 할 변명거리가 없어서였다.

"셋째를 아직도 기억하고 계실 줄이야……."

"한번 열어봐요. 장문인께서 직접 가져오신 건데."

어느 정도 감정을 추슬렀는지 아내가 소매로 눈가를 슥슥 비비며 다가왔다.

그러자 중년인이 조심스럽게 비단을 벗겨냈다.

"이건……."

"검이네요. 근데 새것 같은데요?"

고급스러운 비단에 감싸여 있던 물건은 바로 검이었다. 그것도 한 번도 사용하지 않은 새 검의 모습에 중년인이 두 눈을 감았다. 무슨 의미로 벽우진이 이 검을 주었는지 그는 알 수 있었던 것이다.

"근데 조금 해괴망측하지 않아요? 곤륜파의 속가제자가 되어서 돌아가셨는데."

갑자기 내려앉은 적막에 막내며느리가 눈살을 찌푸리며 말했다. 굳이 저 검을 가져왔어야 했나 싶어서였다. 이제 겨우 잊어가는 시점에서 말이다.

"아니, 그렇지 않다. 오히려 감사하지. 장문인께서 이 검을 주고 간 이유는 하삼이를 잊지 않겠다는 뜻이니까. 더구나 장문인께서 직접 오시지 않았더냐. 큰일을 하시는 분이신데.”

산골 마을에서는 그야말로 살아 있는 신선처럼 생각하는 이가 벽우진이었다. 무인들이야 두말할 필요가 없었고. 특히 청해성에서 벽우진이 가지는 위상은 감히 말로 표현할 수 없을 정도였다.

“잊지 않겠다……”

“어떻게 보면 약속을 하고 가신 게지.”

“하삼아.”

장하삼의 모친이 벽우진이 주고 간 검을 두 손으로 받았다. 그러고는 죽은 아들을 껴안듯이 소중히 검을 품 안에 안았다.

서진후가 집무실의 문을 두드렸다.

하지만 평소와 달리 안쪽에서 들려오는 음성은 없었다. 평소에는 귀신같이 그가 온 것을 알아차렸는데 말이다.

“기척이야 늘 없었고.”

시간을 두고서 두 번 두드린 후 서진후가 방문을 열었다. 그러자 역시나 비어 있는 방 안의 풍경이 그의 눈에 들어왔다.

“어디 가신다는 말은 없었는데.”

곤륜파의 장문인이 사용하는 집무실답지 않게 방 안은 단출했다. 책상과 의자, 그리고 몇 개의 책장이 전부였다.

정말 딱 필요한 것만 있는 집무실의 풍경에 서진후는 실소를 흘리고는 평소 벽우진이 업무를 보는 가장 안쪽의 책상으로 다가갔다.

"하삼이네 가셨구나."

책상 위에는 마치 그가 방문할 것을 예상했다는 듯이 작은 쪽지 하나가 있었다. 그에게 남긴 벽우진의 글이 있었던 것이다.

"거리가 상당할 텐데. 하긴, 어검비행으로 가면 성도도 금방이니까."

다른 사람이라면 말을 타고 며칠을 갈 거리도 벽우진은 하루도 안 걸려 갈 수 있었다. 어검비행술을 펼치면 거리는 무의미해졌던 것이다.

"의외로 정이 많으시다니까."

서진후가 쪽지를 내려놓으며 피식 웃었다.

세간에 알려진 것과 달리 벽우진은 의외로 다정한 사람이었다. 오만한 성격도 틀린 건 아니었지만 정이 많은 것 또한 사실이었다. 그렇기에 죽은 속가제자들의 생일을 일일이 챙기는 것이었고.

"사실 그 어느 문파도 일개 속가제자에게 이런 신경을 쓰지는 않지."

대문파는 괜히 대문파가 아니었다. 규모도 규모지만 관련되어 있는 사람들 역시 많았다. 본산제자들도 많았으며 속가제자들은 그 몇 배나 되었다. 그런 만큼 장문인씩이나 되는 사람이 속가제자들을 일일이 안다는 건 불가능했다.

"아직 우리는 규모가 그리 크지 않다고 하지만, 그렇다고 쉬운 일은 아니니까."

벽우진은 달랑 서신이나 서찰을 써서 보내는 게 아니었다. 어쩔 수 없는 경우에만 그렇게 하고 보통은 자신이 직접 움직였다. 그래서 지금도 자리를 비운 것이었고.

하지만 그게 서진후는 싫지 않았다. 그만큼 한 명, 한 명을 소중히 대한다는 것이었기 때문이다.

"요 정도 인간미는 있어야 사람이지."

가끔 서진후는 물론이고 청민도 문득 걱정이 될 때가 있었다. 어느 날 갑자기 벽우진이 떠나지는 않을까 싶어서였다.

죽음이 아니라 우화등선하지 않을까 하는 생각에 그와 청민은 자다가도 벌떡 일어나는 경우가 적지 않았다.

"그나저나 이런 미담들이 좀 알려져야 사형의 괴상한 소문도 좀 잠잠해질 텐데."

자리를 비운 만큼 어마어마한 양의 서류가 책상에 쌓이겠지만 이런 일이라면 괜찮았다. 농땡이를 피우는 것도 아니고 속가제자와 유가족들을 위해서 하는 것이었으니까. 오히려 벽우진의 방문에 감격해하는 이들이 대부분일 터였다.

"이제는 기틀도 어느 정도 잡혔으니까."

곤륜파의 후예라는 걸 사칭하는 이들이 대부분이었지만 그중에는 진짜도 있었다. 그렇기에 현재 곤륜파는 극심한 인력 부족에서 조금은 벗어난 상태였다.

거기다 호법들 역시 제자들을 거두었고, 속가제자들도 하루가 다르게 성장하고 있었기에 서진후는 밥을 먹지 않아도 배가 불렀다. 점차 성장하는 곤륜파를 보자 든든했던 것이다.

"내 제자들도 잘 크고 있고."

무공에 늦게 입문했지만 어차피 그는 제자들에게 무력적으로 큰 기대를 걸고 있지는 않았다. 애초에 충성심을 보고 뽑기도 했고, 곤륜파의 무력을 대표할 이들은 따로 있었다. 그런만큼 그는 무공의 성취에 대해서는 크게 독촉하지 않는 중이었다.

똑똑똑.

"사부님. 저 예지입니다."

"사형은 안 계신다."

"……할아버지세요?"

"내가 주인은 아니지만, 들어오너라."

문이 열리며 놀란 표정의 서예지가 집무실 안으로 들어왔다. 그러다가 이내 벽우진이 없는 걸 확인하고는 두 눈을 동그랗게 떴다.

"사부님은 어디 가신 건가요?"

"하삼이네 집에 가신 듯하다."

"아."

벽우진이 남긴 쪽지를 서진후가 손가락으로 집어 살랑살랑 흔들었다.

그러자 서예지가 고개를 주억거렸다. 속가제자들의 신상에 대해서 벽우진이 따로 조사했었음을 알기에 왜 갔는지 바로 이해한 것이었다.

"너도 알고 있었느냐?"

"대막에서 돌아온 이후에도 외출이 잦으셨으니까요."

"일단 앉자. 서서 대화할 필요는 없지 않느냐."

"그래도 될까요? 사부님도 안 계신데."

"사형 성격을 알지 않느냐. 이러거나 말거나 신경도 안 쓸 거다. 오늘 집무실에 들어오려나 모르겠다."

서진후가 피식 웃으며 중얼거렸다.

여러 가지 일로 바쁜 건 사실이지만 그만큼 농땡이도 잘 피우는 게 벽우진이었다. 집무실을 딱히 좋아하지도 않았고. 만약 집무실에 관심이 있었다면 이렇게 휑하지만은 않았을 터였다.

"제가 따라 드릴게요."

"이제는 삼매진화도 할 줄 알고. 우리 손녀 많이 컸네, 진짜."

"수련은 꾸준히 하고 있으니까요. 공력도 사부님의 은혜로 부족함이 없고요."

"허허허."

서진후가 흐뭇한 미소를 머금었다. 완연한 절정고수가 된 손녀의 모습이 너무나 뿌듯했던 것이다. 더구나 미모로 얻은 청해일미가 아닌 검봉으로 불린다는 사실도 그를 기쁘게 만들었다.

'우리 가문에서 검봉이라 불리는 여고수가 나올 줄이야.'

상재(商才)라면 모를까 무재(武才)를 타고난 아이는 여태껏 없었다. 그런데 아무도 가지 못했던 그 길을 서예지가 개척했기에 그는 더더욱 뿌듯했다.

"그런 은혜를 입었는데 이 정도도 못하면 그게 더 문제이지 않을까요?"

"네 말도 틀리지는 않다. 하지만 그렇다고 네 노력을 깎아내리지는 말거라. 네가 한 노력만큼은 진짜니까. 또 모두가 알고 있고."

"저만 노력하는 것도 아닌데요."

서예지가 빙그레 웃으며 조부의 찻잔에 차를 따랐다.

이윽고 깊고 그윽한 차향이 서서히 방 안을 채워나갔다.

"이렇게 단둘이 있는 것도 오랜만인 것 같구나."

"그러게요."

"예지야."

"예, 할아버지."

박자를 맞추듯 서진후와 같이 차를 들이켜던 서예지가 담담히 대답하며 조부의 눈을 쳐다봤다. 그러자 새까맣고 심유한 눈동자에 자신이 비치는 걸 볼 수 있었다.

"마음에 드는 사람은 없더냐?"

"네."

"그 많은 후기지수 중에서? 구룡도 있었는데?"

"단 한 명도 제 마음에 들어온 사람이 없었어요."

은근한 어조로 물었던 서진후가 자기도 모르게 실소를 흘렸다. 너무나 단호한 대답에 찔러볼 여지조차 없는 듯해서였다.

"우리 손녀, 알고 보니 눈이 엄청 높구나?"

"높다기보다는, 아직 제 마음을 흔드는 사람을 만나지 못한 것 같아요. 할아버지께서도, 아버지도 저에게 말씀하셨잖아요. 절대 정략결혼만은 시키지 않겠다고."

"그랬었지."

서진후는 오래전 일이 떠올랐다. 천검문의 망나니가 정말 오랜만에 기억 속에서 되살아났던 것이다.

만약 그때 벽우진이 나타나지 않았다면 청하상단은 물론이고 자신 역시 땅속에 있었을 터였다. 그때의 천검문이라면 능히 그러고도 남았으니까.

"마음에 드는 사람이 생기면 바로 말씀드릴게요. 아버지보다 먼저요."

"그건 참 마음에 드는 소리로구나. 후후!"

"전 어렸을 때부터 할아버지를 더 좋아했다는 거 알고 계시죠?"

서예지가 빙긋 웃었다.

어릴 때처럼 애교 넘치게 다가와 안기지는 않았지만 서진후는 이런 모습조차도 기꺼웠다. 무공을 익히면서 너무 차가워지는 건 아닐까 우려했었는데 다행히 그 부분은 걱정하지 않아도 될 듯했다.

'같이 어울려 지낼 사형제가 있다는 건 참 좋은 일이지.'

호적수가 있는 것도 중요했지만 이야기를 나누고 위로를 받을 수 있는 사형제 또한 필요했다. 별거 아닌 것 같지만 의외로 중요한 게 바로 심리적인 부분이었다.

"애비가 바빠서 그런 건 아니고?"

"그것도 없지 않아 있고요. 저랑 오빠와 늘 같이 놀아주신 게 할아버지시잖아요."

"시간이 참 빨리 지났어. 내 품에서 오줌을 싸던 애들이 어느새 이렇게 장성했으니."

"할아버지!"

오줌싸개 시절을 아무렇지 않게 말하는 모습에 서예지가 기겁한 표정을 지었다.

그러나 그 모습에 서진후는 오히려 웃었다.

"뭐 어떠냐. 여기에는 우리밖에 없는데."

"그래도 낮말은 새가 듣고 밤말은 쥐가 듣는다는 속담도 있는데요. 가뜩이나 요즘 애들 오감이 얼마나 예민해져 있는데!"

서예지가 미간을 좁히며 고개를 좌우로 휙휙 돌렸다.

아무래도 여름이기도 하고 환기도 시킬 겸 창문을 활짝 열어두었기에 서진후의 목소리가 새어나갈 가능성은 충분했다. 그래서 서예지는 불안한 얼굴로 주변을 연신 살폈다.

"이럴 때 보면 예전이랑 똑같은데 말이지."

"할아버지!"

"그래그래. 알았다. 농담은 이만하마. 허허허."

매서운 손녀의 눈빛에 서진후가 항복하겠다는 듯이 두 손을 들어 올려 보였다.

그런데 잠시 웃던 서진후가 묘한 눈으로 서예지를 쳐다봤다.

"무기명이기는 하지만 저는 사부님의 첫 번째 제자라고요. 저의 위신도 좀 생각해 주세요."

"녀석. 근데 예지야. 할아비가 하나 묻고 싶은 게 있는데 말이다."

"어떤 거요?"

여전히 창문을 살피며 서예지가 대답했다.

자신의 기감에 잡히는 기척은 없지만 그래도 혹시 몰랐다. 다른 아이들이라면 모르겠지만 양일우나 도일수는 그녀와 비교해도 뒤떨어지지 않는 수준이었기에 서예지는 긴장을 풀지 않았다.

"사형에게 특별한 감정을 품고 있는 건 아니지?"

"사숙이요?"

"아니, 청류 사형."

"무슨 말씀이세요."

농담처럼 청민을 거론했던 서예지가 실소를 흘렸다. 그야말로 말도 안 되는 소리를 하고 있어서였다.

"정말이지?"

"제가 어떻게 사부님께 그런 감정을 가져요. 불손하게. 전 그저 한 명의 무인으로서, 그리고 제자로서 사부님을 존경하는 것뿐이에요. 물론 사부님 때문에 눈이 높아진 것도 분명한 사실이기는 하지만요."

서예지가 웃으며 말했다. 하지만 그 목소리에는 진심이 가득했다.

"휴우. 다행이구나. 난 또 혹시나 하는 심정에."

"나이 차이가 얼마인데요. 애초에 불가능한 사랑이기도 하고요."

"사형이 여자에 관심이 전혀 없으니까. 근데 또 모르는 게 남녀 사이이기도 하고."

"걱정 마세요. 할아버지께서 걱정하는 일은 절대 없으니까요."

무엇이 그리 웃긴지 서예지가 실소를 계속 흘렸다.

그리고 서진후 역시 안도의 웃음을 흘렸다.

"근데 사형 때문에 눈이 높아졌다니 큰일이로구나. 군자검 룡도 눈에 안 차겠어."

"잘생기긴 했지만 제 취향은 아니에요."

"그래도 남궁세가면 가문은 훌륭하지. 사천당가에 따라잡히기는 했지만 그래도 천하제일가로 불리는 가문이 아니더냐."

"아까우세요?"

서예지가 웃으며 조부를 쳐다봤다. 표정을 보아하니 나름 진지하게 생각했던 듯했다.

"흠흠! 그런 말이 아니라 나쁘지 않다는 거지. 손자사위의 가문으로는."

"안타깝게도 저는 관심이 없어요."

"그래도 혼인은 현실인 거 알고 있지? 사랑과 조건을 다 봐야 하는 게 결혼이다. 둘 다 볼 수 없다면 적어도 하나는 확실해야 해."

"명심할게요."

서예지가 고개를 주억거렸다.

이런 말은 어려서부터 엄마에게서 귀에 박히도록 들었었다. 그리고 그녀 역시 동의하는 부분이기도 했고.

"사형께서 언제 오실지 모르겠네."

"저녁 먹기 전에는 돌아오시지 않을까요? 늘 그랬잖아요."

"일이 많이 밀렸는데 말이지."

"안 들어오실 수도 있겠네요. 그런 촉은 또 기가 막히시잖아요."

서진후가 입맛을 다셨다. 벽우진이라면 충분히 그러고도 남았으니까.

이윽고 서진후의 시선이 창밖으로 향했다.

　　　　　　　　　○

비호표국의 국주 유한열이 복잡한 표정으로 집무실에 앉아 있었다.

그런 그의 책상 위에는 청해성은 물론이고 인접해 있는 사천성, 감숙성에서 온 서신들이 한가득 쌓여 있었다.

"후우."

국주로서 처리해야 할 업무를 보기 힘들 정도로 그에게 온 서신들의 숫자는 상당했다. 그것도 하나같이 처리하기가 난감한 것들이었기에 유한열은 한숨이 절로 나왔다.

"표국이 커지는 것은 좋은데, 이런 건 참 힘들군. 내 선에서 할 수 있는 일이 아니니."

지금의 그조차도 함부로 하기 힘든 곳에서 온 서신들도 있었기에 유한열으로서는 난감하기 그지없었다. 결정권이 그에게 있다면 모르겠지만 그게 아니어서였다.

어떻게 보면 그는 중간에 낀 상태였다.

"국주님, 정휴입니다."

"들어오게."

정작 봐야 하는 업무에는 손도 대지 못한 채 연거푸 한숨만 내쉬던 그가 문밖에서 들려오는 대표두의 목소리에 입을 열었다.

잠시 후 말끔한 정복 차림의 정휴가 방 안으로 들어왔다.

"고르고 고른 게 그 정도입니까?"

곧은 걸음걸이로 다가온 정휴가 책상 위에 쌓여 있는 서찰들을 보며 질린 표정을 지었다.

그 역시 요즘에 질리도록 겪고 있었기에 보는 순간 무엇인지 알아차렸던 것이다.

"자네도 한눈에 알아보는군."

"국주님만큼은 아니지만, 저도 요즘 꽤나 시달리고 있거든요."

"자네에게도?"

"예. 조금 다른 청탁도 있고요."

청탁이라는 말에 유한열이 눈살을 찌푸렸다. 하지만 뭐라고 할 수가 없는 게 청탁이라는 말보다 더 잘 어울리는 표현이 없었다.

"다른 청탁?"

"대표두를 뽑을 계획이 있느냐고 물어보는 이들이 제법 많습니다."

정휴가 조심스럽게 대답했다. 아무래도 이 부분에 대해서는 그조차도 쉽게 말할 수가 없어서였다.

대표두를 임명하는 건 오로지 국주인 유한열의 권한이었기에 정휴는 그의 표정을 살폈다.

"하긴, 지금의 규모를 생각하면 대표두의 숫자가 적기는 하지. 비슷한 규모의 표국들의 경우 대표두가 적어도 여섯, 일곱 명 정도는 되니까."

"그렇습니다. 대표두 자리를 준다면 이직하겠다고 은근히 운을 띄우는 이들도 많습니다."

"하하하하."

유한열이 키득거리며 웃었다. 비호표국이 어려울 때는 시선 한 번 마주치지 않던 이들이 이제는 되레 이직하고 싶어 하자 어이가 없었던 것이다.

하지만 한편으로는 이해가 되기도 했다.

"말은 하지 않지만 아마 마 대표두도 비슷한 상황일 겁니다."

"그럴 테지. 자네를 찾는데 마 대표두라고 다를까."

"일단 저는 잘 모른다고 대답했습니다. 그게 사실이기도 하고요."

"그저 숟가락 얹을 생각만 하고 있으니."

유한열의 표정이 싸늘해졌다.

대표두의 숫자가 적다고 하지만 그렇다고 비호표국을 운영함에 있어 어렵거나 버거운 점은 없었다. 두 명의 대표두만으로도 비호표국은 충분히 잘 굴러갔다.

"저도 그게 좀 그랬습니다. 힘들 때는 그렇게도 피해 다니던 이들이 이제는 알아서 찾아오니까요."

"이런 걸 보면 참 많은 게 달라졌다는 걸 느낀다니까."

"저 역시 제가 이런 일을 겪을 줄은 몰랐습니다. 그런데 결정은 내리셨습니까?"

정휴의 시선이 다시 책상 위로 향했다. 그러자 유한열의 표정이 순식간에 어두워졌다.

"아니, 나조차도 선뜻 결정하기가 쉽지 않아서. 이래서 중간에 끼면 난감해진다니까."

"그래도 장문인께서 노하시는 것보다는 낫지 않겠습니까?"

"역시 그렇지?"

유한열의 얼굴이 자기도 모르게 고개를 주억거렸다.

아무리 버거운 곳들에서 온 서신이라지만 상대가 벽우진이라면 얘기는 달라졌다. 그 어떤 곳도 벽우진보다 무섭지는 않았다.

"길게 오래 살려면 장문인의 속마음을 헤아리는 게 가장 좋지 않을까 생각합니다. 지금의 비호표국은 어떻게 보면 장문인께서 일으켜 세우신 거나 마찬가지니까요. 물론 국주님의 역할도 상당하시지만요."

"그게 어찌 나만 잘해서 된 일인가. 정 대표두와 마 대표두, 그리고 표사들과 쟁자수들이 다 함께 잘해준 덕분이지. 물론 지분은 장문인이 가장 많이 가지고 계시지만 말이야."

"맞습니다."

"이번에 새로 표두가 된 이들은 어떤가?"

유한열이 한결 가벼워진 표정으로 물었다. 아무래도 직접적으로 표두들과 표사들을 관리하는 것은 정휴였기 때문이다.

"빠르게 적응하고 있습니다. 아무래도 다른 곳에서 영입한 게 아니라 일급표사들이 표두로 대거 올라왔기에 반발도 적습니다. 오히려 표사들의 열의가 대단합니다. 언젠가는 자신들도 표두로 진급할 수 있다는 뜻이니까요."

"외부 인사를 영입하는 것보다는 원래부터 데리고 있던 인력을 올리는 게 여러모로 좋지. 충성심도 있고."

"그렇습니다. 다만 다른 표국에 있던 이들이 많이 아쉬워한다고 들었습니다."

"그래 봤자 남이지. 우리 사람이 아니니까."

유한열이 피식 웃었다.

그들이 아쉬워하든 말든 그는 신경 쓰지 않았다. 비호표국 내의 사람이 중요하지 그밖에 있는 사람은 그에게 딱히 중요하지 않았다.

"사람이라는 게 원래 그렇지 않습니까. 떡 줄 사람은 생각도 하지 않는데 이미 받은 것처럼, 맛볼 것처럼 생각하니까요."

"쯧쯧!"

"표사들도 그렇지만 쟁자수들을 뽑을 때도 경쟁이 치열하다고 합니다. 장문인의 눈에만 들면 속가제자가 아니라 본산제자가 될 수도 있으니까요."

"일수는 특별한 경우였지. 그 후에 그렇게 간택당한 일도 없고."

곤륜파에 지원을 나갔던 적이 몇 번 있었다. 하지만 그 누구도 벽우진의 선택을 받은 이는 없었다. 심지어 신입표사들도 꽤나 많이 지원하러 갔었음에도 불구하고 말이다.

"그래도 혹시 모르니까요. 장문인의 눈에만 들면 인생 역전이지 않습니까."

"누구나 다 가능했으면 인생 역전이라는 단어도 생기지 않았겠지. 일수는 솔직히 운이 없었던 거지 누구보다 노력했던 아이니까. 어떻게 보면 그 노력이 빛을 발한 경우지."

누구보다 근면 성실하고 부지런했던 이가 도일수였다. 또한 십 년 넘게 꿈을 포기하지 않은 아이가 도일수였고. 그래서 유한열은 도일수가 벽우진의 선택을 받았을 때 누구보다 기뻐해 주고 축하해 주었다.

"맞는 말씀입니다만, 사람들은 결과만 보니까요. 운이라는 게 작용하기도 하고 말이죠. 게다가 아직 장문인께서 제자들을 그만 뽑겠다고 말한 건 아니잖습니까."

"그렇긴 하지."

"호법님들도 제자를 받고 있으니 다들 눈이 돌아갈 수밖에요."

"그래서 명단은?"

"가져왔습니다."

정휴가 품속에서 곱게 접힌 보고서를 꺼내서 책상 위에 올려놓았다. 그런데 의외로 두께가 그리 두껍지 않았다.

"백 명 정도라고 하지 않았나?"

"추가로 스무 명이 더 늘었습니다. 종이가 얇은 건 낭비를 최대한 줄이고자 빽빽하게 적어서입니다."

"나도 슬슬 노안이 오는데."

"장문인 앞에서 그런 말씀 하시면 큰일 납니다."

눈가를 비비는 유한열의 모습에 정휴가 실소를 흘렸다.

벽우진 앞에서 나이를 거론하는 건 금기나 마찬가지였다. 그렇기에 미리부터 조심해야 했다.

"에이, 설마 내가 장문인께서 계신 자리에 그러겠는가. 출발 준비는 잘 되어가고?"

"예, 다들 설레는 마음으로 기다리고 있습니다. 신입표사, 쟁 자수들 할 거 없이요."

"이번에는 좀 뽑혔으면 좋겠군. 벌써 세 번이나 갔는데 단 한 명도 선택받은 이가 없었잖아."

"몇 번 더 뽑히지 않으면 이런 유의 청탁도 사라지지 않을까요?"

정휴가 살짝 기대하는 표정으로 말했다.

이런 것도 한두 번이지 매번 쏟아지듯 들어오니 이제는 흰 머리가 생길 지경이었다. 아직 그는 장가도 가지 못했는데 말 이다.

"어쩔 수 없어. 이 일을 관두기 전까지는 앞으로도 계속 시 달릴 걸세. 자네나 나나 똑같이. 혹 곤륜파나 장문인께서 잘 못되면 모를까."

"그렇겠죠."

"예전보다는 낫지 않은가. 지금 정도면 먹고사는 데 지장이 없고. 오히려 그 어느 때보다 편하다고 볼 수 있는데. 그러니 투정은 그만 부리게."

"예."

유한열이 보고서를 펼쳤다. 마지막으로 인원을 정리하기 위해서였다.

○

오전 업무를 일찍 끝낸 후 벽우진은 집무실을 나섰다. 비호표국에서 사람들이 오는 날이었기에 마중도 나가고 확인도 할 겸 나선 것이다.

이윽고 미끄러지듯이 이동한 벽우진의 눈에 꽤 많은 인원을 안내하는 도일수가 들어왔다.

"자식, 이제는 다른 애들한테 맡겨도 된다니까."

뒷짐을 지고 있던 벽우진이 혀를 찼다.

자신의 제자 중에서는 막내지만 이제 도일수의 밑으로도 제법 많은 사제가 생겼다. 속가제자들은 물론이고 청민과 서진후의 제자들도 있었기에 벽우진은 고개를 저었다.

"이해를 못 하는 건 아니지만."

앞장서서 숙소로 안내하는 도일수의 모습을 보며 벽우진이 땅을 박찼다.

이윽고 벽우진의 신형이 도일수의 옆에 떨어졌다.

"사부님!"

"장문인!"

"아아. 잘들 지냈어?"

갑자기 나타난 벽우진이었지만 도일수나 유한열은 놀라지 않왔다. 이런 일이 자주 있었기에 크게 당황하지 않았던 것이다.

대신 뒤따르던 인원들은 하나같이 깜짝 놀란 표정을 지었다.

"저야 늘 똑같습죠. 허허허."

"대표 두 들 남기고 왜 국주가 왔어? 요즘 많이 바쁘다고 하던데."

"둘 다 일이 많아서요. 그리고 소문과 달리 막 엄청 바쁜 건 아닙니다. 또 인사를 드린 지도 좀 된 것 같아서 직접 왔습니다."

"고생했네."

공손히 인사하는 유한열에게 고개를 끄덕여 준 벽우진이 시선을 돌렸다. 유한열이 데려온 이들을 찬찬히 살펴보기 시작한 것이다.

꿀꺽!

뜬금없이 나타난 벽우진의 등장에 놀란 것도 잠시, 십 대 초반에서 이십 대 초반까지 다양한 나이대의 사람들이 하나같이 마른침을 삼켰다.

어쩌면 지금 이 순간 간택을 받을지도 몰랐기에 다들 하나같이 눈을 빛냈다. 하지만 빠르게 스쳐 지나가는 벽우진의 시선에 그들의 눈빛이 크게 흔들렸다.

"다들 기대가 큽니다."

"그래서 국주가 고생을 많이 하는 거 알고 있습니다."

"고생이라니요. 제가 당연히 해야 하는 일인데요. 그렇다고 얻는 게 없는 것도 아니고요."

"흐음."

"……이번에도 없습니까?"

유한열이 눈치를 살피며 물었다. 어째 벽우진의 반응이 시원찮은 것 같아서였다.

"한 번 본다고 아나. 내가 신도 아닌데. 좀 더 지켜봐야지."

"지켜볼 만한 아이들은 있다는 거군요."

유한열이 눈을 반짝였다. 적어도 기준에 근접한 아이들은 있는 것 같아서였다.

"그건 늘 있었어. 단지 인연이 아니었을 뿐이지. 일단 숙소 배정부터 해. 유 국주는 바로 내려가나?"

"차를 한잔 얻어 마셔도 될까요?"

"안 될 것은 없지."

벽우진이 흔쾌히 대답했다.

차 한 잔 주는 것 정도는 일도 아니었기에 벽우진은 도일수에게 인솔을 맡기고는 유한열을 데리고 몸을 돌렸다.

"우와."

"존재감 장난 아냐. 눈이 마주쳤는데 아주 그냥."

"역시 천하에서 손꼽히는 고수는 괜히 고수가 아니구나."

"나 오줌 지릴 뻔."

휘적휘적 걸어가는 벽우진의 뒷모습을 보며 아이들이 소곤거렸다. 소문으로만 듣던 벽우진을 직접 보게 되자 들뜬 것이었다.

하지만 몇몇은 벌써부터 얼굴이 어두워져 있었다. 당연히 마주치자마자 간택을 받을 줄 알았는데 그러지 않아서였다.

"가시죠."

기대가 한풀 꺾인 모습으로 고개를 숙이고 있는 이들의 모습에 실소를 흘리며 도일수가 입을 열었다.

그러자 이번에는 그에게로 온 시선이 쏠렸다.

비호표국의 만년 쟁자수에서 벽우진의 제자가 된 이가 바로 눈앞의 도일수였다. 그래서인지 다들 선망 어린 눈빛으로 도일수를 쳐다봤다.

"저기요."

"말하세요."

"궁금한 게 있는데 물어봐도 될까요?"

모두가 선망 어린 시선을 보낼 때 가장 나이 많아 보이는 표사 중 한 명이 슬그머니 도일수에게 다가갔다. 지켜보기만 해서는 달라지는 게 없다는 걸 알기에 먼저 용기를 낸 것이었다.

그 모습에 도일수가 웃으며 고개를 끄덕였다.

"어떻게 장문인의 눈에 들으셨습니까?"

"음."

남자의 질문에 뒤따르던 모두가 귀를 쫑긋거렸다. 나이에 상관없이 모두가 도일수의 대답에 귀를 기울였던 것이다.

"조언을 좀 구하고 싶습니다."

"저도요!"

"저도 듣고 싶어요!"

곧바로 나오지 않는 대답에 남자가 다급한 목소리로 말을 이었다. 그런데 그건 다른 이들도 마찬가지라는 듯이 뒤에서도 간절한 목소리가 쏟아졌다.

"본 파에서 속가제자들을 모집할 때의 일을 참고하면 될 것 같습니다."

"모두가 다 아는 그런 것 말고 실질적으로 도움이 될 수 있는 것을 듣고 싶습니다."

"그건 저도 잘 모릅니다. 사부님의 속마음은 사부님만이 아시니까요."

남자의 얼굴이 굳어졌다. 그가 원한 건 이런 대답이 아니었기 때문이다.

하지만 도일수는 더 이상 입을 열지 않았다.

대신 조용히 숙소를 향해 발걸음을 옮겼다.

··· 제9장 ···
천하무림 비무 대회

아직은 선선한 바람이 불어오는 봄에 하남성 낙양으로 수많은 인파들이 모여들었다. 정말 오랜만에 열리는 비무 대회에 수많은 무인들이 청운의 꿈을 안고서 낙양을 찾았던 것이다.

그리고 그중에는 곤륜파도 있었다.

"어휴. 사람들 봐라."

"인산인해네요."

"그 수준을 넘은 것 같은데."

낙양에 들어오기 전부터 느꼈었지만, 진짜 인파가 장난이 아니었다. 거짓말 안 보태고 정말 사람 사이에 껴서 죽을 것 같은 엄청난 숫자에 벽우진이 고개를 절레절레 저었다. 진짜 중원에 존재하는 무인이라는 무인은 죄다 모인 것 같았다.

"그래서 제갈가주께서 장소 선정으로 고민을 많이 하지 않았습니까."

"1년 동안 준비했는데도 이러네."

벽우진이 입맛을 다셨다.

급하게 준비한 것도 아니고 1년 전부터 차근차근 준비한 것이 바로 이번에 열리는 천하무림 비무 대회였다. 그런데 그 준비가 무색하게도 사람들이 너무나 많았다.

"애초에 낙양은 사람들이 많이 찾는 도시이기도 하잖습니까."

"마치 와본 것처럼 말한다?"

"들은 건 많았으니까요."

청민이 수많은 인파에 정신을 차리지 못하는 배혁문의 머리를 쓰다듬으며 대답했다. 워낙에 사람들이 많았기에 떨어지지 않으려면 이렇게 몸에 손이 닿아 있어야 했다.

"근데 문제는 이게 시작이라는 거지."

"저희가 좀 일찍 온 편인데도 이 정도라면 비무 대회 당일 날에는 더 어마어마하겠죠."

"내 말이."

웬만해서는 평정심이 흔들리지 않는 벽우진이었지만 지금의 인파에는 기가 질렸다.

마음 같아서는 어검비행이라도 펼치고 싶은데 그렇게 되면 제자들을 챙길 수가 없기에 벽우진은 그저 한숨만 쉬었다.

"제가 생각을 잘못한 것 같습니다. 비무 대회에 참가하는 건 무인들이지만 양민들 역시 구경은 할 수 있는데 말이지요."

"낙양 장사꾼들은 좋아하겠지. 1년 치 수익을 어쩌면 이번 비무 대회로 얻을 수 있을지도 모르니까."

"저희도 이쪽에 좀 투자를 해놓을 걸 그랬습니다."

"그건 걱정하지 마. 청범이 미리 움직였으니까."

벽우진이 싱긋 웃으며 말했다.

예전이라면 모를까 이제는 곤륜파에도 정보 조직이 있었다. 게다가 제갈현에게 미리 언질받은 것도 있었기에 서진후는 발 빠르게 움직였고, 그로 인해 성과도 낸 상태였다.

"아, 그러고 보니 청범이 장사꾼이었죠."

"현역은 아니지만 그래도 그 실력이 어디 간 건 아니지. 근데 일단 숙소부터 가자. 여기 있다가는 껴서 죽겠다. 애들아! 잘 따라오너라!"

"예!"

줄어들기는커녕 점점 더 늘어나는 인파에 벽우진이 고개를 돌리며 소리쳤다.

그러자 제자들이 크게 대답하며 서로의 손을 잡았다. 이제 는 막내인 심소혜도 열다섯 살이 되었지만 그래도 혹시 모르 기에 안전하게 손을 잡은 것이었다.

"혁문아!"

"난 사부님 손 잡을 거야!"

"이게!"

심소혜가 일행 중 가장 막내인 배혁문을 불렀다. 청민이 있 지만 그래도 자신이 챙기기 위해서였다.

그런데 나이를 한 살 더 먹었다고 머리가 굵어진 것인지 배 혁문이 그녀의 손길을 거절했다.

"사숙님이 챙기시니까 우리끼리 가자."

"칫!"

"혁문이도 이제 열두 살이야. 사춘기가 와도 이상하지 않은 나이니까 너무 그러지 마."

"그래도오."

심대혜의 말에 심소혜가 입을 부풀렸다. 무럭무럭 자라서 어느새 자신과 비슷한 키가 되었다고 하지만 그래도 그녀에게는 여전히 어린아이였다.

"너는 마치 말 잘 들었던 것처럼 말한다?"

"나는 작은 오빠처럼 사고는 안 쳤어."

"무슨 소리. 너도 만만치 않았어."

"아닌데."

심대혜가 웃으며 단호하게 고개를 저었다. 막내의 사춘기역시 만만치 않아서였다. 게다가 문제는 현재 진행형이라는 점이었다.

"우와! 백리세가다!"

"위지세가의 마차도 왔어!"

그때 멀리서 시끄러운 소리가 들려왔다. 난데없이 환호성이 들려왔던 것이다.

그 소리에 두 사람의 시선도 자연스레 그쪽으로 움직였다.

"엄청 화려하네."

"왜? 부러워?"

"아니. 전혀. 난 지금이 더 좋아. 저렇게 휘황찬란하게 하면 돈이 얼마나 많이 필요한데."

"우리도 돈은 많아."

"있을 때 더 절약해야 해. 나중에 어떻게 될지 모르니까."

심소혜가 나이에 어울리지 않게 다부진 얼굴로 말했다. 흥청망청 쓰다가 금세 파산하는 꼴을 그녀는 의외로 자주 봤다.

"아이구, 우리 막내. 다 컸네, 다 컸어."

"난 원래부터 컸거든? 봐봐! 이제 언니랑 별 차이 안 나!"

"아직은 그래도 좀 차이 나는데?"

"내년이면 따라잡을걸?"

심소혜가 자신만만한 표정으로 대답했다. 하루가 다르게 크는 만큼 어쩌면 올해가 가기 전에 심대혜와 비슷해질지도 몰랐다.

"근데 나보다는 혁문이를 더 경계해야 하지 않을까? 진짜 무서운 속도로 크던데. 몸은 또 얼마나 단단한지. 특히 팔뚝이랑 어깨가."

심소혜의 손을 잡고서 심대혜가 호들갑을 떨었다. 그런데 하나같이 사실인 것들이었기에 심소혜가 따질 게 없었다.

"내공은 내가 더 높아!"

"지금은 그렇지. 근데 방심하고 있으면 금방 따라잡힐걸?"

"칫!"

부정할 수 없는 사실에 심소혜가 볼을 부풀렸다.

그러고는 고개를 확 돌렸다. 더 이상 언니와 대화하지 않겠다는 무언의 표시였다.

"저기 저 사람들, 곤륜파의 도인들 아냐? 눈이 벽안이던데."

"곤륜파의 제자들이 혼혈이라고 그랬지?"

"응. 봐봐. 도복도 입고 있잖아."

"에이. 그런데 저렇게 말도 한 마리 없이 거리를 거닐겠어?"

지나가는 벽우진 일행을 보며 몇몇 무인들이 속닥거렸다. 생김새는 중원인과 다를 바가 없었지만, 눈동자 색깔만큼은 확연하게 달랐기에 하나둘 알아보는 것이었다.

"그럴 수도 있지. 패선이 의외로 소탈하다잖아. 성깔은 장난 아니지만."

"흐으음."

남자가 긴가민가하는 표정을 지었다. 아니라고 하기에는 근거들이 너무 명확했다.

하지만 그는 이내 고개를 저었다. 명문대파의 수장씩이나 되는 이가 저리 조촐하게 다닐 거라고는 생각되지 않아서였다.

"아닌 거 같아?"

"사칭하는 이들이 한둘이야? 요새는 아예 색목인들을 데리고 다니는 놈들도 있다던데."

"패선이 직접 만났으면 좋겠다. 알려진 성격대로라면 제대로 날려 버릴 텐데."

"구경하는 재미는 확실히 있겠지."

"아, 나는 무림오화나 직접 봤으면 좋겠다. 특히 비화. 웬만해서는 아미산에서 나오질 않는다니까."

한창 혈기왕성할 시기라서 그런지 결국에는 여자 얘기로

넘어가는 그들의 대화에 몰래 엿듣고 있던 심소혜가 실소를 흘렸다. 서예지가 그토록 남자는 그놈이 그놈이다, 라고 말하는 게 이해가 되는 것 같아서였다.

'그런데 사부님도 남자인데.'

심소혜의 시선이 벽우진에게로 향했다.

믿음직스럽기 그지없는 그 뒷모습에 심소혜는 미소가 절로 나왔다. 그냥 보는 것만으로도 기분이 좋아졌다. 세상의 모든 풍파를 막아내는 걸 넘어 모조리 박살 내버릴 것 같다고나 할까.

"허어."

"참나."

그런데 그때 앞장서서 걸어가던 벽우진과 청민에게서 깊은 탄식이 흘러나왔다. 무엇을 본 것인지 두 사람이 발걸음을 멈추며 똑같이 고개를 저었던 것이다.

"하하하!"

"사숙님도 참."

뒤이어 양일우와 양이추도 무언가를 본 듯 어처구니없다는 웃음을 흘렸다.

그러자 심소혜가 조르르 달려가서 양일우의 등에 매달렸다.

"왜요? 왜 그래요?"

"저기 봐봐."

양일우의 손가락을 따라 심소혜의 시선 역시 움직였다.

이윽고 그녀의 시선이 건물에 매달린 현판에 닿았다.

"아앗!"

"사부님과 사숙께서 왜 장탄식을 흘리셨는지 알겠지?"

"전 귀여운데요. 청범객잔이라니."

"청하라는 이름은 쓰기 힘들었을 테니 이해는 가지만, 좀 당혹스럽긴 하다."

심소혜가 까르르 웃었다.

평범한 객잔과는 전혀 다른 이름이었기에 신선하기도 하고 귀엽기도 했던 것이다.

하지만 다른 이들은 애매한 표정으로 벽우진과 청민을 따라 안으로 들어갔다.

"여기도 사람들이 많네."

"어서옵셔!"

"청범으로 별채 하나가 잡혀 있을 것이다."

"허업!"

벽우진이 들어오기 무섭게 바람 같이 마중 나오던 점소이의 두 눈이 휘둥그레졌다. 안 그래도 아침부터 귀에 딱지가 앉도록 들은 말이 바로 이 말이어서였다.

그리고 이 말을 하는 손님이 누구인지 점소이는 알고 있었다.

"모르나?"

"아아아, 압니다! 알고말고요!"

고개를 갸웃거리는 벽우진을 향해 점소이가 땅에 머리가 닿을 정도로 허리를 접으며 소리쳤다.

그러자 1층에서 식사를 하고 있던 손님들의 시선이 이곳으로 향했다. 워낙에 목소리가 컸기에 자연스레 시선이 집중되었던 것이다.

"뭐야? 왜 이러는 거야?"

"자자, 장문인을 뵙게 되어 영광입니다!"

"영광은 무슨. 그보다 작게 말해. 크게 안 말해도 잘 들려."

"옙! 이리 오십시오!"

대답을 했음에도 여전히 큰 목소리로 말을 하는 점소이의 모습에 벽우진이 고개를 저었다.

척 보아하니 본인도 인지하지 못하는 것 같기에 더 이상 뭐라 하지 않고서 벽우진은 점소이를 따라 안으로 발걸음을 옮겼다.

이윽고 1층을 관통한 벽우진은 후원에 자리 잡은 아담한 별채를 보고는 흡족한 표정을 지었다.

"별채는 하나뿐이냐?"

"예. 편하게 사용하시면 됩니다. 따로 시키실 일이 있으시면 별채 안의 종을 울리시면 됩니다. 그럼 언제라도 저나 다른 점소이들이 달려갈 겁니다."

"알겠다. 일단 간단하게 먹을 것을 부탁하마. 목욕할 물도."

"예!"

"이거 받아라."

띵!

깔끔하게 잘 정리된 별채의 모습에 벽우진이 흡족한 얼굴로 품속에 손을 넣었다. 그러고는 가볍게 은덩이 하나를 손가락으로 튕겨서 점소이에게 날렸다.

"헉! 이렇게나 큰 금액을……!"

"머무는 동안 잘 부탁한다는 뇌물이다."

"최선을 다하여 모시겠습니다! 제 이름은 소육입니다, 장문인! 언제라도 불러주십시오!"

"일단은 부탁한 것부터."

"옙!"

소육이 번개같이 사라졌다.

그 모습에 모두가 미소 지었다. 행동이 살짝 과장되기는 했지만 밉지는 않아서였다.

"올라가자."

"예."

소육이 준비하는 동안 짐을 풀 겸 벽우진은 일행들을 이끌고서 2층으로 올라갔다.

별채의 지하에 마련된 자그마한 탕에 들어가며 심소혜가 노곤한 표정을 지었다. 뜨끈한 물에 몸을 지지니 그렇게 시원할 수가 없어서였다.

"어흐, 좋다."

"뭐야, 그 소리는. 아저씨처럼."

"언니도 좋으면서."

"그래도 집보다 좋지는 않아."

"에이. 곤륜산이랑 비교하면 안 되지."

심소혜가 검지를 좌우로 흔들었다.

여기의 시설도 나쁘지 않았지만 그래도 배율석이 직접 만든 탕과는 감히 비교할 수 없었다. 크기도 완전히 달랐고 말이다.

"편하게 씻을 수 있다는 사실에 감사해야겠지?"

"그럼 그럼."

"가격이 꽤 나갔을 것 같은데."

"이 객잔?"

물에 몸을 깊숙이 담그며 심소혜가 물었다.

그런 그녀의 시선은 연신 실내를 훑고 있었다.

"응. 규모가 꽤 크잖아. 더구나 낙양의 번화가에 자리 잡고 있기도 하고."

"비싸긴 하겠지만 그래서 나중에 가격이 크게 떨어지지 않을 것 같은데."

"흐음. 그런 것도 알아?"

"나도 다 컸거든?"

촤르륵!

심소혜가 몸을 벌떡 일으켰다. 그러자 파문과 함께 물방울이 튀었다.

"아직 한참 더 커야 할 거 같은데. 안 그래요, 사저?"

당돌하게 가슴을 쭉 내미는 심소혜의 모습에 심대혜가 가소롭다는 표정을 지었다. 많이 성장하기는 했지만, 아직 막내는 그녀나 서예지에 비빌 수준이 아니었다.

"후후후."

그 말에 동의하듯 서예지가 대답 대신 웃었다. 굳이 대답할 필요는 없다고 생각해서였다.

대신 서예지는 몸을 일으켜서 탕 밖으로 나갔다.

"히잉!"

"소혜는 우유를 좀 더 마셔야겠는데?"

"언니 미워!"

많이 자라기는 했으나 아직 상당히 부족한 자신의 모습에 심소혜가 울상을 지었다.

반면에 심대혜의 미소는 더욱 짙어졌다.

"그래도 기대되지 않아? 내가 이 정도니까 너도 여기까지는 자라지 않겠어?"

"지금 놀리는 거지?"

"위로해 주는 건데?"

"그게 더 나빠!"

심소혜가 입을 삐죽 내밀었다. 그러더니 이내 탕 속으로 머리까지 집어넣었다.

"호호호."

잠수한 상태로 멀어지는 막내의 모습에 심대혜가 웃으며 다시 물속 깊이 몸을 담갔다.

그러고는 물에 온몸을 맡긴 채로 주변을 찬찬히 둘러봤다.

'지하에다가 이렇게 만드는 것도 좋네. 일단 시선도 확실하게 차단되고. 온도 유지도 쉬울 테고 말이지.'

실내를 살펴보며 심대혜가 고개를 주억거렸다. 지하에 이렇게 욕탕을 만드는 것도 괜찮은 것 같아서였다.

"언니도 그 생각하지?"

"다 풀렸어?"

"오래 생각해 봤자 내 기분만 나쁘니까. 하지만 지금만 진 거야. 내년에는 다를지 몰라."

"그럴 수도 있지. 아닐 수도 있지만."

여전히 분한 표정을 짓고 있는 심소혜의 머리를 부드럽게 쓰다듬으며 심대혜가 말했다. 마치 엄마처럼 머리를 정돈해 주었던 것이다.

"두고 봐. 꼭 언니보다 커질 테니까!"

"사저는 힘들다고 인정한 모양이네?"

"사저는 뭐……."

심소혜가 말끝을 흐렸다.

그러면서 그녀는 머리를 감고 있는 서예지를 힐끔거렸다. 등만 보이는데도 이상하게 심소혜는 그녀의 풍만함이 느껴지는 것 같았다. 뒷모습은 너무나 가냘파 보이는데 말이다.

"잘 생각했어. 불가능한 꿈은 가급적 안 꾸는 게 좋아."

"어쩔 수 없는 것도 있으니까. 노력으로도 안 되는 게 있고."

"맞아."

"우리도 나중에 이렇게 지하에 욕실을 만들어도 괜찮을 것 같아. 건물을 크게 지어서 지하도 넓게 만드는 거야. 남자랑 여자랑 따로 사용할 수 있게."

심소혜의 두 눈이 초롱초롱해졌다.

어린 시절 그녀뿐만 아니라 형제들은 모두가 똑같은 꿈을 꾸었었다. 사 남매가 함께 객잔을 운영하는 꿈을.

비록 지금은 곤륜파의 제자가 되어 무공을 익히고 있지만 누구도 그 꿈을 포기하지는 않았다.

"당장은 안 되고 나중에."

"나도 당장은 싫어. 사부님이랑 떨어지는 건 싫거든. 한 오십 년쯤 후에? 소일거리도 운영하는 것도 나쁘지 않을 거 같아."

"오십 년 후라. 각자 하나씩 맡아서 운영해도 되겠는데? 돈이야 지금부터라도 충분히 모으면 되니까."

"에이. 그럼 재미없을 거 같아. 다 같이해야 재미도 있고 편하지."

심소혜가 단호하게 고개를 저었다. 각자 운영하는 것은 의미가 없다고 생각해서였다. 애초에 생각했던 게 사 남매가 함께하는 것이기도 했고.

"확실히 외롭기는 하겠다. 혼자 하면은."

"그때쯤이면 다들 혼인해서 외롭지는 않을 것 같은데? 오히려 다툼이 있을 수도 있고."

"아."

젖은 머리를 틀어 올리며 서예지가 고개를 돌렸다.

그러자 두 자매의 얼굴이 붉어졌다. 혼인이란 말에 무언가를 떠올린 듯 동시에 얼굴을 붉혔던 것이다.

"저, 저는 혼례 안 올릴 거예요. 사부님이랑 오순도순 살 거예요."

"객잔은?"

"그건 출퇴근하면 되지. 어차피 곤륜산 인근에 차릴 테니까."

"흐음. 그렇게 말한 아이들이 가장 먼저 시집을 가던데."

심대혜가 두 눈을 게슴츠레하게 떴다.

안 그래도 속가제자들 중에서 심소혜에게 관심을 보이는 이가 꽤나 많았다. 그래서 심대혜는 의미심장한 눈빛으로 막냇동생을 쳐다봤다.

"나는 달라. 어차피 내가 제일 오랫동안 사부님을 모실걸? 내 나이가 가장 어리니까."

"태어날 때는 순서대로 태어나지만, 가는 순서는 모르는 거야."

"그런 말은 너무한 거 아냐?"

"장담할 수는 없다는 거지. 그리고 사부님을 오래 모시고 싶은 건 나도 똑같아. 대현이나 소천이도 마찬가지고."

심대혜가 두 팔을 활짝 펼쳤다.

그러자 심소혜가 못 이기는 척 안겼다.

"우선은 비무 대회부터 생각하자. 사부님께 멋진 모습을 보여줘야지."

"목표는 우승!"

"쉽지 않을걸?"

"그래도 목표는 우승이야!"

심소혜가 호기롭게 소리쳤다.

30살 이하만 출전이 가능한 용봉전에는 심소혜뿐만 아니라 서예지와 양일우, 양이추 형제 그리고 도일수도 참가했다.

거기다 구룡오화도 참가한다고 말이 도는 만큼 우승은 쉽지 않을 터였다.

"꿈은 크게 가져야 하니까. 언니도 목표는 우승 아냐?"

"난 경험 삼아 나가는 건데? 서른두 명만 오를 수 있다는 본선 무대에는 오르고 싶지만 우승에는 욕심 없어. 어렵기도 하고."

"사람이 야망을 가져야지!"

여전히 품에 안긴 채로 심소혜가 소리쳤다.

하지만 심대혜는 웃으며 고개를 저었다.

"사부님께서도 말씀하셨잖아. 승부에 너무 연연할 필요 없다고. 승리는 중요한 순간에 챙기는 게 가장 중요하다고 말이야."

"그렇기는 한데……."

그 말을 들을 때 심소혜도 같이 있었다. 하지만 그래도 심소혜는 벽우진이 기뻐하는 모습을 보고 싶었다.

"우리도 너랑 다 똑같은 마음이야. 우승을 하면 좋겠지만 그 것보다는 최선을 다하는 모습을 보여 드리는 게 더 좋다고 생각해. 우리가 이만큼 크고 성장한 모습을 말이야."

"흐으음."

"자, 그만 올라가자. 다들 우리 기다리고 있을 텐데. 저녁 든든히 먹고 다시 수련해야지."

"응!"

심소혜가 몸을 벌떡 일으켰다. 그러고는 혼자서 씩씩하게 몸 구석구석을 닦기 시작했다.

"등은 내가 닦아줄게."

"그럼 난 사저를 밀어드릴래."

잠시 후 세 여인이 한쪽을 쳐다보며 나란히 앉았다. 서로가 서로의 등을 번갈아가며 닦아주었던 것이다.

◯

벽우진이 빽빽하게 자리 잡고 있는 번화가 건물의 지붕을 밟으며 이동했다. 거리와 골목에는 사람들로 가득 차 있기에 지붕을 이용했던 것이다.

그런데 재미있는 건 그런 벽우진의 모습을 이상하게 생각하는 사람들이 없다는 점이었다.

휘익! 휘이익!

지붕을 타고서 이동하는 건 벽우진뿐만이 아니었다.

지금만 하더라도 곳곳에서 개구리처럼 폴짝폴짝 뛰는 이들이 상당히 많았다. 사람들이랑 부대끼기 싫은 이들이 벽우진처럼 지붕을 이용했던 것이다.

"저곳인가."

뒷짐을 진 채로 여유롭게 이동하던 벽우진은 주변의 객잔들을 압도하는 거대한 크기의 거각을 보고는 가볍게 몸을 날렸다. 딱 설명한 대로의 모습에 망설이지 않고 안으로 들어갔던 것이다.

스스슥!

그런데 벽우진이 내려서기 무섭게 사방에서 날카로운 기세들이 느껴졌다. 갑작스러운 침입자에 경비 무사들이 발 빠르게 반응한 것이다.

하지만 벽우진의 얼굴을 보고는 고개부터 숙였다.

"장문인."

"내 얼굴 알지?"

"예."

"근데 사칭한 놈이면 어떡하려고 순순히 인정해?"

벽우진이 가지각색의 복장을 하고 있는 무사들을 둘러보며 물었다. 얼굴만 보고 너무 순순히 기세를 거둔 것 같아서였다.

"용봉회 때 멀리서 장문인을 뵌 적이 있습니다. 외모와 체형은 따라 할 수 있지만 장문인 특유의 눈빛과 분위기는 모방할 수가 없다고 생각합니다."

"호오."

"그럼."

조금의 의심도 없다는 듯이 확고하게 대답한 무사가 절도 있게 포권을 하고는 제자리로 돌아갔다.

그런데 신기한 것은 분명 소속이 다른 무인들도 있는데 그의 의견에 딱히 반발하지 않는다는 점이었다.

"뭐, 나야 편하면 좋은 거지만."

다시 제자리를 찾아 뿔뿔이 흩어지는 무사들을 일별하며 벽우진이 전각 안으로 들어갔다.

잠시 후 하인의 안내를 받은 벽우진이 널찍한 방 안으로 들어갔다.

"오셨습니까, 장문인."

"아아."

방 안에는 이미 사람들로 가득 차 있었다. 빈자리가 하나밖에 없었던 것이다.

하지만 벽우진은 제갈현의 인사보다 열다섯 개만 놓여 있는 자리를 유심히 쳐다봤다.

'이미 확정이 된 건가.'

구파일방과 오대세가의 수장들이 앉아 있는 자리를 보며 벽우진이 속으로 피식 웃었다. 이 상황을 좋아해야 할지 안타까워해야 할지 감이 잡히질 않았던 것이다.

물론 언젠가는 구대문파에 다시 속하리라고 생각하기는 했다. 하지만 또 한편으로는 굳이 그렇게 아등바등댈 필요도 없다고 생각했다.

세인들이 인정하지 않더라도 곤륜파는 대문파였고, 늘 같은 자리에 있었다. 그렇기에 벽우진은 세인들의 평가에는 크게 연연하지 않았다.

"오시는 데 불편하지는 않으셨습니까?"

"알면서 뭘 물어?"

"하하하."

"백주대낮에 양상군자 놀이 좀 하고 왔지. 도저히 인파를 헤쳐 나갈 엄두가 나지 않더라고."

제갈현이 어색하게 웃었다.

안 그래도 인산인해를 이루는 사람들도 인해 그 역시 며칠 동안 골치를 썩고 있는 중이었다. 성황일 거라고 예상은 했지만 이 정도일 줄은 몰랐기에 그는 요즘 하루가 멀다 하고 대책 회의를 하는 중이었다.

"마차를 타면 좀 낫습니다만."

"대신 시간이 지붕을 건너는 것보다 몇 배는 더 걸리겠지. 그보다 점창파는 결국 안 부른 거야?"

유일하게 비어 있는 자리에 앉으며 벽우진이 물었다.

자리가 열다섯 개만 있을 때부터 느끼긴 했지만 그래도 혹시나 하는 마음에 물어본 것이었다. 아직 도착하지 못한 것일 수도 있었으니까.

"상황이 심각한 것 같습니다. 유혈 사태도 일어난 것 같고요. 쉬쉬하고 있지만 사태가 심각한 모양입니다."

"채 장문인하고도 연락이 안 되나?"

"예."

제갈현이 무거운 표정으로 대답했다.

그러자 주위에 앉아 있던 이들도 깊은 한숨을 내쉬었다. 설마하니 상황이 그렇게나 심각하게 흘러갈 줄은 다들 몰랐다는 기색이었다.

"어쩌다가 그리된 건지."

"욕심과 야망 때문이지 않겠습니까."

"그럼 결국 점창파는 제외한 건가?"

"오지 않으니 별수 없지요."

제갈현이 어쩔 수 없다는 듯이 대답했다. 답장도 안 오는 마당이니 더 이상 그가 할 수 있는 건 없었다. 그렇다고 그가 직접 점창산에 갈 수 있는 상황도 아니었고 말이다.

"쯧쯧!"

"저도 안타깝습니다. 이 중요한 시점에 점창파를 잃는다는 건 너무나 큰 손실이니까요. 그런데 내부 문제이기에 제삼자가 끼어들 수도 없는 문제라."

"그렇긴 하지."

"도와달라고 하면 그게 더 문제가 되기도 하고."

조용히 두 사람의 대화를 듣고 있던 개왕이 슬그머니 끼어들었다.

안 그래도 점창파에 대해 가장 많이 알아본 곳이 바로 개방이었다. 때문에 제갈현 못지않게 개왕 역시 점창파의 사정에 밝았다.

하지만 그렇다고 선뜻 도와주기도 애매했다.

"자체적으로 잘 정리하기를 기대해 봐야지. 근데 이렇게 우리끼리만 모여도 괜찮나? 말이 나올 것 같은데."

벽우진의 시선이 앉아 있는 사람들에게로 향했다. 구파일방과 오대세가의 수장들이 따로 모인 만큼 아무래도 말이 안 나올 수가 없어서였다.

"늘 그렇듯이 말만 많을 것입니다."

"실제로 따지는 이는 없겠지요. 오히려 이 자리를 차지하고 싶으면 모를까."

"그냥 단순히 차 한잔하는 자리인데요."

벽우진의 우려와 달리 다들 대수롭지 않게 여기는 모양새였다. 신경은 쓰이지만 딱히 염려하지는 않는 정도랄까.

그리고 그 저변에는 짙은 자신감이 서려 있었다.

"아마 따로 만나는 이들도 많을 것입니다. 현재 낙양에는 내로라하는 명문세가와 대문파, 군소방파들이 거의 다 모여 있으니까요."

"심지어 은거고수들이나 그의 후인들 역시 대거 와 있을 테지. 비무 대회에서 좋은 결과를 내게 되면 단숨에 무명을 얻을 수 있으니까."

제갈현과 개왕의 말에 벽우진이 고개를 주억거렸다.

안 그래도 오는 와중에 상당히 뛰어난 고수들을 꽤나 빈번하게 볼 수 있었다. 그가 살짝 놀랄 정도로 말이다.

"무림에 고수가 모래알처럼 많다는 말이 괜히 생긴 게 아니라는 걸 확인할 수 있었지."

"장문인의 제자들은 전부 출전합니까?"

"다행히 나이 제한이 열다섯까지라서 어찌어찌."

"아."

"준비는 잘 되어가나? 참가 인원이 엄청나다는 얘기는 들었는데."

벽우진의 말에 모두의 시선이 제갈현에게로 향했다. 참가 인원이 많다는 사실은 다들 알고 있었지만 정확한 숫자는 오직 제갈현만 알고 있어서였다.

"어제까지 참가 신청 등록을 한 이들이 사천 명 가까이 됩니다. 지금도 받고 있을 테니 오천 명은 무난히 넘지 않았을까 생각합니다."

"어마어마하군."

벽우진이 질린 표정을 지었다.

많을 거라 예상하기는 했지만, 사흘 만에 오천 명 이상이 등록할 줄은 몰랐기에 벽우진이 고개를 절레절레 저었다.

"일반 신청인 태성전(太星戰)보다는 용봉전(龍鳳戰)의 비율이 조금 더 높기는 하지만 큰 차이는 없습니다."

"감당할 수 있나? 인력도 인력이지만 임금도 만만치 않을 것 같은데."

"참가 신청하는 인원이 내는 참가비로 충당하고 있는데, 현재까지는 크게 무리 없이 진행할 수 있을 거라 생각합니다. 많은 이가 참가 신청을 했기에 모인 돈이 상당합니다."

"다행이군."

"인력이나 임금적인 부분은 걱정하지 않으셔도 됩니다."

"모자라면 저희가 충당하면 되고요."

법무가 입을 열었다.

제갈현이 알아서 잘하겠지만 만약 부족하다고 하면 조금씩 갹출하면 될 일이었다.

"부족해지면 바로 말하겠습니다."

"듣자 하니 예선을 오르기 전에 기본 실력을 시험하는 게 있다면서?"

"인원이 많기에 한 번 정도는 거를 필요가 있다고 생각해서요. 쭉정이들이 너무 많으면 비무 대회의 질을 떨어뜨리니까요. 시간도 절약할 겸. 아무리 즐거운 축제라도 너무 길어지면 지치고 지루해지는 법이니까요."

 "기준을 잡기가 쉽지 않을 텐데."

 벽우진이 우려 섞인 눈빛을 보냈다. 자칫 잘못하면 말이 나올 수도 있는 부분이어서였다.

 "최대한 논란이 나올 수 없는 시험으로 선정했습니다. 오로지 가진 바 실력으로만 판가름할 수 있게요."

 "뭐, 알아서 잘하겠지. 그보다 세외 쪽에 대해서 알아낸 것은 없어?"

 "아직은 별다른 움직임은 보이지 않습니다. 오독문이나 대막 쪽에서도 딱히 준동의 기미는 보이지 않고요."

 "그럼 일단 비무 대회에만 집중하면 된다는 소리군."

 비밀리에 움직이는 세력을 전부 다 확인하는 건 불가능한 일이지만 그래도 꾸준히 주시하고 있는 만큼 예전처럼 갑자기 기습을 당하는 확률은 낮을 터였다. 이상한 낌새를 보인다면 바로 알아차릴 터였고.

 "예, 아마도 꽤나 흥미진진한 비무 대회가 되지 않을까 생각합니다. 은근히 칼을 가는 사람들도 많이 있고요."

 "흠흠!"

 "커험!"

 제갈현의 말에 여기저기에서 헛기침 소리가 흘러나왔다.

무언가 찔리는 듯이 슬쩍 고개를 다른 곳으로 돌렸던 것이다. 제갈현과 눈을 마주치지 않겠다는 듯이 말이다.

"칼을 갈아?"

"예, 용봉전은 어떻게 보면 최고의 후기지수를 가리는 대회이지 않습니까. 태성전이야 우승을 하더라도 장문인이라는 거대한 벽이 있지만, 후기지수들은 다르지요. 일단 우승을 하면 최고의 후기지수라는 칭호를 가질 수 있지 않습니까."

"왜 벽이 나만 있어? 무제도 있고, 권제도 있는데."

벽우진이 어이없다는 표정을 지었다. 왜 하필 자신을 거론하는 것인지 이해할 수 없었던 것이다.

하지만 그런 그의 말에도 동조하는 이는 아무도 없었다.

"하하, 마지막 관문은 다들 장문인이라고 생각하니까요. 그리고 그 말은 그 정도로 무림인들이 장문인을 믿고 의지한다는 뜻 아니겠습니까? 패선이라는 이름은 그야말로 중원을 지키는 든든한 방패나 마찬가지니까요."

제갈현이 살살 어르고 달랬다. 자고로 사람이라면 칭찬에 약할 수밖에 없어서였다.

그리고 그에게는 지금 이 자리에 모여 있는 이들의 관계를 잘 조율해야 할 의무가 있었다. 점창파가 골육상쟁을 치르고 있는 마당에 더 이상의 출혈은 피해야 했다.

'다행스러운 점은 벽 장문인께서 곤륜파를 재건하는 것 말고는 관심이 없다는 것 정도랄까.'

괴팍한 성격을 가진 벽우진이지만 그럼에도 각 파의 수장들이 반발하지 않는 건 그가 딱히 욕심이 없다는 걸 알고 있어서였다.

누군가를 찍어 누르거나 지배하고자 하는 욕심, 혹은 정복욕 같은 게 벽우진에게는 일절 없었다. 건들지만 않으면 다른 곳, 다른 일에 무관심한 게 벽우진이었다. 실질적인 무력은 여기 있는 모두를 압도하면서 말이다.

'그게 참 쉽지 않은데.'

남자로서의 야심, 무인으로서의 야망은 어떻게 보면 본능이나 마찬가지였다. 그러나 벽우진에게는 그런 게 전혀 없었다.

어쩌면 그게 도인이기에 가능한 것은 아닐까 하고 제갈현은 생각했다. 만약 벽우진 같은 무력이 다른 이에게 있었더라면 지금과 같은 자리는 만들어지기 힘들었을 터였다.

'절대 권력을 지니고 있지만 지배하지는 않는 느낌이라고나 할까.'

나이와 배분, 그리고 무력을 모조리 가지고 있는 게 벽우진이었다. 그런데 그걸 딱히 티 내지 않았다. 오늘과 같은 자리도 제갈현의 초대에 순순히 응하지 않았던가.

막말로 다른 이가 벽우진과 같은 위상을 지녔다면 초대했다는 사실에 기분 나빠하며 오히려 자신이 있는 장소에 모두를 불렀을 터였다.

'이렇게 생각해 보니까 정말 특이하긴 하네.'

제갈현은 새삼 벽우진이라는 존재가 얼마나 강호무림에 있어 홍복인지 깨달았다.

조금 까탈스럽기는 해도 힘만 센 막무가내보다는 훨씬 나았다. 적어도 벽우진은 대화가 되었으니까 말이다.

"중원은 무슨. 난 곤륜산 하나도 지키기 버거운 사람이야."

"곤륜산 또한 중원이지 않습니까."

"퍽이나."

벽우진이 의자에 늘어지며 코웃음을 쳤다.

말은 이렇게 해도 대부분의 중원인들이 청해성을 변방이라 생각한다는 걸 잘 알아서였다. 곤륜산은 그런 청해성에서도 세외에 인접해 있었고.

"적어도 저는 그렇게 생각하고 있습니다."

"저도 그렇습니다."

"소승 역시 마찬가지입니다."

"험험! 저는 언제라도 곤륜산에 달려갈 준비가 되어 있습니다. 이제는 의족이 제 진짜 발 같거든요."

제갈현의 말이 끝나기 무섭게 혜량과 법무, 개왕이 입을 열었다. 적어도 자신들은 제갈현과 같은 생각이어서였다.

그리고 말은 하지 않았지만 이 자리에 있는 모두가 청해성을 변방이라고 생각하지 않았다.

"개방이 가장 정신없을 것 같은데. 참가자들 신원 확인을 하느라."

"저희가 가장 잘하는 일이지 않습니까. 인력 또한 가장 많고. 오히려 일거리가 있어서 좋아합니다. 적어도 배를 곯을 일은 없으니까요."

"그렇다면 다행이네."

"또 구경거리도 확실하니까요. 제일 재미난 구경거리가 불구경과 싸움 구경이지 않습니까."

"사건 사고가 가장 많이 발생하는 것 또한 쌈박질이지."

볼거리야 확실했지만 그만큼 위험한 게 바로 비무였다.

생사결이 아닌 규칙이 있는 대결이라고 하지만 그럼에도 심심찮게 사상자가 나오는 게 바로 비무 대회였다.

"그 부분에 대해서는 각파의 장로분들이나 호법님들께서 수고해 주시기로 했습니다. 예기치 못한 사고를 미연에 방지하기 위해서는 아무래도 심판의 역량이 가장 중요하니까요."

"우리한테는 공문이 안 왔는데?"

"곤륜파는 인원이 너무 적어서 제가 따로 공문을 보내지 않았습니다. 한창 바쁘다고 듣기도 했고요."

"그래?"

벽우진이 살짝 미심쩍은 표정을 지었다. 인원 때문이라기보다는 실력으로 가른 듯한 느낌이 살짝 들어서였다.

"예. 왠지 공문을 보내면 욕이 잔뜩 적힌 답장이 날아올 것 같아서요."

"에이, 설마. 내가 그렇게 막돼먹은 성격은 아냐. 조금 까칠할 뿐이지."

"장로 두 분 모두 제자를 들이신 지 얼마 안 되지 않았습니까. 그 부분을 감안하고 결정했습니다."

제갈현이 이렇게까지 신경 써서 결정했다는 사실을 에둘러

표현했다. 자기가 이렇게 노력한다는 걸 벽우진이 알아주었으면 싶어서였다. 배려하는 게 당연해지지 않으려면 상대방이 이런 걸 알고 있을 필요도 있었고 말이다.

"역시 제갈 가주야. 이런 사소한 것까지 신경 써주다니."

"누군가는 해야 할 일이니까요."

"우리는 예선전부터 관전하면 되나?"

"서른두 개의 조로 예선전이 치러지기에 모든 예선전을 신경 쓰기 힘들 겁니다. 아마 다들 자기 소속 제자들을, 혈족들을 신경 쓰기 바쁠 테고요."

"하긴. 그럼 본선은 서른두 명이겠군."

"그렇습니다."

짧은 설명이었지만 이해하기에는 충분했다.

그리고 그 순간 앉아 있던 수장들의 눈이 반짝였다. 이번에야말로 전통적인 강호의 모습을 보여주겠다는 의지가 두 눈에서 활활 타올랐던 것이다.

"최종 우승자는 두 명이고 말이지."

"여기에 한 가지를 더 추가하고자 합니다."

"무엇을?"

"서로가 원한다면 태성전의 우승자와 용봉자의 우승자가 대결할 수 있도록요."

"호오."

제갈현의 말이 끝나자 여기저기에서 탄성이 흘러나왔다. 나쁘지 않은 기획 같아서였다.

"물론 한 명이라도 받아들이지 않으면 대결은 성사되지 않 겠지만요."

"괜찮은 생각인 것 같군."

"그럼 그렇게 진행하겠습니다."

제갈현이 벽우진을 위시하여 둥글게 앉아 있는 수장들과 눈을 마주했다.

그러자 다들 고개를 주억거렸다. 상상만 해도 재미있는 광 경이 그려졌기에 단 한 명도 반대하지 않았다.

그리고 그 후에도 비무 대회에 대한 이야기는 계속해서 이 어졌다.

낙양 인근의 널찍한 평야에 꼭두새벽부터 인부들이 모여들 었다. 수백 명의 인부가 낑낑거리며 땅 한복판에 무언가를 세 우기 시작했던 것이다.

"모두 당겨!"

"흐으읍!"

이윽고 마차에 실려 온 무언가가 서서히 모습을 드러냈다.

검은빛을 발하는 거대한 철 기둥이었는데 높이가 무려 칠 척 가까이 됐다.

"무인들 시키면 금방 할 일을 왜 우리한테 시키는지."

"그게 싸게 먹히니까. 무게도 우리 같은 범인이 아예 못할 정도는 아니잖아."

"역시 사람은 글을 배워야 해. 똑같은 임금을 받는데 우리는 죽으라 힘쓰고 저 치들은 앉아서 붓만 놀리잖아."

"부러우면 지금이라도 글공부를 시작하던가."

땀을 뻘뻘 흘리던 털북숭이 인부 하나가 툴툴거렸다. 자신은 뼈가 녹도록 힘을 쓰는데 서류를 정리하는 이들은 시원한 그늘막 아래서 일하고 있는 것을 보자 너무나 부러웠다.

돈이라도 몇 푼 더 번다면 그래도 참아보겠는데, 별 차이가 나지 않는다는 걸 알기에 장정이 투덜거렸다.

"이제 와서 공부는 무슨."

"시켜줘도 못 할걸? 머리가 안 돼서."

"맞아 맞아!"

"무슨 소리! 어렸을 적부터 차근차근 배웠으면 나도 달라졌을 거!"

주위에서 동조하듯 대답하자 털북숭이 장정이 버럭 소리쳤다.

하지만 누구도 그의 말에 동의하지 않았다. 송충이는 솔잎을 먹어야 하는 게 세상의 이치였다.

"이 철 기둥 하나만 팔아도 며칠은 술독에 빠져 살 수 있을 텐데."

"요거 묵철이지?"

"그럴 거요."

"허유, 술독이 뭐야. 안주도 허벌나게 먹을 수 있을 것인데."

키는 작지만 탄탄한 체구의 중년인이 입맛을 다셨다. 그냥 철보다 훨씬 비싼 묵철이 이만한 크기라면 값이 상당하다는 사실을 잘 알고 있어서였다.

하지만 안타깝게도 묵철은 그에게 있어 그림의 떡이었다. 볼 수도 만질 수도 있지만 가질 수는 없는.

"슬슬 시작하려나 봅니다."

"이럴 땐 참 부지런하단 말이지."

"그래도 비무 대회가 낙양에서 열려서 저희가 이렇게 돈을 벌 수 있지 않습니까."

삼삼오오 모여서 다가오는 무리를 쳐다보며 젊은 인부가 입을 열었다. 철 기둥을 세우자마자 기가 막히게 찾아와서였다.

"이게 1차 심사인가?"

"2차가 없으니까 기본 심사, 혹은 기초 심사라는 게 맞겠죠."

"얼마나 깊게 파내야 합격인 거야?"

일정한 간격으로 세워진 철 기둥을 쳐다보며 중년인이 고개를 갸웃거렸다. 일반 강철보다 몇 배나 더 단단한 게 바로 묵철인 만큼 웬만한 실력으로는 흠집도 내기 힘들 터였다.

"저쪽에서 보니까 기준이 있는 모양이더라고요. 일정한 깊이로 파내거나 흔적을 남기지 못하면 탈락인 것 같아요."

"어느 정도인데?"

"대략 한 치 정도인 거 같아요."

"한 치씩이나?"

중년인이 해연이 놀란 표정을 지었다.

현철만큼은 아니지만 묵철도 단단하기로 유명한 금속이었다. 그런 금속을 한 치나 파내려면 보통 사람은 불가능했다.

"지원자가 다들 무인이잖아요. 이 정도는 기본으로 해야 예선전에 오를 수 있는 거겠죠."

"내공이 없으면 불가능하겠는데."

"웬만한 내공으로도 힘들 걸요?"

"그럼 외공을 익힌 자들에게는 너무 불리한 시험 아냐?"

중년인이 고개를 갸웃거렸다.

그가 생각하기에는 너무 내공 위주로 치우친 듯한 기준이어서였다. 무인 중에는 외공만 판 이들도 존재했는데 말이다.

"중요한 건 익힌 무공의 성취가 아니라 실력이라는 거겠죠. 또 극성에 이른 외공이라면 이만한 기둥을 산산조각 내는 것도 가능하지 않겠어요?"

"……외공만으로는 힘들지 않을까? 신력을 타고나지 않는 이상은."

"그런 이들도 있겠죠. 참가 신청을 한 이가 수천 명이라는데."

"어휴."

수천 명이라는 말에 중년인이 고개를 저었다.

그러고는 다른 인부들과 함께 이동했다. 할 일을 다 했으니 임금을 받고 돌아가기 위해서였다.

"아저씨, 구경하다 갈래요?"

"구경은 무슨, 이런 시험에. 예선전이라면 모를까. 나는 일도 했으니 한잔 때리러 갈란다."

"그러다가 어느 날 갑자기 훅 가요, 아저씨."

"그게 내 운명이라면 받아들여야지. 흐흐흐!"

"참나."

당장 죽더라도 술만은 포기할 수 없다는 듯이 대꾸하는 중년인의 모습에 청년이 질린 표정을 지었다. 아무리 좋아해도 저 정도면 병이나 마찬가지였다.

"근데 구경이나 할 수 있을지 모르겠다. 저렇게나 몰려오는데."

"나무 위에서라도 봐야죠. 저는 참가자는 아니니까."

마치 개미 떼처럼 새까맣게 모여드는 참가자들의 모습에도 청년은 대수롭지 않게 대답했다. 순서를 기다리는 것도 아니니 적당히 높은 곳에 올라가서 구경하다가 집에 가면 될 거라고 생각한 것이다.

그러는 사이 드디어 신분 확인이 끝난 첫 번째 참가자가 철 기둥 앞에 섰다.

"지문으로 확인하네. 하긴. 이름만으로는 진짜 참가자인지 확인하기가 힘드니까."

부리나케 근처의 나무 위로 올라간 청년이 신기한 신원 확인 방법에 고개를 주억거렸다. 지문을 이용한다면 대리 시험을 치르려는 이를 상당수 걸러낼 수 있을 게 분명했다.

"완벽하게는 힘들겠지만 말이지."

참가자가 수십 명도 아니고 수천 명이었다. 그런 만큼 접수처에서 얼굴과 이름을 모두 다 기억하는 이는 없을 터였다. 천재라고 불리는 제갈세가주도 힘들 거라고 청년은 생각했다.

"시작이다."

평야에 나란히 세워진 철 기둥의 앞으로 지원자들이 섰다.

그러자 철 기둥 근처에 서 있던 두 명 중 한 명이 철검을 내밀었다. 시중에서 흔히 구할 수 있는 철검으로 모두가 한곳의 대장간에서 만들어진 것이었다.

"준비되었으면 시작하시오."

참가자가 검을 받자 바늘처럼 생긴 기묘한 도구를 들고 있던 남자가 말했다.

잠시 후 참가자가 한 차례 심호흡을 하더니 힘차게 검을 휘둘렀다. 철 기둥을 향해 조금의 망설임도 없이 일격을 날렸던 것이다.

까아아앙!

얼마나 힘을 세게 준 것인지 검으로 쳤음에도 타종 소리와 비슷한 충돌음이 울려 퍼졌다.

하지만 모두의 시선은 오로지 철 기둥에만 향해 있었다.

"확인해 보겠소이다."

참가자의 참격에 투박한 원기둥의 모습을 하고 있는 철 기둥에 큼지막한 홈이 생겼다.

하지만 중요한 것은 홈집의 크기가 아닌 깊이였다. 한 치 이상이 되어야지만, 합격이 가능했다.

꿀꺽!

이윽고 바늘처럼 생긴 기이한 도구를 지닌 남자가 가장 깊숙한 곳에 도구를 찔러 넣었다. 바늘처럼 생긴 도구를 이용해

깊이를 재는 것이었다.

그 모습에 참가자가 침을 삼켰다.

"안타깝게도 탈락입니다."

"뭐라고!"

"조금 모자랍니다. 보시죠."

이십 대 후반으로 보이는 참가자가 버럭 소리를 질렀다. 탈락이라는 말에 홍분한 것이었다.

하지만 남자는 단호했다. 조금이라도 모자란다면 과감하게 탈락시키라는 지시를 오늘 아침에도 수십 번 들어서였다.

"한 번 더 하겠다."

"신원 확인을 하면서 말씀드렸을 텐데요. 기회는 한 번뿐이라고. 그러니까 최선을 다해달라고 말이지요."

"한 번 더 하겠다니까!"

참가자가 억지를 부렸다. 이대로 탈락하고 싶지는 않아서였다.

그러나 남자는 대답 대신 뒤쪽을 쳐다봤다.

"좋은 말로 할 때 가자. 서로 피곤하지 않게."

이런 상황을 대비한 것인지 철 기둥의 뒤쪽에는 구파일방과 오대세가의 무인들이 대기하고 있었다. 억지를 부리는 이들을 치워 버리기 위해서였다.

"자, 다음 참가자 오세요!"

두 명의 남궁세가 무인들에게 붙잡혀서 끌려 나가는 첫 번째 참가자를 일별하며 남자가 소리쳤다. 그러자 차례를 기다리고 있던 참가자가 굳은 얼굴로 철 기둥을 향해 접근했다.

두 번의 기회가 없는 만큼 그가 할 수 있는 건 딱 하나였다. 최선을 다해 기준치 이상의 홈집을 내는 것.

까아앙!

다시 한번 청아한 충돌음이 울려 퍼졌다.

하지만 이번에도 기준치 이상의 깊이는 나오지 않았다.

"아오!"

"조금만 더 했으면 되었는데!"

여기저기에서 괴성과 탄식이 흘러나왔다. 의외로 통과하는 숫자가 그리 많지 않았던 것이다.

"어? 공동파다!"

"저곳에는 황보세가가 있다!"

시간이 흘러감에도 가뭄에 콩 나듯이 합격자가 나오던 그때, 뒤쪽이 시끄러워졌다. 정오에 가까워지자 명문세가와 대문파의 제자들이 모습을 드러냈던 것이다.

그리고 괜히 명문이 아니라는 듯이 그들은 시험을 너무나 쉽게 통과했다. 주변의 소란스러움과는 반대로 조용히, 그리고 빠르게 철 기둥에 흔적을 남기고는 가뿐히 통과했던 것이다.

"역시……."

"전통의 강호라 이건가."

"군소세가의 자제들도 대단하네."

뒤이어 위지세가, 단리세가 출신들이 거만하게 손도장을 찍고 가는 모습에 뒤에서 순서를 기다리던 참가자들이 허탈한 표정을 지었다. 누구는 아등바등대도 합격을 할까 말까인데 명문세가의 자제들은 너무나 쉽게 합격을 하자 상대적 박탈감을 느낄 수밖에 없었던 것이다.

"어? 색목인?"

"색목인 아냐. 혼혈이지. 곤륜파의 제자들인 것 같은데."

"패선도 함께 온다!"

"지, 진짜?"

벽우진의 등장에 평야가 들썩였다. 평소에는 보기 힘든, 멀리서조차 볼 수 없는 벽우진의 등장에 참가자들이 갑자기 함성을 내질렀던 것이다.

하지만 벽우진에게서 자연스레 뿜어져 나오는 존재감 때문인지 누구도 감히 그의 앞으로 다가가지 못했다.

"오래 기다려야겠는데?"

"가장 짧은 줄을 찾아보겠습니다."

"저리로 가자."

어디를 봐도 참가자로 가득한 줄의 모습에 도일수가 입을 열었다.

막내는 배혁문이지만 나이 제한으로 인해 안타깝게도 그는 이번 비무 대회에 참가할 수 없었다. 그렇기에 다시 막내가 된 도일수가 나선 것이었다.

하지만 벽우진은 고개를 저으며 맨 끝의 줄을 향해 걸어갔다.

"네!"

"저기가 가장 빠를 것 같아."

"저는 사부님이 가자고 하는 곳이면 다 좋아요!"

"그래도 적당히 날 좋아해야 해. 나중에 혼례도 올리고 아들딸도 낳고 살아야지."

마실이라도 나온 것처럼 자신의 손을 붙잡고 헤실거리는 심소혜의 모습에 벽우진이 피식 웃었다.

그는 곤륜파의 미래도 중요하지만, 그 못지않게 제자들의 행복 역시 중요하다고 생각했다. 사문을 위해 꼭 희생하는 게 옳은 일이라고는 생각하지 않아서였다.

"저 혼인 안 할 건데요? 사부님이랑 오래오래 행복하게 살 거예요!"

"어허. 그럼 안 되지. 때가 되면 가야지. 가정을 이루는 것 역시 사람으로서 해야 하는 도리이니라."

"하지만 그러면 사부님 혼자만 남게 되잖아요."

"왜 혼자 남아? 일우도 있고, 혁문이도 있고."

"저도 있습니다, 사부님."

조용히 뒤따르던 도일수가 슬쩍 끼어들었다. 그 역시 혼인을 생각하지 않고 있어서였다. 나이는 벽우진의 말마따나 찬 상태였지만 말이다.

"실없는 소리들 하지 말고 좋은 사람 있으면 가. 너희들이 자식을 낳는 것도 나에게는 행복이니까. 자식들 좀 크면 나한테도 보여주고."

"생각만 해도 슬퍼요."

방금 전까지 환하게 웃고 있던 심소혜가 울상을 지었다. 머릿속으로 상상하는 것만으로도 울적해졌던 것이다.

"뭐가 슬퍼. 그게 당연한 건데. 난 오히려 너나 대혜, 예지가 처녀 귀신이 되는 꼴은 못 본다."

"그럼 정말 괜찮은 남자가 생기면 그때 생각해 볼게요!"

"잘생긴 남자가 고백해 오면 냉큼 받아들일 거 같은데?"

"아뇨! 사부님 같은 남자가 오면 그때 고민해 볼게요. 히히!"

"녀석 참."

애교 넘치는 심소혜의 대답에 벽우진이 실소를 흘렸다.

하지만 싫어하는 기색은 아니었다.

"의외로 합격률이 그리 높지 않은 것 같습니다."

"길게, 크게 흔적을 내기는 쉬워도 일정 깊이 이상 파내는 건 쉽지 않지. 그것도 묵철을 가지고."

듬직하게 벽우진을 수행하던 양일우가 의외라는 표정을 지었다. 어떻게 보면 단순하기 짝이 없는 시험인데 통과하는 사람이 그리 많지 않아서였다.

"확실히 제갈세가주가 영리한 것 같습니다. 딱 기준을 명확하게 잡았어요."

"경신술 따위는 보지 않겠다는 거지. 내공 운용도 중요하지만, 그보다 더 중요한 건 기본 실력이니까. 저 정도 흠집도 내지 못하면 조 추첨을 할 자격도 없어."

떨어지는 이들이야 돈도 아깝고 자존심도 상하겠지만 어떻게 보면 차라리 지금 탈락하는 게 더 나을 수도 있었다. 비무대 위에서 못난 꼴을 보이며 관중들의 야유를 받는 것보다는 말이다. 또한 하수와 중수를 나누는 기준이 생각 외로 높다는 걸 깨닫는 것만으로도 탈락자들에게는 좋은 경험이 될 테고.

"웬만한 무인들은 죄다 모인 것 같습니다, 사부님."

"지금도 뒤로 계속 줄이 생기고 있잖아."

"어후."

양이추가 뒤를 돌아봤다가 식겁했다. 만약 이른 아침에 나오지 않았다면 지금쯤 저 뒤에 서 있을 거라 생각하자 정신이 아득해졌다.

"그래도 새치기는 없네."

"할 배짱이 있겠어? 여기 사부님이 계시는데."

"흐흐흐! 하긴. 저쪽에 보니까 산동악가주랑 하후세가주도 있던데."

동갑내기인 양이추와 심대현이 시시덕거렸다.

명문세가의 가주들은 물론이고 벽우진이 있는 만큼 새치기를 할 정도로 간 큰 자는 없을 터였다.

또한 분명한 명분 없이 싸움을 일으키는 자는 바로 실격이라고 참가 등록을 할 때 누누이 강조했던 만큼 신경전은 있을지라도 칼부림은 일어나지 않을 것이었다.

"우와아!"

"대단하다!"

"역시 위지세가의 소가주!"

그때 앞쪽에서 거대한 환호성이 들려왔다. 누군가가 실력 발휘를 한 듯 뜨거운 함성이 터져 나왔던 것이다.

저벅저벅.

감탄이 담겨 있는 환호성에 화려한 무복을 입고 있던 청년 하나가 잔뜩 거만한 기색으로 몸을 돌렸다. 합격을 하고 당당히 되돌아가는 것이었다.

　그러던 중 그는 줄에 서서 순서를 기다리고 있는 양일우와 눈이 마주쳤다.

　"흥."

　무당산에서 열린 용봉회에서 얼굴을 본 적이 있기에 위지건은 한눈에 양일우를 알아봤다.

　그리고 도발적인 눈빛을 날렸다. 마치 예선전에서 만나면 제대로 밟아주겠다는 듯이 말이다.

to be continued

나는 될 놈이다

글쓰는기계 게임 판타지 장편소설
WISHBOOKS GAME FANTASY STORY

판타지 온라인의 투기장.
대장장이로 PVP 랭킹을 휩쓴 남자가 있다?

"아니, 어디서 이런 미친놈이 나타나서……."

랭킹 20위, 일대일 싸움 특화형 도적, 패배!

"항복!"

'바퀴벌레'라고 불릴 정도로
끈질긴 생명력을 가진 성기사조차 패배!

"판타지 온라인 2, 다음 달에 나온다고 했지?"

평범함을 거부하는 남자, 김태현!
그가 써내려가는 신개념 게임 정복기!

무공을 배우다

목마 퓨전 판타지 장편소설
WISHBOOKS FUSION FANTASY STORY

"무(武)를 아느냐?"

잠결에 들린 처음 듣는 목소리에 눈을 떴을 때,
눈앞에 노인이 앉아 있었다.

"싸움해 본 적 있나?"
"없는데요."

[무공을 배우다.]

20년 동안 무공을 배운 백현,
어비스에 침식된 현대로 귀환하다!

'현실은 고작 5년밖에 지나지 않았다고?'